U0438095

唐宋散文选注 典藏版 上

张㧑之 王水照 选注

图书在版编目（CIP）数据

唐宋散文选注：典藏版/张㧑之，王水照选注．—上海：上海古籍出版社，2022.9（2024.12重印）
ISBN 978-7-5732-0348-9

Ⅰ.①唐… Ⅱ.①张…②王… Ⅲ.①古典散文－散文集－中国－唐宋时期 Ⅳ.①I264

中国版本图书馆CIP数据核字（2022）第107846号

唐宋散文选注（典藏版）
（全二册）
张㧑之　王水照　选注
上海古籍出版社出版发行
（上海市闵行区号景路159弄1-5号A座5F　邮政编码201101）
（1）网址：www.guji.com.cn
（2）E-mail：guji1@guji.com.cn
（3）易文网网址：www.ewen.co
上海丽佳制版印刷有限公司印刷
开本890×1240　1/32　印张13.875　插页39　字数288,000
2022年9月第1版　2024年12月第2次印刷
印数：3,101—4,200
ISBN 978-7-5732-0348-9
Ⅰ·3634　定价：118.00元
如有质量问题，请与承印公司联系

总　目

唐代散文选注

张㧑之　选注　／　1

宋代散文选注

王水照　选注　／　229

张执之先生

唐代散文选注

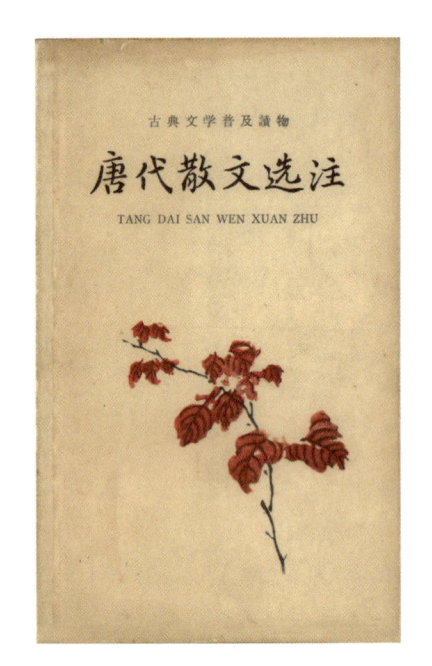

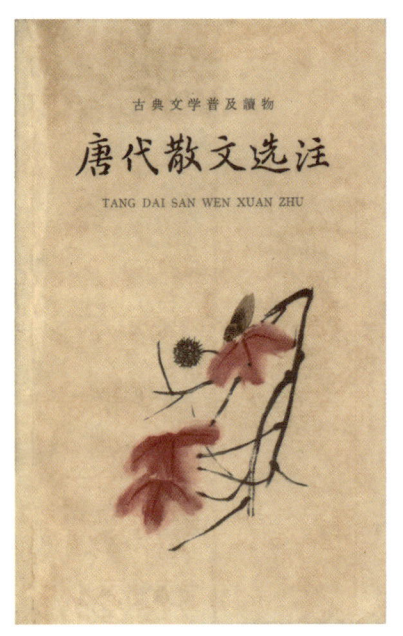

中华书局上海编辑所 1962年10月、11月

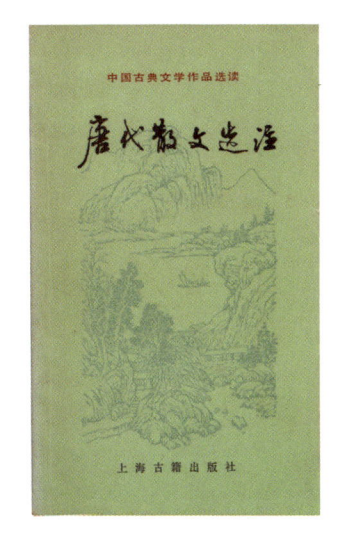

上海古籍出版社 1979 年 4 月

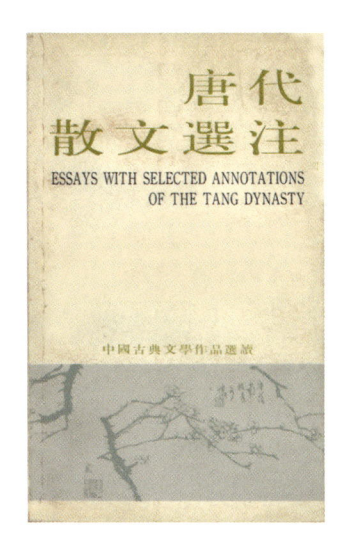

上海古籍出版社 1984 年 4 月

名家选名篇

唐代散文选注

张㧑之 选注

上海古籍出版社 2010年7月

唐代散文选注

张拐之 选注

前 言

张拧之

我国的散文，在先秦、两汉时代已经有了很高的成就。到了六朝，写文章非常讲究声律对偶，丰富了艺术形式，提高了写作技巧。当时确有一些比较好的作品，如鲍照的《登大雷岸与妹书》、孔稚珪的《北山移文》、丘迟的《与陈伯之书》等，但是发展到后来，过分追求对偶的工整和词藻的华丽，堆砌典故，晦涩难懂，造成了一种偏重形式的文风，并一直延续到唐朝。

初唐时期，还是这种文风盛行的时候。魏徵在编史书时批判了骈俪浮艳的文风，但他自己写的章奏仍旧是骈体，不过少用典故，比较通畅。佛教徒的译著如玄奘的《大唐西域记》，也较多地运用与骈文相近的整齐的四字句。"初唐四杰"深受齐、梁作者的影响，他们写文章也是用骈体文。王勃的《滕王阁序》可以作为代表。稍后的陈子昂在诗歌方面提出要有"兴寄"和"风骨"的革新主张，也要求文风、文体的改变。他的论事书疏之文，用古文散体来写作，明朗朴素，已经有所转变。之后，萧颖士、李华、独孤及、元结等人起来反对那种从六朝以来的文风，并且指出了文章的内容和形式的关系问题。元结就是主张写文章要"劝世救俗"的，他的散文朴实而不雕琢。但是他们反对得还不够彻底，时机也没有成熟，所以当时没有造成浩大的声势。

"安史之乱"以后的中唐时期,正是社会危机深刻发展的时候:藩镇割据,宦官专权,横征暴敛,民不聊生。一些代表中下层地主阶级利益的士大夫,积极要求革新政治,调整地主阶级的内部关系,以维护封建秩序和唐王朝的统一。政治上的要求革新,进一步引起了文学上的革新。文学上反对浮艳文风的呼声,如果从陈子昂时算起,已经一百多年,在长时期的发展中,已经找到改变文体和文风的途径,因而掀起了一个革新文体和文风的"古文运动"。运动的主旨,是提倡写文章首先应该有充实的思想内容,主张恢复和发扬先秦、两汉散文的朴质流畅的传统,并且大力从事于"古文"的宣传和写作,以形成一种社会风尚。"古文"是和"骈文"相对的概念,它的特征是散行单句,不拘格式,不同于骈文的讲究声律对偶和词藻典故。先秦、两汉在时间上比六朝为古,所以文学史上称为"古文运动"。运动的主将是韩愈和柳宗元,参加者有刘禹锡、白居易、李翱等人。"古文运动"虽然用复古的名义来号召,但并不是单纯地摹仿古人,实际上是继承了古代散文的优良传统,结合当时的时代需要而作了新的发展。在语言形式上,把文章从骈四俪六的束缚中解放出来,形成一种精炼流畅、刚健朴茂的风格,使散文更适宜于叙事、说理和抒情,这是有进步意义的。特别是韩愈和柳宗元,在散文的创作实践上取得了杰出的成就,对后代散文的发展起着重大的影响。

韩愈的思想比较复杂。他与统治者的政见并不完全一致,反对藩镇割据,主张中央集权,坚决排佛,反对弊政,在仕途上也受到挫折,因而他写的某些文章揭露了一些社会矛盾,有的还批判了当时一些不合理现象。他的论说文如《师说》《原毁》,善于运用对比的手法,结构严谨,说理透辟,谴责了当时一般士大夫的不良风气。《杂说四》则是构思精巧、含义深刻的寓言。《送董邵南序》等抒情散文又有盘旋曲折的特色。记叙文如《张中丞传后序》,写人、记事、状物,都有鲜明而完整的形象,夹叙夹议,融成一体。《进学解》是赋体的变化,句法整齐,但不同于骈文。韩愈散文的语言是新颖而生动的。他不仅善于吸收古人语言中有用的东西，而且善于从当时的口语中选择富有表现力的成分，熔铸新的词语，有的已成为现代汉语中的成语。

柳宗元的散文对当时现实的认识和批判，对人民的同情，比较深刻而强烈，在政治上是革新派。他的论说文写得逻辑严密，条理井然，内容丰富而闪耀着古代朴素唯物主义的光辉。他的传记文如《段太尉逸事状》《童区寄传》，以真人真事为依据，又有所剪裁和集中，思想内容也有进步意义。《捕蛇者说》生动地从一个侧面揭露了当时社会的的压迫和剥削。寓言和山水记则是柳宗元散文中两类最有特色的作品。《三戒》《罴说》《蝜蝂传》等作品，把先秦诸子散文中仅作设譬之用的寓言片断，发展为完整而独立的短篇，更有深刻的含义，写得又通俗易懂，结论部分言简意赅，发人深思。山水记如《永州八记》（本书中选了前三篇），通过对自然景色的深刻观察体验，又用刻划入微的笔法写出大自然的美：高洁，幽深，鲜明。这些山水记固然流露出士大夫遭遇不幸的孤独感，但写一草一木、一泉一石，声色动静，都仿佛是作者的知己，有亲切感。柳宗元散文多用短句，字凝句炼，秀劲挺拔，是其语言上的特色。柳宗元的散文中，还有一些是主张调和儒、佛两家的思想的。

晚唐时期，朝廷内部出现了极其复杂的矛盾，各立派系，互相倾轧。他们为了争夺各自的权力和利益，都加强对百姓的剥削和压迫，从而形成了尖锐而复杂的阶级矛盾，不断地爆发农民起义，并得到其他阶层的支持。在这样的社会基础上，讽刺小品就适应时代的需要而发展起来了。皮日休、陆龟蒙、罗隐等人的文章深刻地揭露和批判了现实，鞭挞了统治者的残酷剥削和荒淫奢侈，为唐朝的散文放射出最后的光彩和锋芒。

唐文如同唐诗一样丰富多彩。这本小册子试图介绍一些比较有代表性的唐文给读者阅读、欣赏，选了从初唐到晚唐的文章共56篇，以韩愈、柳宗元为中心。这些自然不能包括唐文的全部精华，但所选的大多是脍炙人口的名篇，也发掘了一些过去被人忽略的作品，意图能大致反映唐文的面貌。有些选文，文字方面在各种本子里略有出入，这里择善而从，同时也参考了有关的注释，都不一一罗列注明了。选注者限于水平，谬误之处，希望得到批评、指教。

目　录

前　言（张拗之）　　　　　　　　　　3

魏　徵
　　谏太宗十思疏　　　　　　　　　　11

玄　奘
　　大唐西域记 节选　　　　　　　　　15

王　勃
　　滕王阁序　　　　　　　　　　　　19

刘知幾
　　叙事 节录　　　　　　　　　　　　27

陈子昂
　　与东方左史修竹篇序　　　　　　　34
　　复仇议状　　　　　　　　　　　　38

王　维
　　山中与裴迪秀才书　　　　　　　　42

李　华
　　卜论　　46

李　白
　　与韩荆州书　　51
　　春夜宴从弟桃花园序　　57
　　秋于敬亭送从侄耑游庐山序　　59

元　结
　　右溪记　　62

独孤及
　　吴季子札论　　64

韩　愈
　　师说　　69
　　进学解　　73
　　杂说四　　79
　　原毁　　81
　　送李愿归盘谷序　　85
　　送董邵南序　　89
　　子产不毁乡校颂　　91
　　张中丞传后序　　93
　　柳子厚墓志铭　　100
　　祭十二郎文　　107

刘禹锡
　　讯甿　　114

机汲记	119
唐故尚书礼部员外郎柳君集纪	123

白居易

庐山草堂记	127
冷泉亭记	133
荔枝图序	136

柳宗元

送宁国范明府诗序	138
驳复仇议	142
送薛存义序	146
捕蛇者说	148
永州龙兴寺息壤记	151
三戒	153
蝜蝂传	158
罴说	160
种树郭橐驼传	162
童区寄传	165
段太尉逸事状	168
始得西山宴游记	174
钴鉧潭西小丘记	177
小石潭记	180
与李翰林建书	182

李　翱

杨烈妇传	186

舒元舆
 贻诸弟砥石命   190
 录桃源画记   195

杜 牧
 阿房宫赋   199

李商隐
 李贺小传   203

孙 樵
 书褒城驿壁   207
 书何易于   211

陆龟蒙
 野庙碑   215

皮日休
 读《司马法》   219
 原谤   221

罗 隐
 说天鸡   223

殷 侔
 窦建德碑   225

魏　徵

魏徵（580—643），字玄成，巨鹿（今河北省）人，后来迁居相州内黄（今河南省）。他是唐朝初年的政治家和历史家。少年时候贫苦，用功读书。隋朝末年曾一度做道士，后来跟着李密参加反抗隋朝的斗争。公元618年，随李密投唐，辅佐唐高祖李渊、唐太宗李世民，做过尚书右丞（尚书省助理长官）、秘书监（主管图书著作的长官）等官职，又升为门下侍中（主管献纳的长官），领导《隋书》等几部史书的修撰工作。修完史书后，加左光禄大夫，封郑国公，最后封到太子太师。

魏徵在历史上以敢于直谏著称。他主张"无面从退有后言"，也就是说不要当面服从，背后又有意见。他的著作，除《隋书》《梁书》等有他撰写的一部分外，还有《魏郑公诗集》《魏郑公文集》。他的言论多见于唐朝吴兢所编的《贞观政要》。

谏太宗十思疏[①]

臣闻求木之长[②]者，必固其根本；欲流[③]之远者，必浚其泉源[④]；思[⑤]国之安者，必积其德义[⑥]。源不深而望流之远，根不固而求木之长，德不厚而思国之安：臣虽下愚⁷，知其不可，而况于明哲⁸乎！人君当神器⁹之重，居域中⑩之大，不念居安思危，戒奢以俭，斯亦伐根以求木茂，塞源而欲流长也⑪。

凡昔元首⑫，承天景命⑬，善始者实繁⑭，克终者盖寡⑮，岂取之易，守之难乎⑯？盖在殷忧⑰，必竭诚以待下⑱；既得志，则纵情以傲物⑲。竭诚，则吴、越为一体；傲物，则骨肉为行路⑳。虽董㉑之以严刑，震㉒之以威怒，终苟免而不怀仁，貌恭而不心服㉓。怨不在大，可畏惟人㉔，载舟覆舟，所宜深慎㉕。

诚能见可欲㉖，则思知足以自戒；将有作㉗，则思知止以安人㉘；念高危㉙，则思谦冲而自牧㉚；惧满盈㉛，则思江海下百川㉜；乐盘游㉝，则思三驱以为度㉞；忧懈怠，则思慎始而敬终㉟；虑壅蔽㊱，则思虚心以纳下㊲；惧谗邪㊳，则思正身以黜恶㊴；恩所加，则思无因喜以谬赏㊵；罚所及，则思无以怒而滥刑㊶。总此十思，宏兹九德㊷。简能㊸而任之，择善而从之，则智者尽其谋，勇者竭其力，仁者播其惠，信者㊹效其忠。文武并用，垂拱而治㊺。何必劳神苦思，代百司之职役㊻哉！

【注释】

① 谏（jiàn）：对尊长的直言规劝。疏（shū）：奏章。
② 长（zhǎng）：生长。
③ 流：流水。
④ 浚（jùn）：疏通水道。泉源：源头。
⑤ 思：考虑。

⑥ 德义：道德和正义。
⑦ 下愚：最愚蠢。这里是魏徵自谦之辞。
⑧ 明哲：明智而洞察事理的人。这里指唐太宗。
⑨ 神器：帝位。
⑩ 域中：天地间。
⑪ 这几句说：君主担当皇帝的重要权位，处在天地间最高的地位，如果不在安乐的时候想到危难，戒除奢侈而崇尚节俭，这就好像是砍伐树木的根本而要求树木茂盛，阻塞流水的源头而希望流水久远啊。
⑫ 元首：这里指君主。
⑬ 承天景命：承受上天的大命。景，大。古代以为皇帝是承受天命统治天下。
⑭ 繁：多。
⑮ 克：能够。 盖：大概。 寡：少。
⑯ 这几句说：历来承受天命做皇帝的，开始时候好的确实很多，能够保持到底的大概就少了，难道取得天下比较容易，守住天下比较难吗？
⑰ 殷（yīn）忧：深重的忧患。
⑱ 竭诚：尽心尽意。 待下：对待臣民。
⑲ 纵情：放纵自己，不加克制。 傲物：傲慢地对待一切人和事物。
⑳ 这几句说：尽心尽意地对待人，那么即使像吴、越那样敌对的方面也可以一致起来；傲慢地对待人，那么即使像骨肉那样亲密的也会疏远得如同过路的人。吴、越，春秋时互相敌对的两个诸侯国。
㉑ 董：督责。
㉒ 震：威吓。
㉓ 这几句说：虽然用严刑来督责臣民，用威势来吓唬臣民，结果大家只图免受刑罚而不会怀念恩德，外表恭顺而不是内心悦服。
㉔ 人：唐代避唐太宗李世民的名讳，凡用"民"字的地方都改用"人"字。
㉕ 这几句说：怨恨不在于大小，可怕的就是众人。百姓像水一样，能够承载船只，也能够颠覆船只，这是应当特别谨慎的。
㉖ 诚：假如。 见可欲：见到合意想要的东西。
㉗ 将有作：将要兴建什么，也就是要百姓服役。
㉘ 知止：知道适可而止。 安人：使百姓得安。意思是不使百姓过于劳累。
㉙ 念高危：想到居高位的危险。
㉚ 谦冲：谦虚。 自牧：加强自己的修养。
㉛ 惧满盈：怕自满。
㉜ 江海下百川：像江海那样处在许多小河的下游，可以承受包容这些小河。
㉝ 乐盘游：喜爱游乐。
㉞ 三驱以为度：以一年田猎三次为限度。三驱，古代王者的田猎制度。田猎时放开一面，三面驱赶，以表示好生之德。
㉟ 慎始而敬终：开始时谨慎，结束时不苟且。《左传·襄公二十五年》："慎始而敬终，终以不困。"
㊱ 虑壅蔽：怕受到蒙蔽。
㊲ 纳下：接受下边的意见。
㊳ 逸邪：一切不正派的人或事。
㊴ 黜（chù）恶：排斥坏人，减少坏事。
㊵ 谬（miù）赏：错误的赏赐。
㊶ 滥刑：过度的刑罚。
㊷ 九德：古书里提到的九种德性，说法不一。这里是泛指一切德性。
㊸ 简能：选拔有才能的。
㊹ 信者：诚实的人。
㊺ 垂拱而治：垂衣敛手，不用自己处理政务而天下治理得很好。
㊻ 百司：百官。 职役：职务。

【简析】

　　这篇是贞观十一年（637）魏徵写给唐太宗的奏章。隋朝末年农民大起义，摧毁了隋王朝的统治，打击了地主阶级，特别是士族大地主，削弱了他们对农民的压迫束缚，推动了社会生产力的发展。唐朝前期，中国历史上出现了经济比较繁荣的时期。唐太宗李世民在隋末跟随他父亲唐高祖李渊作战时，奋发有为，但是在取得了成绩以后，逐渐改变了原来的勤俭作风，不断地追求珍宝异物，大规模地兴建宫殿花园。魏徵在这时候不断用前代兴亡的历史教训来提醒太宗。这篇奏章就是其中之一。

　　唐太宗接到这篇奏章后，亲手写了诏书答复魏徵，诏书中承认自己的过失，赞扬魏徵的劝告，并将奏章放在案头上，作为儆戒和督促。魏徵对唐太宗所讲的，是封建统治者统治天下的手段，但他说的"居安思危，戒奢以俭"等话，也有可以借鉴之处。

玄　奘

玄奘（602—664），通称三藏法师，俗称唐僧，本姓陈，名祎，洛州缑（gōu）氏（今河南偃师缑氏镇附近）人。他于唐太宗贞观元年（627）从长安出发西行，纵贯现在中亚南部和阿富汗东北部，东向经过现在巴基斯坦北部，然后循印度半岛北部东南行，途经现在尼泊尔南部而达印度东部，学习佛教教义，并从事讲学和著作。他曾周游印度半岛，然后携带所取佛经，经过现在巴基斯坦北部和阿富汗东北部，转东经现在帕米尔高原南面而到达于田，贞观十九年回到长安。历时十九年，跋涉五万里。他回来以后和协助他翻译佛经的和尚辩机合作，由玄奘口述，辩机撰文，用一年多时间写成了《大唐西域记》。

大唐西域记 节选

素叶水城

清池西北行①五百余里，至素叶水城②。城周③六七里，诸国商胡④杂居也。土宜糜、麦、蒲萄⑤，林树稀疏。气序⑥风寒，人衣毡褐⑦。

素叶已⑧西数十孤城，城皆立长⑨，虽不相禀命⑩，然皆役属突厥⑪。

千 泉

素叶城西行四百余里，至千泉⑫。千泉者，地方二百余里，南面雪山，三陲平陆⑬。水土沃润⑭，林树扶疏⑮，暮春之月，杂花若绮⑯，泉池千所，故以名焉。突厥可汗⑰每来避暑。中有群鹿，多饰铃环⑱，驯狎⑲于人，不甚惊走⑳。可汗爱赏，下命群属㉑，敢加杀害，有诛无赦㉒。故此群鹿，得终其寿。

呾逻私城

千泉西行百四五十里，至呾逻私城㉓。城周八九里，诸国商胡杂居也。土宜气序，大同㉔素叶。

小孤城

南行十余里，有小孤城，三百余户，本中国人也，昔为突厥所掠，后遂鸠集同国㉕，共保此城，于中宅居㉖。衣裳去就㉗，遂同突厥；言辞仪范㉘，犹存本国㉙。

【注释】

① 清池：这一节的前面也称此池为大清池，原注："或名热海，又谓咸海。"即今伊塞克湖。 西北行：向西北方向走。
② 素叶水城：即碎叶城，故址在今吉尔吉斯坦北部托克马克附近，在楚河旁边，当时是东西交通要道。玄奘曾在此和西突厥叶护可汗相见。据唐范传正《唐左拾遗翰林学士李公新墓碑》记载，大诗人李白就出生于此。当时这里一带是唐朝管辖的疆土。
③ 城周：城的周围。

诚能见可欲,则思知足以自戒;将有作,则思知止以安人;念高危,则思谦冲而自牧;惧满盈,则思江海下百川;乐盘游,则思三驱以为度;忧懈怠,则思慎始而敬终;虑壅蔽,则思虚心以纳下;惧谗邪,则思正身以黜恶;恩所加,则思无因喜以谬赏;罚所及,则思无以怒而滥刑。总此十思,宏兹九德。

(魏徵《谏太宗十思疏》,见第一一页)

(南宋)佚名 八相图·魏徵

题徐仲和临阎立本画
唐太宗纳谏图

太宗堂〻天日表纳谏爱言心转小
郑公凛〻社稷臣抗论输忠孰不挠
精诚会合一堂上贤范英姿屹相尚
后来阎相写其真至今见者皆尊仰
朱绂玉带照面光乌靴趋跄严〻装
折腰上前进谠论忠肝义胆挟风霜

（唐）佚名 唐太宗纳谏图（局部）

玄奘法师像（拓本）

玄奘法师像

悠然南行五十三岁
子影西祇二八回
千里跋步僧祇学童
但有主心胡秦鞘鸣
如始策骑期歴草
竺梵缪番译十三百
宣扬又文斯戡戎
尚帝身末亲凤品跡

[日]玄奘像

计利财多为贵良贱无差虽富巨万服食麁弊力田逐利者杂半矣素叶城西行四百余里至千泉千泉者地方二百余里南面雪山三垂平陆水土沃润林树扶疎暮春之月杂花若绮泉池千所故以名焉突厥可汗每来避暑中有群鹿多饰铃镮驯狎於人不甚惊走可汗爱赏下命群属敢加杀害有诛无赦故此群鹿得终其寿千泉西行百四五十里至呾逻私城城周八九里诸国商胡杂居也土宜气序大同素叶南行十余里有小孤城三百余户本中国人也昔为突厥所掠後遂鸠集同国共保此城

《大唐西域记》书影　南宋绍兴二年湖州思溪圆觉禅院刊本

（《大唐西域记·素叶水城、千泉、呾逻私城、小孤城》，见第一五页）

张骞出使西域图　莫高窟第 323 窟

（明）祝允明　草书《滕王阁序》（局部）

（元）夏永　滕王阁图（局部）

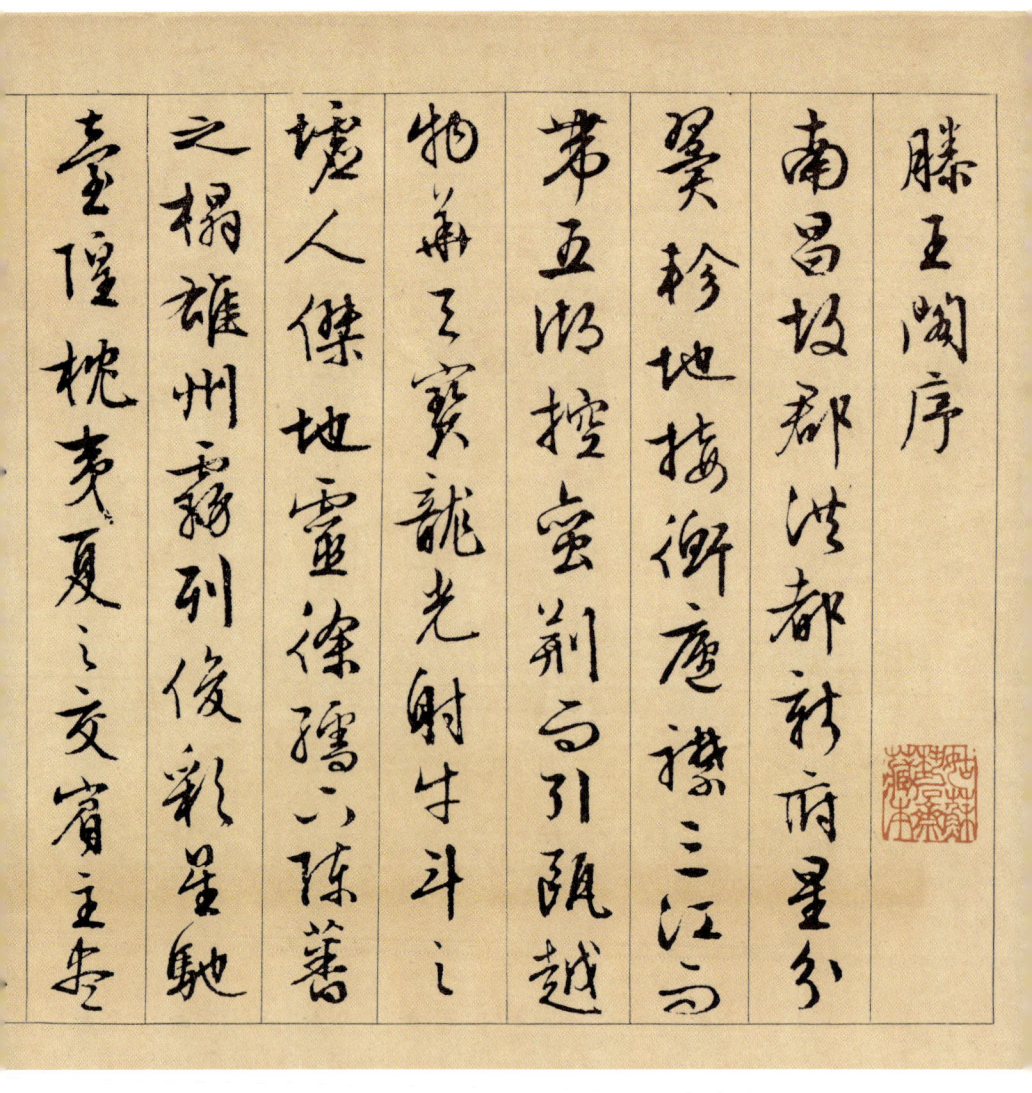

(明)文徵明　草书《滕王阁序》（局部）

南昌故郡，洪都新府。星分翼、轸，地接衡、庐。
襟三江而带五湖，控蛮荆而引瓯越。
物华天宝，龙光射牛斗之墟；人杰地灵，徐孺下陈蕃之榻。
雄州雾列，俊采星驰。

（王勃《滕王阁序》，见第一九页）

④ 胡：古代泛称北方和西方族及这些族的人。
⑤ 土宜：土性，不同的土性对于不同的人和物各有所宜，所以叫土宜。 穈（mí）：也叫穄（jì），穈（méi）子，一年生草本植物，形态跟黍子相似，但子实不粘，可以做饭。 蒲萄：即葡萄。
⑥ 气序：气候季节。
⑦ 衣（yì）：穿着。 毡褐（hè）：毛毡短衣。
⑧ 已：通"以"。
⑨ 长（zhǎng）：首领。
⑩ 不相禀（bǐng）命：不相互承受命令，意思是彼此平列。禀，承受。
⑪ 役属：臣服和隶属。 突厥：古族名，隋时分为东突厥和西突厥。这里指的是西突厥。隋王朝亡，东、西突厥割据自立。唐太宗贞观四年（630），击破了割据在蒙古高原的东突厥，在那里设置定襄、云中等都督府，使北方广大地区直接处在唐王朝政府的统一领导之下。在唐高宗显庆四年（659）时，西突厥政权也被摧垮，唐王朝在那里设置了一系列政府机构，使巴尔喀什湖以东以南等一带地区重新与内地归于统一。
⑫ 千泉：又名屏聿，故址在今吉尔吉斯斯坦北部吉尔吉斯山脉北麓，当时是东西交通线的要冲。
⑬ 陲（chuí）：边地。 平陆：平地。
⑭ 沃（wò）润：肥沃滋润。
⑮ 扶疏：枝叶茂盛而疏密有致。
⑯ 绮（qǐ）：有花纹的丝织品。
⑰ 可汗（kè hán）：古代鲜卑、突厥、回纥（hé）、蒙古等族君主的称号。
⑱ 环：指环圈状的装饰物。
⑲ 驯（xún）：顺服。 狎（xiá）：亲近。
⑳ 走：逃跑。
㉑ 群属：所有的下属。
㉒ 这两句说：有谁胆敢加以杀害（指鹿），就要受到重罚而不予宽恕。
㉓ 呾逻私城：故址在今哈萨克斯坦南部江布尔附近。
㉔ 大同：大体相同。
㉕ 鸠（jiū）集：集合，联合。 同国：这里指同从内地来的人。
㉖ 于中宅居：在城中安家定居。
㉗ 衣裳去就：当指服饰等生活习惯。
㉘ 言辞：语言。 仪范：仪表，指人的容貌、风度等。
㉙ 这两句说：（住在小孤城里的人们）语言和仪表，还保存着内地的样子。

【简析】

本篇是从《大唐西域记》卷一节选出来的四节。原书没有小标题，小标题是后来整理的人补加的。

《大唐西域记》共12卷，是玄奘从印度回国以后，追述他亲身经历和传闻得知的城邦、地区、国家情况的书。内容十分丰富，对山川地形、城邑关防、交通道路、风土习俗、物产气候、文化政治等都有具体描述。这部书是研究中亚、南亚历史和中西交通史的重要资料，也是研究我国西北边区一些历史情况的好材料。玄奘写到的素叶水城，也写作碎叶城，就是我国唐朝大诗人李白的出生地。在素叶水城西几百里地方,还有一座小孤城,是三百多户内地人民转居至此而建立的城邑,他们的言语仪表,还保持着内地的样子。这些事实表明当时有不少内地人民定居在巴尔喀什湖以东以南的中亚地区,劳动生息于其地,其时间之早,远在莫斯科公国形成以前好多个世纪。

《大唐西域记》文笔也很优美,在散文中用了较多整齐的四字句,言简意明,绚丽雅致,质朴而灵活,严谨而流畅,表现了唐朝佛教徒译著文字的特点。

王 勃

王勃（650—675），字子安，绛州龙门（今山西省稷山县）人。十几岁时，授朝散郎（官名）。沛王李贤曾请他作王府修撰（任写作、编纂的官）。后因事获罪。他的父亲王福畤也因此受到牵连，被贬到南方远地任县令。上元二年（675），王勃往南方看望父亲，渡海溺水，惊悸而死，还不到三十岁。他和杨炯、卢照邻、骆宾王齐名，文学史上称为"初唐四杰"。著作有《王子安集》。

滕王阁序

南昌故郡，洪都新府①。星分翼、轸②，地接衡、庐③。襟三江而带五湖④，控蛮荆而引瓯越⑤。物华天宝，龙光射牛斗之墟⑥；人杰地灵，徐孺下陈蕃之榻⑦。雄州雾列⑧，俊采星驰⑨。台隍枕夷夏之交⑩，宾主尽东南之美⑪。都督阎公之雅望，棨戟遥临⑫；宇文新州之懿范，襜帷暂驻⑬。十旬休暇⑭，胜友⑮如云；千里逢迎⑯，高朋满座。腾蛟起凤，孟学士之词宗⑰；紫电清霜，王将军之武库⑱。家君作宰，路出名区⑲；童子何知，躬逢胜饯⑳。

时维九月，序属三秋㉑。潦水尽而寒潭清，烟光凝而暮山紫㉒。俨骖𬴂于上路㉓，访风景于崇阿㉔。临帝子之长洲㉕，得仙人之旧馆㉖。层峦耸翠，上出重霄㉗；飞阁流丹，下临无地㉘。鹤汀凫渚，穷岛屿之萦回㉙；桂殿兰宫，列冈峦之体势㉚。披绣闼，俯雕甍㉛，山原旷其盈视，川泽盱其骇瞩㉜。闾阎扑地，钟鸣鼎食之家㉝；舸舰弥津，青雀黄龙之轴㉞。虹销雨霁，彩彻区明㉟。落霞与孤鹜齐飞，秋水共长天一色㊱。渔舟唱晚，响穷彭蠡之滨㊲；雁阵惊寒，声断衡阳之浦㊳。

遥襟甫畅，逸兴遄飞㊴。爽籁发而清风生，纤歌凝而白云遏㊵。睢园绿竹，气凌彭泽之樽㊶；邺水朱华，光照临川之笔㊷。四美具，二难并㊸。穷睇眄于中天，极娱游于暇日㊹。天高地迥㊺，觉宇宙之无穷；兴尽悲来，识盈虚之有数㊻。望长安于日下，指吴会于云间㊼。地势极而南溟深，天柱高而北辰远㊽。关山难越，谁悲失路之人㊾？萍水相逢，尽是他乡之客㊿。怀帝阍而不见(51)，奉宣室以何年(52)？

嗟乎！时运不齐，命途多舛(53)。冯唐易老(54)，李广难封(55)。屈贾谊于长沙，非无圣主(56)；窜梁鸿于海曲(57)，岂乏明时(58)？所赖君子安贫，达人知命(59)。老当益壮，宁移白首之心(60)？穷且益坚，不坠青云之志(61)。酌贪泉而觉爽(62)，处涸辙以犹欢(63)。北海虽赊，扶摇可接(64)；东隅已逝，桑榆非晚(65)。孟尝高洁，空怀报国之情⁶⁶；阮籍猖狂，岂效穷途之哭⁶⁷？

　　勃三尺微命，一介书生⁶⁸。无路请缨，等终军之弱冠⁶⁹；有怀投笔，慕宗悫之长风⁷⁰。舍簪笏于百龄，奉晨昏于万里⁷¹。非谢家之宝树⁷²，接孟氏之芳邻⁷³。他日趋庭，叨陪鲤对⁷⁴；今晨捧袂，喜托龙门⁷⁵。杨意不逢，抚凌云而自惜⁷⁶；钟期既遇，奏流水以何惭⁷⁷？

　　呜呼！胜地不常⁷⁸，盛筵难再，兰亭已矣⁷⁹，梓泽丘墟⁸⁰。临别赠言，幸承恩于伟饯⁸¹；登高作赋，是所望于群公⁸²。敢竭鄙诚，恭疏短引⁸³，一言均赋，四韵俱成⁸⁴。请洒潘江，各倾陆海云尔⁸⁵。

【注释】

① 南昌故郡：南昌是汉豫章郡郡治所在，故称"故郡"。 洪都新府：唐朝称为洪州，设都督府，故称"新府"。 这两句说滕王阁的所在地。
② 翼、轸（zhěn）：都是二十八宿中的星名。古人以为天上的某个星宿对着地面上的某个区域，叫做"某星在某地之分野"，翼轸二星在豫章长沙等郡的分野。
③ 衡：衡山，在湖南省。 庐：庐山，在江西省。
④ 三江、五湖：古代有"三江五湖"之说，所指不一，是一种概括的说法。这句说：南昌处三江之上，居五湖之中。
⑤ 蛮荆：古代楚地，今湖北湖南一带。 瓯（ōu）越：今浙江温州一带。
⑥ 这两句说：物有精华，天有珍宝，宝剑的光华直射斗、牛之间。 龙光：宝剑的光华。 斗、牛：都是二十八宿中的星名。 墟：所在之处。相传晋武帝时，牛、斗二星之间常现紫气，在豫章丰城县地下掘得宝剑，一名龙泉，一名太阿。宝剑出现之后，紫气不再有了。剑后没于水，化为龙。
⑦ 这两句说：人有俊杰，地有灵秀，徐孺子来了，陈蕃才放下供他专用的床来。 徐孺：徐稚（zhì），字孺子，东汉豫章南昌人，家贫，躬耕自给，不接受朝廷征召。这里把"徐孺子"省称为"徐孺"，是因为骈体文上下句讲究整齐相对的关系。下文称"杨得意"为"杨意"，"钟子期"为"钟期"，都是这个缘故。 陈蕃：东汉人，曾任豫章太守，不喜接待宾客，但特设一榻接待徐稚，徐稚来了才把榻放下来，走了就把榻挂起来。
⑧ 雄州：雄伟的城，指洪州。 雾列：像雾那样弥漫，形容城市繁盛。
⑨ 俊采：英俊的人才。 星驰：像流星般的飞驰，形容人才众多。

⑩ 台：指城楼。 隍（huáng）：没有水的城濠。 枕：据，靠。 夷：指荆楚地区。 夏：指古扬州地区。 这句说：台池正在荆楚和扬州交接之处。
⑪ 这句说：宴会的客人和主人包括了东南所有的俊才。
⑫ 都督：这里指洪州都督府的都督。 阎公：名不可考。 雅望：好声望。 棨（qǐ）戟：有衣套的戟，古代为贵官的仪仗。 遥临：远道来临。
⑬ 宇文：复姓宇文的刺史，名不详。 新州：州名，今广东省新兴县，这里以居官所在地名称人。 懿范：美好的风范。 襜（chān）帷：车上的帐幔，这里指官员的车驾。 暂驻：暂时停留，指参加宴会。
⑭ 十旬：十日为旬。 休暇：休假日，唐朝制度，官员遇旬休假。 这句说：刚逢到十天一旬的假期。
⑮ 胜友：才俊异常的友人。
⑯ 逢迎：迎接。
⑰ 腾蛟起凤：像蛟龙腾空、凤凰起飞，比喻才华文采。 孟学士：名不详，学士是掌著述的官。 词宗：词章的宗匠，即文章大师的意思。
⑱ 紫电：宝剑名。 清霜：这里也是指宝剑。 王将军：名不详。 武库：藏兵器的库房。
⑲ 家君：称自己的父亲，这里指王福畤。 宰：县令。 出：过。 名区：有名的地方，指洪州。 这两句说：家父在南方作县令，因探望亲人而路过这有名的地方。
⑳ 童子：这里是后生、小辈的意思。 躬：亲身。 胜饯：盛宴。
㉑ 维：在。 序：时序，指春夏秋冬。 三秋：季秋，指农历九月。
㉒ 潦（lǎo）水：蓄积的雨水。 潭：深渊。 这两句说：雨后积水已尽，寒冽的潭水十分清澈；天际云烟凝集，傍晚的山色青紫斑驳。
㉓ 俨：通"严"，整治。 骖𬴂（cān fēi）：古代驾在车前两侧的马。 上：高。 这句说：马驾着车在高高的道路上前进。
㉔ 崇：高。 阿（ē）：丘陵。
㉕ 临：到，至。 帝子：指滕王。 长洲：指阁前的沙洲。
㉖ 得：得见的意思。 仙人之旧馆：指滕王阁。仙人亦指滕王，旧馆即故居。
㉗ 这两句说：层层叠叠的峰峦高耸起一片苍翠，上达重霄。
㉘ 这两句说：阁道上彩饰的丹漆鲜艳欲流，从阁道往下看，地好像没有了似的。 飞阁：架空建造的阁道。 流：形容彩画鲜艳欲滴。 丹：丹漆，这里泛指彩色。 临：从高往下看。
㉙ 汀：水边平地。 凫（fú）：野鸭。 渚（zhǔ）：水中的小洲。 萦回：曲拆缭绕。 这两句说：鹤、凫等禽鸟栖息的汀渚，极尽岛屿纡曲回环之致。
㉚ 桂殿兰宫：用桂与木兰修建成的宫殿，形容其华美。 这句说：宏丽的宫殿，高低起伏排列成冈峦起伏的样子。
㉛ 披：开。 绣闼（tà）：雕绘精致的门。 甍（méng）：屋脊。 这两句说：打开精致的阁门，俯视雕饰的屋脊。
㉜ 旷：远。 盱（xū）：张目望。 瞩（zhǔ）：注视。 这两句说：山岭平原无限辽阔，尽入人们的视野，河流湖泽浩渺相连，使人们看了惊奇。
㉝ 闾阎：里门，这里借指屋宇。 扑：这里有到处出现的意思。 钟鸣鼎食：古代贵族鸣钟列鼎而食。钟，青铜乐器。鼎，三足两耳的青铜食器。 这两句说：房屋到处都是，有不少的世家大族。形容城市繁华。
㉞ 舸（gě）：大船。 舰：版屋船，即船的四围加木板以防御矢石的。 弥：满。 津：渡口。 青雀黄龙：指船头作鸟头形龙头形。 轴：同"舳"，

指船。　这两句说：船只停满渡口，有许多雀舫龙舟。
㉟ 这两句说：彩虹消散，雨过天青，日光明彻，天宇开朗。彩，指日光。区，指天空。
㊱ 鹜（wù）：野鸭子。　这两句说：晚霞飘浮，孤鹜上扬，仿佛一起在飞行；清澈的秋水，与碧空相映，形成水天一色。
㊲ 响：指歌声。　穷：尽，直达。　彭蠡（lǐ）：鄱（pó）阳湖的古名。　这两句说：傍晚时候渔船上发出歌声，那声音一直传到鄱阳湖的岸边。
㊳ 断：止。　衡阳：今湖南省衡阳市。一说，指衡山之南。衡山有回雁峰，相传雁飞至此而止，不再南飞，待春而回。　这两句说：群雁南飞，感到天寒而惊，一路飞鸣到衡阳的水滨而止。
㊴ 这两句说：广阔的胸襟因登高随即舒畅，飘逸的兴致很快地发生了。襟：胸怀。　遄（chuán）：速。
㊵ 爽：参差。　籁：排箫，编二十余管或十余管而成的一种乐器，各管长短不一。　纤：细。　遏（è）：阻止。　这两句说：箫管声作，乐声相和，仿佛清风徐来；歌声缭绕，纤细如凝，白云为之停飞。
㊶ 睢（suī）园绿竹：西汉梁孝王刘武的睢阳（故城在今河南省商丘市南）兔园。枚乘的《梁王兔园赋》里写到园里的竹子。又《水经注》卷二十四里说，睢水东南流，经过竹圃，绿竹荫蔽洲渚，据说就是梁孝王的竹园。梁孝王好客，曾邀集一些文士在园中饮酒作赋。彭泽：县名，在江西省。这里借指晋陶潜，因陶潜曾任彭泽令。　樽：酒杯。陶潜爱喝酒。　这两句说：当时的宴会好比梁孝王兔园之会，在座的都是诗人文士，酒量豪气超过了陶潜。

㊷ 邺：今河北省临漳县，是曹魏兴起的地方，曹操父子在这里集中了许多文人。　朱华：芙蓉（古称莲花）。曹植曾在邺地作过《公宴诗》，中有"朱华冒绿池"之句。　临川：今江西省抚州市临川区。南朝宋谢灵运曾任临川内史，这里借指谢灵运。《宋书》说他"文章之美，江左莫逮"。以上几句借用陶潜、曹植、谢灵运来比拟宴会上善酒能诗之人。
㊸ 四美：指良辰、美景、赏心、乐事。具：齐备。　二难：指贤主人、佳宾客，难是难得的意思。　并：合在一起。
㊹ 穷：极。　睇眄（dì miǎn）：纵观，极视。　中天：长天，遥天。　这两句说：放眼纵观天地间的美景，在闲暇日子里尽情娱游。
㊺ 迥（jiǒng）：远。
㊻ 盈虚：这里指遭遇的好坏，事业的成败。　数：定数，有命运注定的意思。
㊼ 长安：唐朝的国都。　日下：指京师。吴会：吴郡，今江苏省苏州市。　云间：吴地的古称。　这两句说：遥望长安在日之下（含有"日近长安远"之意），指点吴会于云中。
㊽ 南溟：指南方的大海。　天柱：古代神话，昆仑山上有铜柱，其高入天，即"天柱"。　北辰：北极星。　这两句说：地势极尽于东南，而南方的大海更深；天柱高耸于西北，而天上的北极星更高。这里隐含作者慨感自己因遭遇不好而南下省亲，远离京师之意。
㊾ 失路：比喻不得志。
㊿ 萍水相逢：萍浮水面，时聚时散，比喻人的偶然遇合，聚散无定。　尽：都，全。
㉛ 怀：怀念。　帝阍（hūn）：天帝的守门者，这里指帝王的宫门。
㉜ 奉：侍奉。　宣室：汉未央宫前殿正室叫宣室。西汉贾谊被贬去长沙，后

来汉文帝刘恒又召他入京，在宣室接见。　这句说：希望能像贾谊那样在宣室侍奉君王，但又不知在哪一年。

(53) 命途：命运。　舛（chuǎn）：不顺利。

(54) 冯唐易老：西汉冯唐，老年时还只作郎官，汉文帝时拜为车骑都尉。汉景帝时出为楚相，不久被免官。汉武帝时求贤良，有人推荐他，但他已九十多岁，不能再出来任官职了。这里是王勃借冯唐比自己，怕年华老大而做不到官。

(55) 李广难封：西汉李广，汉武帝的名将，多次抗击匈奴，匈奴称他为“飞将军”。他手下的军吏士卒有的封了侯，但他虽有军功而始终没有封侯。这是王勃借李广比自己，深怕像李广那样永远不得志。

(56) 屈贾谊于长沙：西汉贾谊，汉文帝时任太中大夫，受到大臣排挤而被贬为长沙王太傅。屈，委屈。　圣主：圣明的君主，指汉文帝。

(57) 窜梁鸿于海曲：梁鸿过京师而作《五噫歌》，发泄对君王的不满。汉章帝知道了，派人要捉他。他因此改名换姓，带着妻子避居齐、鲁一带，后来转移到吴地。窜，驱逐。海曲，即海角，指齐、鲁一带滨海地方。

(58) 明时：政治清明的时代。

(59) 所赖：所可依仗的。这里承接上文而转入另一层意思。　安贫：安于贫困的境地。　达人：通达事理的人。　知命：知道自己的命运。这是作者在无可奈何的时候，用安贫乐道、听天由命的思想来聊以自慰。

(60) 这两句说：年纪老应当更有壮志，怎能在白了头的时候改变心愿。

(61) 这两句说：境遇艰困应当越加坚强，不能丧失自己的高尚志节。

(62) 酌贪泉而觉爽：相传广州城外二十里有贪泉，人饮其水必起贪心。晋吴隐之赴广州刺史任时，饮贪泉水而赋诗明志，到任后操守甚严。这是说操守坚定的人虽处在污浊环境中也能保持纯洁。

(63) 处涸辙（hé zhé）以犹欢：虽然像小鱼在涸辙中那样处于艰困的境地，但心情依然欢畅。涸辙，先前有积水后来干了的车辙，比喻十分困难的境地。

(64) 赊（shē）：远。　扶摇：从下而上的大风，这里指乘着大风。　这两句说：北海虽然远，但乘着大风还可以到达。

(65) 东隅：指日出处，表示早。　桑榆：指日落处，表示晚。　这两句说：早年的时光虽已逝去，但将来的岁月还有希望，还不算晚。以上几句都是作者在自叹失意以后又自慰自勉的话。

(66) 孟尝：东汉孟尝，字伯周，曾任合浦太守，志行高洁，有政绩而不被重用。后来退隐，有人上书向皇帝推荐他，也未被录用。作者引孟尝自比，略含怨意。

(67) 阮籍：晋阮籍，字嗣宗，任性不羁，有时驾车出游，漫无目的，遇到路不通了，就痛哭而回。　猖狂：性行放任，不拘礼法。　这句说：岂能摹仿任性的阮籍那样在无路可走之时就痛哭回头。这又是作者强自抑制，自我解嘲。

(68) 三尺微命：这里泛指自己在士大夫集团中地位身份的低微。三尺，原指士人的服饰，绅长三尺。　一介：一个，含有无足轻重的自谦之意。

(69) 等：同于。　终军：西汉终军，字子云。汉武帝时，与南越（今两广一带）和亲，派终军往说南越王。终军请求给他长缨（绳索），必缚南越王而致之皇宫前。　弱冠：古代以男子二十岁为弱冠。终军请缨时才二十多岁。　这两句说：自己与终军年龄相等，都是二十来岁，但没有请缨报国的机会。

(70) 投笔：东汉班超，曾受雇为人抄写文书，后投笔从军，出使西域，封定远侯。　宗悫（què）：南朝宋宗悫，字元干，少年时自述志向说："愿乘长风破万里浪。"这两句说：自己怀有班超那样投笔从军的壮志，羡慕宗悫的远大抱负。
㋕ 舍：丢弃。　簪笏（hù）：古代官员用的冠簪和手版，这里借指官职。　百龄：百岁，即一生。　奉晨昏：早晚向父母问安。　这两句说：宁愿终身舍弃作官的机遇，到万里之外去侍奉父亲。
㋖ 谢家之宝树：东晋谢安问他的子侄，为什么人们都要使自己的子弟好？其侄谢玄答道："譬如芝兰玉树，欲使其生于庭耳。"这句说自己不是像谢玄那样的好子弟。
㋗ 孟氏之芳邻：这是用"孟母三迁"的典故。这句说能参与盛宴，接近许多嘉宾。
㋘ 趋庭：恭敬地从庭前走过。古代臣过君前，子过父前，都应当徐趋（安然快走），以示恭敬。　叨：惭愧地承受，自谦的说法。　陪：比附。　鲤：孔子的儿子名鲤，字伯鱼。孔鲤在孔子面前趋庭应对，后来就用"趋庭"为接受父教的典故。这里是作者用此典故说：过些日子我将到父亲那里去聆受教诲。
㋙ 捧袂（mèi）：举起双袖，古人进谒相见时作揖，这里借指进谒。　龙门：东汉李膺，字元礼，地位高，名声大，士人有受到他接待的，称"登龙门"。这两句说：今天谒见都督阎公，以能登龙门为喜。
㋚ 杨意：杨得意，西汉时为武帝掌管猎狗的官，荐司马相如于武帝。相如献《大人赋》，武帝看了，便觉"飘飘有凌云之气，似游天地之间"。这两句说：自己没遇到像杨得意那样肯引荐的人，只能抚凌云之赋而自惜。
㋛ 钟期：钟子期，春秋时人，善听琴。同时有伯牙，善鼓琴。伯牙鼓琴，钟子期一听便知琴声所表达的意思和感情。钟子期死后，伯牙终身不再鼓琴。后来用作知音的典故。　这两句说：既遇到像钟子期那样的知音（指阎公），那么奏流水之曲（指赋诗作文）又有什么羞愧呢？以上几句既奉承了阎公，又抬高了自己。
㋜ 胜地：风景优胜之地。
㋝ 兰亭：在今浙江省绍兴市，晋王羲之曾和宾客宴集于此。　这句说：当年兰亭宴集的盛事已成陈迹了。
㋞ 梓（zǐ）泽：晋石崇的金谷园，又名梓泽，在今河南省洛阳市。　这句说：华丽的金谷园也已荒废为丘墟。
㋟ 这两句说：在这盛大的宴会上，自己承蒙主人恩宠，效古人临别赠言之义，撰文见意。
㋠ 这两句说：至于登此高阁而作赋，那将有待于参与盛会的诸公了。
㋡ 疏：条录，一一地写出。　引：序文。
㋢ 这两句说：一讲请宾客作诗，大家都作，我的一首四韵的诗已经写成了。四韵，旧体诗以两语为一韵。王勃的《滕王阁》诗是："滕王高阁临江渚，佩玉鸣鸾罢歌舞。画栋朝飞南浦云，朱帘暮卷西山雨。闲云潭影日悠悠，物换星移几度秋。阁中帝子今何在？槛外长江空自流！"
㋣ 潘江、陆海：指晋潘岳、陆机的文才。南朝梁钟嵘的《诗品》说："陆才如海，潘才如江。"　云尔：语气助词，用在句尾，表示述说完了。　这两句说：请宾客们各尽才能，写出像潘岳、陆机那样才如江海的好作品来吧。

【简析】

　　滕王阁是唐高祖李渊的儿子滕王李元婴做洪州都督时修建的，在今江西省南昌市，面临赣江。王勃在唐高宗上元二年（675）去南方看望父亲，路过南昌，恰值农历九月初九重阳节。当时的都督阎某在滕王阁大宴宾僚，王勃赴宴赋诗，并写了这篇序。

　　序文由洪州的地势、人才写到宴会；写滕王阁建筑的壮丽，眺望的广远，扣紧了秋日景色，写得很鲜明；再从宴会娱游写到人生遇合，抒发身世之感；接着由自己的遭遇写到应当自励志节；最后写路过滕王阁，能够参与宴会，自当应命赋诗，并以自谦之辞作结。文章写了自己的抱负和怀才不遇的愤懑心情，也夹杂着一些"安贫""知命"的出世思想。

　　这篇序文是骈体文中的名篇，词采华美，声调和谐，意境开阔，其中有些精辟的语句，为当时和后世所赞赏。但是，本文仍然染有六朝余习，有过分追求形式、堆砌典故而造成意思晦涩的毛病。

刘知幾

刘知幾(661—721),字子玄,彭城(今江苏省徐州市)人。武则天时历任著作佐郎、左史等职,兼修国史。玄宗时,官至左散骑常侍,后被贬为安州别驾,不久去世。他专攻史学,能分析各史的利弊得失。著有《史通》。

叙 事 节录

夫国史之美者①,以叙事为工②;而叙事之工者,以简要为主。简之时义大矣哉③!

历观自古,作者权舆④。《尚书》发踪,所载务于寡事⑤;《春秋》变体,其言贵于省文⑥。斯盖浇淳殊致,前后异迹⑦。然则文约而事丰,此述作之尤美者也⑧。

始自两汉⑨,迄乎三国⑩,国史之文,日伤烦富⑪。逮晋已降,流宕逾远⑫。寻其冗句,摘其烦词,一行之间,必谬增数字,尺纸之内,恒虚费数行⑬。夫聚蚊成雷,群轻折轴⑭,况于章句不节,言词莫限⑮,载之兼两⑯,曷足道哉⑰!

盖叙事之体，其别有四⑱：有直纪其才行者⑲，有唯书其事迹者⑳，有因言语而可知者㉑，有假赞论而自见者㉒。至如《古文尚书》称帝尧之德㉓，标以"允恭克让"㉔。《春秋左传》言子太叔之状㉕，目以"美秀而文"㉖。所称如此，更无他说，所谓直纪其才行者㉗。又如左氏载申生为骊姬所谮，自缢而亡㉘。班史称纪信为项籍所围，代君而死㉙。此则不言其节操，而忠孝自彰，所谓唯书其事迹者㉚。又如《尚书》称武王之罪纣也㉛，其誓曰："焚炙忠良，刳剔孕妇㉜。"《左传》纪随会之论楚也㉝，其词曰："筚路蓝缕，以启山林㉞。"此则才行事迹，莫不阙如，而言有关涉，事便显露，所谓因言语而可知者㉟。又如《史记·卫青传》后，太史公曰㊱：苏建尝责大将军不荐贤待士㊲。《汉书·孝文纪》末，其赞曰："吴王诈病不朝，赐以几杖㊳。"此则传之与纪，并所不书，而史臣发言，别出其事，所谓假赞论而自见者㊴。然则才行、事迹、言语、赞论，凡此四者，皆不相须㊵。若兼而毕书，则其费尤广㊶。但自古经史，通多此颣㊷，能获免者，盖十无一二㊸。

又叙事之省，其流有二焉㊹：一曰省句，二曰省字。如《左传》宋华耦来盟，称其先人得罪于宋，鲁人以为敏㊺。夫以钝者称敏，则明贤达所嗤，此为省句也㊻。《春秋经》曰："陨石于宋五㊼。"夫闻㊽之陨，视之石，数之五，加以一字太详，减其一字太略。求诸折中㊾，简要合理，此为省字也。其有反于是者㊿，若《公羊》称"郤克眇㉛，季孙行父秃㉜，孙良夫跛㉝。齐使跛者逆跛者，秃者逆秃者，眇者逆眇者㉞"。盖宜除"跛者"已下句，但云"各以其类逆"㉟。必事加再述，则于文殊费，此为烦句也㊱。《汉书·张苍传》云："年老口中无齿㊲。"盖于此一句之内，去"年"及"口中"可矣。夫此六文成句，而三字妄加，此为烦字也㊳。然则省句为易，省字为难，洞识此心㊴，始可言史矣。苟句尽余剩㊵，字皆重复，史之烦芜，职由于此㊶。

盖饵巨鱼者，垂其千钧，而得之在于一筌㊷。捕高鸟者，张其万罝，而获之由于一目㊸。夫叙事者，或虚益散辞，广加闲说㊹，必取其所要㊺，不过一言一句耳。苟能同夫猎者渔者，既执而置钓必收㊻，其所留者唯一筌一目而已，则庶几骈枝尽去，而尘垢都捐㊼，华逝而实存，滓去而沈在矣㊽。嗟乎！能损之又损，而玄之又玄㊾，轮扁所不能语斤，伊挚所不能言鼎也㊿。

【注释】

① 国史：一国或一朝的史书。 美：好。
② 工：精到，擅长。
③ 这句说：简要的意义可真大啊！时义，这里相当于意。
④ 作者：这里指写史书的人。 权舆：创始。
⑤ 《尚书》：书名，上古历史文件的汇编，其中包含商、周各代一些重要史料。 发踪：这里是"开始"的意思。 务于寡事：对事件的记载力求简要。
⑥ 《春秋》：书名，我国春秋时代的编年体史。相传是孔子依据鲁国史官所编《春秋》改订而成。 变体：改变了体制。《尚书》着重于记言。《春秋》着

重于记事，所以说改变了体制。　贵：好，优越。　省文：文辞简约。
⑦ 斯：此。　浇：薄。　淳：淳厚。殊致：风气不同。　异迹：不同的事迹。　这两句说：这大概是因为《尚书》和《春秋》分别记两个时代的事，世风有浇薄和淳厚的区别，事迹前后也有不同。
⑧ 然则：如此，那么。　述作：泛指著作。　这两句说：照这样看来，文辞简要而记事丰富，这是著作中格外好的啊。
⑨ 两汉：指西汉和东汉。
⑩ 迄：到。　三国：指东汉以后，魏、蜀、吴三国鼎立的历史时期。
⑪ 烦富：多，这里指文辞繁杂。　这两句说：史书的文辞，过于繁杂的弊病一天比一天厉害了。
⑫ 逮：及至。　已降：以下。　流宕（dàng）：放荡而无限制。　这两句说：到了晋朝以下，史书的文辞繁杂得漫无限制，距离古代著作更其远了。
⑬ 冗（rǒng）：多余无用的。　谬（miù）：错误地。　这几句说：如果寻出其多余无用的句子，摘出其繁杂的词语，就会发现每行当中一定妄增几个字，一张纸上常常要多出几行无用的文句。
⑭ 聚蚊成雷，群轻折轴：许许多多蚊子聚集在一起，所发的声音可以像雷声那样大；许许多多轻东西装载在一辆车上，能够压断轮轴。作者用来比喻"冗句""烦词"积得多了就会使文章芜杂。
⑮ 节：节省。　限：限制。
⑯ 兼：加倍。　两：车辆。　这句说：文辞多得要用加倍的车辆来装载。（古代的文章是写在竹简上的，所以要用车辆运载。）
⑰ 曷足道哉：哪里值得称赞呢！
⑱ 盖：虚词，表示承接上文，申说理由。　这两句说：叙事文章的体制，它的区别有四点。
⑲ 纪：同"记"，记载。　这句说：有直接记载某人的才能德行的。
⑳ 唯：只。　这句说：有只写某人事迹的。
㉑ 这句说：有从所记叙的言语中可以了解其有关事迹的。
㉒ 假：借。　赞论：史传每篇后面评论性的文句，也叫"论赞"。　见：同"现"，表露在外面，可以看见。　这句说：有借史传后面的赞论而自然显露出来的。
㉓《古文尚书》：相传汉武帝时鲁恭王刘余从孔子住宅的壁中发现了几种经书，都是用科斗古文写的。其中的《尚书》就称《古文尚书》。《古文尚书》比用汉朝通行的隶书写的《今文尚书》多十六篇。后来《古文尚书》散失了，只传下篇目。东晋时豫章内史梅赜（zé）献出《古文尚书》二十五篇，经后代学者考证，定为伪作。现在通行的《尚书》是《今文尚书》和《伪古文尚书》的合编本。　帝尧：即唐尧，陶唐氏，名放勋，传说中父系氏族社会后期部落联盟的领袖。
㉔ 允恭克让：信实，恭谨，能够谦让。这是记尧才德的话，见《尚书·尧典》。
㉕《春秋左传》：书名，编年体春秋史，也称《左传》、《左氏春秋》，相传春秋时鲁国左丘明所作。这部史书详于记事，对于春秋时代各主要诸侯国的盛衰兴亡，奴隶主贵族腐朽没落的表现，都有比较具体的记载。　子太叔：春秋时郑国的大夫游吉。
㉖ 目：评鉴的意思。　以：以为，这里有"说"的意思。　美秀而文：貌美才秀，又有威仪。
㉗ 这几句说：上述两个例子所称述的就是如此，再没有其他的话，这就是所谓直接记载其才能德行的写法。
㉘ 左氏：左丘明，这里借指《左传》。　申

生：春秋时晋献公的太子。　骊（lí）姬：晋献公的夫人。　潛（zèn）：说坏话诬陷人。　自缢（yì）：上吊自杀。　这两句说：《左传》记载申生被骊姬诬陷而自己吊死。（申生是晋献公的太子。晋献公宠爱骊姬，想另立骊姬之子奚齐为太子。骊姬诬陷申生在献给献公的酒食里放了毒，要谋害献公。献公派人追问，申生不肯辩白而上吊自杀。）

㉙ 班史：班固所著的史书，指《汉书》。　纪信：汉高祖刘邦的部下。项籍：西楚霸王项羽。　这两句说：《汉书》赞扬纪信被项籍所围困，代替他的君主而死。（公元前203年，楚军将刘邦围困在荥阳城，汉将纪信坐着刘邦的车，车上竖起大旗，假充刘邦出东门投降。刘邦乘机从西门逃走。后来项羽知道上了当，就把纪信烧死。）

㉚ 这几句说：这是不去述说他们的节操，而忠孝自然明白，就是所谓只写其事迹的写法。

㉛ 武王：指周武王姬发，西周奴隶制王朝的建立者。　罪：指责某人的罪过。纣（zhòu）：商朝最后一个君主。

㉜ 誓：誓辞，这里指武王伐纣时表示决心的话。　焚炙（zhì）：用火烧。　刳（kū）剔：割割，剖开。

㉝ 随会：春秋时晋国大夫士会，字季，食邑在随，也称随会。

㉞ 筚辂（bì lù）：柴车，用荆、竹编成。蓝缕（lǔ）：衣服破烂。　启：开辟。这两句说：（楚国的祖先）乘着柴车，穿着破烂的衣服，辛勤艰苦地开辟疆土。（这是春秋时晋国大夫栾书说的话，见《左传·宣公十二年》。刘知幾写为随会说的，是记错了。）

㉟ 阙（quē）如：缺然，欠缺的样子。这几句说：这是才能、德行和事迹，没有一样不缺的，但所记的言语关联到事情，事迹也就表现出来了，就是所谓从言语中可以知道才行事迹的写法。

㊱ 太史公曰：司马迁说。司马迁写《史记》，在《本纪》《世家》和《列传》叙事完毕之后，都加上一段带有小结性质的论赞，并用"太史公曰"四个字开头。

㊲ 苏建：西汉杜陵（今陕西省长安县东南）人。以校尉从卫青击匈奴有功，封平陵侯，后为代郡太守。　大将军：指卫青。　这句说：苏建曾经责备大将军卫青不能荐举贤者，优遇士人。这里是刘知幾概括了这段论赞的大意，并不是《史记》原文。

㊳ 吴王：刘濞（bì）。他是汉高祖刘邦的侄儿，汉文帝刘恒的堂兄。　诈病不朝：（吴王刘濞怨恨朝廷）假称有病不入朝。　赐以几杖：（汉文帝）赐给（吴王）几和杖。几，可以凭倚；杖，可以扶着走路。这是表示对老年人的优待。（班固在《汉书·文帝纪》的论赞里叙述这件事，是用以说明汉文帝待人宽容。）

㊴ 传之与纪：指《卫青骠骑列传》和《文帝纪》。之，虚词，这里不表示意义。　史臣：指司马迁和班固。　这几句说：这是列传和本纪里都没有写进去，而在史臣所发的言论中另外表出的事迹，就是所谓借赞论而自然表露出来的写法。

㊵ 这几句说：那么才行、事迹、言语、赞论，这四种写法，都不是彼此相待而成、缺一不可的。

㊶ 这两句说：假使（把四种写法）同时用上，那花费的笔墨就更多了。

㊷ 经史：经书和史传。（原注指明：《公羊传》《穀梁传》《礼记》《新序》《说苑》《战国策》《楚汉春秋》《史记》和唐朝初年修撰的《梁书》《陈书》《周书》《北齐书》《隋书》。）　颣（lèi）：

31

毛病。

㊸ 这两句说：能够不犯这个毛病的，大概十个里没有一两个。（这句下原注指出只有左丘明、裴子野〔南朝梁人，著《宋略》〕、王劭〔隋朝人，著《北齐志》〕没有这种毛病。）

㊹ 省：简略。　流：类别。

㊺ 华耦（ǒu）：春秋时宋国的大夫。　先人：祖先。　鲁：愚钝，蠢笨。　敏：聪敏。宋大夫华耦到鲁国会盟，说他的祖先（指其曾祖父华督）曾在宋国犯罪（指杀死宋殇公）。《左传·文公十五年》在叙述这件事以后，写了一句“鲁人以为敏”。

㊻ 这几句说：愚蠢的人称赞（华耦）聪敏，当然也就表达出贤达的人对他的讥笑，这就是省略了句子啊。

㊼ 陨（yǔn）：陨落，从高空中落下。　石：陨石，含石质较多或全部是石质的陨星。　宋：宋国。

㊽ 闻：听见。陨星掉下来时有巨声，所以说“闻”。

㊾ 诸：之于。　折中：原为调节过与不及，使适中，这里有不多不少、恰恰正好的意思。

㊿ 反于是：跟这样写法相反。

(51)《公羊》：指《公羊传》，阐释《春秋》的史书。《公羊》应作《穀梁》（也是阐释《春秋》的史书），因下面所写的事见于《穀梁传·成公元年》。　郄（xì）克：春秋时晋国的大夫。　眇（miǎo）：瞎了一只眼。

(52) 季孙行父：春秋时鲁国的大夫。

(53) 孙良夫：春秋时卫国的大夫。　跛（bǒ）：跷脚。

(54) 齐：齐国。　逆：迎接。

(55) 已下：以下。　各以其类逆：每个人都用跟他相类似的人去迎接。

(56) 这几句说：一定要把事实再写一遍，那在文字上是极度的浪费，这是烦琐的句子。（后人对刘知幾的说法有不同意见，认为《穀梁传》的写法不是烦琐，而是故意逐一写出，以求生动的修辞手段。）

(57) 年老口中无齿：年老了，嘴里没有牙齿。（今本《汉书·张苍传》没有“年老”二字。《史记·张丞相列传》没有“年”字。）

(58) 这几句说：这六个字组成的句子，倒有三个字是乱加的，这就是烦琐多余的字。

(59) 洞识：透彻地理解。　此心：这点意思。

(60) 余剩：多余。

(61) 职由于此：主要由于这一点。职，专，主要。

(62) 饵：鱼食，这里用作动词，以饵诱鱼。　千：很多的意思。　钓：钓钩。　一：极少的意思。　筌（quán）：捕鱼的竹笼。这里“筌”和“钓”都指钓钩。　这几句说：大概用香饵钓大鱼的人，放下许多钓钩，而能钓得到鱼的，却只靠一个钓钩。

(63) 罝（jū）：捕鱼的网。　一目：指网上的一个孔。　这几句说：捕高飞的鸟的人，张了许多罗网，而捉住鸟的只有极少的网孔。

(64) 虚：空。　益：增加。　散辞：无用的文辞。　广：多。　闲说：多余的说话。

(65) 必：果真。

(66) 这句说：既然捕到了鸟和鱼，罗网和钓钩就一定要收起来。这里作者仍用上文的比喻来说明叙事者既已写出了重要的话，就应该把那些多余无用的文辞删掉。

(67) 庶几：差不多。　骈枝：骈拇，脚的拇指和第二指并生在一起；枝指，手上长着的第六个多余的指头。常用以比不必要的东西，这里指“散辞”“闲说”。　尘垢：尘土和污秽，这里指繁芜的字句。　捐：舍弃。

㉘ 滓（zǐ）：渣滓。　沈（shěn）：汁水。　这两句说：浮华的东西去而实质在，渣滓杂质去而精华在。
㉙ 损：减少，这里是精简的意思。　玄：精微奥妙。
㉚ 轮扁：春秋时齐国有名的造车工匠。　斤：斧头，斫轮的工具。　伊挚（zhì）：商汤的大臣伊尹，名挚，传说精于烹调。　鼎：古代烹煮食物用器，这里指烹调的手法。　这两句说：轮扁不能说出用斧斫轮的技巧，伊挚不能说出烹调的妙法。作者用这两个典故，意思是说叙事尚简的奥妙，只能心领神会，而不是用言语所能说明的。

【简析】

　　这篇文章是节录《史通·叙事》篇里的"尚简"部分。《史通》是我国现存的第一部史学理论著作，其中《言语》《叙事》《模拟》等篇都涉及论文问题。本篇提出"文约而事丰"作为衡量叙事文高下的标准。作者指出：要做到文词简要而叙事丰富，应从两方面着手，从表现方法来说，要根据实际情况，灵活运用，不可以面面俱到，样样都写；从用词造句的技巧来说，只有把那些烦琐多余的字句删除掉，才能做到简洁扼要。

　　作者为了阐述这一道理，从正反两面举了不少古代经史中的例子，涉及叙事文的作法问题，对后来也有一定影响。不过文中所举的例子，不一定都是烦琐芜杂的典型，大半是作者力求文字生动而故意那样写的。有的地方说得过了头，这一点要注意辨析。作者从写历史的角度出发，曾批判过长期流行的骈体文，主张用接近当时口语的散文写作。虽然他自己写作时还带着骈俪气息，但是从他的见解来说，不失为唐朝古文运动的先驱。

陈子昂

陈子昂（661—702），字伯玉，梓州射洪（今四川省射洪县）人。武则天时考中进士，做过麟台正字、右拾遗等官职，并曾随军出征。他屡次上书言事，语多切直。后来他感到自己的政治抱负不能实现，于三十八岁时辞官回乡。县令段简受武三思的指使，把他害死，年四十二。著作有《陈伯玉集》。

与东方左史修竹篇序①

东方公足下②：文章道弊五百年矣③。汉、魏风骨④，晋、宋莫传⑤，然而文献有可征者⑥。仆尝暇时观齐、梁间诗⑦，彩丽竞繁⑧，而兴寄都绝⑨，每以永叹⑩。思古人常恐逶迤颓靡⑪，风雅不作⑫，以耿耿也⑬。一昨于解三处见明公《咏孤桐篇》⑭，骨气端翔⑮，音情顿挫⑯，光映朗练⑰，有金石声。遂用洗心饰视，发挥幽郁⑱。不图正始之音⑲，复睹于兹⑳，可使建安作者㉑，相视而笑㉒。解君云张茂先、何敬祖㉓，东方生与其比肩㉔，仆亦以为知言也㉕。故感叹雅制㉖，作《修竹》诗一篇，当有知音以传示之㉗。

修竹篇并序

東方公足下文章道弊五百年矣漢魏風骨晉宋莫
傳然而文獻有可徵者僕嘗暇時觀齊梁間詩彩麗
競繁而興寄都絕每以永歎思古人常恐逶迤頹靡
風雅不作以耿耿也一昨於解三處見明公詠孤桐
篇骨氣端翔音情頓挫光英朗練有金石聲遂用洗
心飾視發揮幽鬱不圖正始之音復覩於茲可使建
安作者相視而咲解君云張茂先何敬祖東方生與
其比肩僕亦以為知言也故感歎雅製作修竹詩一
篇當有知音以傳示之

龍種生南嶽孤翠鬱亭亭峰嶺上崇崒煙雨下微冥
夜閒蟠虬叫晝聒泉聲春風正淡蕩白露已清泠哀響
激金奏密色滋玉英歲寒霜雪苦含彩獨青青豈不
激全奏密色滋玉英歲寒霜雪苦含彩獨青青豈不
凝洌為此春木榮春木有榮歇此節無凋零始願與金
石終古保堅貞不意伶倫子吹之學鳳鳴遂偶雲和琴
張樂奏天庭妙曲方千變蕭韶亦九成信蒙鸞臺女吟弄
顧事仙靈馳驅翠虹駕伊鬱紫鸞笙結交赤城遊戲
升天行攜手登白日遠遊戲赤城低昂玄鶴舞斷續綠

陈子昂《修竹篇序》 《陈伯玉文集》书影(明刻本)

【注释】

① 东方左史：东方虬（qiú），陈子昂的诗友，武则天时任左史（职掌记录皇帝的起居法度）。《修竹篇》：陈子昂写给东方虬的诗篇，本文即这首诗前面的小序。
② 足下：对人的敬称，一般用于职位或行辈差不多的人。
③ 文章：这里泛指诗歌、散文等作品。　道：道理，方法。　弊：败坏。　五百年：这里指六朝至初唐这一段时间，"五百年"是举成数而言，实际没有这么多年数。
④ 汉、魏：汉朝和曹魏王朝，实际是指东汉末献帝建安年间。　风骨：风，指作品的艺术感染力；骨，指作品的内容。有风有骨的诗文才有力。"风骨"原指人的精神和体貌，用作文学理论的术语是南朝梁刘勰（xié）的《文心雕龙·风骨》中提出的。诗文要有风骨，是指思想感情表现明朗，语言质朴有力，形成一种爽朗刚健的风格。
⑤ 晋、宋：指晋朝和南朝刘宋王朝。　莫：没有。
⑥ 文献：典籍资料。　征：证验，证明。
⑦ 仆：古时男子谦称自己。　齐、梁：指南朝齐和梁两个朝代。
⑧ 彩丽：这里指华丽的文词。　竞：争逐。　繁：多。这里指六朝以来诗文华而不实的不良倾向。
⑨ 兴寄：兴，即比兴的表现手法；寄，指诗文要有所寄托。所谓"兴寄"是指诗文反映社会现实，有深刻的含义。绝：断，尽。六朝诗文，往往只是吟咏性情而缺乏社会内容，所以陈子昂说"兴寄都绝"，表示反对这种文风。
⑩ 以：因。　永叹：长吟，咏叹。
⑪ 逶迤（wēi yí）：形容弯弯曲曲而继续不断。　颓靡：枯萎衰落。
⑫ 风雅：指《诗经》中的《国风》和《大雅》《小雅》部分，古人常以风雅为诗歌创作的榜样。
⑬ 耿耿：形容有心事。　以上几句说：想念古人，因而想到当前的文风，恐怕衰落颓废之风继续下去，从此风雅的作品不能兴起，因而心中不安，不能忘怀。
⑭ 一昨：前些时候。　解（xiè）三：姓解排行第三的人，名不详。唐朝人的诗文中，常常用排行作为相互间的称呼。　明公：古时对有名位的人的尊称，这里指东方虬。《咏孤桐篇》：东方虬的诗作，今已失传。
⑮ 骨气：即"风骨"的意思。　端翔：形容作品的内容充实，气势飞动。
⑯ 音情：指诗的音节与思想感情。　顿挫：这里是有节奏的意思。这两句是形容顿挫的音节与沉郁的诗情相结合。
⑰ 光映朗练：形容作品的光彩，明朗皎洁。
⑱ 用：因此。　洗心：荡涤心胸。　饰视：增多见识。　发挥：发展，发扬。　幽郁：指深微沉郁的思想。
⑲ 正始之音：正始，魏齐王曹芳的年号（240—248）。文学史上的"正始时代"是泛指曹魏王朝后期。正始之音，主要指嵇康、阮籍等人的诗歌。嵇、阮的诗都在一定程度上暴露了当时上层统治集团的黑暗，表达了对封建礼法的抨击。
⑳ 复：重，又。　睹：看见。　兹：现在。
㉑ 建安作者：建安，东汉献帝刘协的年号（196—219），这时期的军政大权实际掌握在曹操手里。文学史上的"建安作者"，主要指曹操、曹丕、曹植父子和陈琳、王粲等人。建安诗歌的特色是运用新起的五言诗形式，从民歌中吸取营养，对社会现实有较深的感

受和一定的反映。
㉒ 相视而笑：形容情投意合，莫逆于心。
㉓ 张茂先：张华，字茂先，晋初诗人。
何敬祖：何劭，字敬祖，晋初人。
㉔ 东方生：即指东方虬。生，即"先生"。

比肩：并肩。
㉕ 知言：有见识的言论。
㉖ 雅制：高雅的著作，这里是赞美东方虬的诗。
㉗ 知音：比喻知己。 传示：传阅。

【简析】

　　这篇短文是陈子昂在初唐时期提出改革六朝以来颓废浮艳的诗风的主张。他标举"风骨"和"兴寄"两点，主张恢复建安、正始时期的诗歌传统，要求诗歌具有现实内容，反映社会生活。这一见解对唐代诗歌的发展，是起了积极作用的。

复仇议状①

臣伏见同州下邽②人徐元庆者，父爽为县吏赵师韫③所杀，卒能手刃④父仇，束身归罪⑤。议曰：

先王立礼⑥，所以进人⑦也；明罚⑧，所以齐政⑨也。夫枕干仇敌⑩，人子之义；诛罪禁乱⑪，王政之纲⑫。然则无义⑬不可以训人，乱纲不可以明法⑭。故圣人修礼理内⑮，饬法防外⑯，使夫守法者⑰不以礼废刑，居礼者不以法伤义⑱，然后能暴乱不作⑲，廉耻以兴，天下所以直道而行⑳也。

窃见同州下邽人徐元庆，先时㉑父为县吏赵师韫所杀，元庆鬻身佣保㉒，为父报仇，手刃师韫，束身归罪。虽古烈者㉓，亦何以多㉔？诚足以激清名教㉕，旁感忍辱义士之靡㉖者也。

然按之国章㉗，杀人者死㉘，则国家划一之法也；法之不二㉙，元庆宜伏辜㉚。又按礼经㉛，父仇不同天㉜，亦国家劝人之教也；教之不苟㉝，元庆不宜诛。然臣闻昔刑之所生㉞，本以遏乱㉟，仁之所利㊱，盖以崇德㊲。今元庆报父之仇，意非乱也㊳，行子之道㊴，义能仁也。仁而无利㊵，与乱同诛㊶，是曰能刑㊷，未可以训㊸，元庆之可显宥㊹于此矣。然则邪由正生，理必乱作㊺，昔礼防至密，其弊不胜㊻，先王所以明刑，本实由此。今倘义元庆之节㊼，废国之刑，将为后图㊽，政必多难，则元庆之罪不可废也。何者㊾？人必有子，子必有亲，亲亲相仇㊿，其乱(51)谁救？圣人作始(52)，必图其终(53)，非一朝一夕之故，所以全其政(54)也；故曰伸人之义(55)，其政必行。且夫以私义(56)而害公法，仁者不为，以公法而徇私节(57)，王道不设(58)；元庆之所以仁高振古(59)，义伏当时(60)，以其能忘生而及于德(61)也。今若释元庆之罪以利其生(62)，是夺其德而亏其义(63)，非所谓杀身成仁、全死无生(64)之节也。

如臣等所见，谓宜正国之法(65)，置之以刑(66)，然后旌其闾墓(67)，嘉其徽烈(68)，可使天下直道而行，编之于令(69)，永为国典(70)。谨议。

【注释】

① 状：申述事理的文件。
② 伏见：看到。伏，趴着。和下文“窃见”一样，都是旧时下对上表示敬意。　同州：唐朝同州的范围包括今陕西省大荔、合阳，韩城、澄城、白水等县地。　下邽（guī）：今陕西省渭南市。
③ 韫：音 yùn。
④ 卒：到底。　手刃：亲手杀掉。
⑤ 束身归罪：自己捆绑起来投案认罪。
⑥ 先王立礼：古代圣哲贤君建立礼制。
⑦ 所以进人：用来使人们上进。
⑧ 明罚：明确刑罚的条文。
⑨ 齐政：使政治秩序不乱。
⑩ 枕干仇敌：连睡觉时也头枕着兵器准备向敌人报仇。
⑪ 诛罪禁乱：杀掉犯罪的人来防止作乱。
⑫ 王政之纲：帝王统治天下的纲领。
⑬ 然则：那么。　义：就是“人子之义”的义。
⑭ 明法：严明法治。
⑮ 修礼理内：讲求礼制来从思想上进行教育。
⑯ 饬（chì）法防外：整顿法令来从行为上加以约束。
⑰ 夫：那些。　守法者：执掌法律的人。
⑱ 居礼者：遵守礼制的人。　伤义：妨

害礼义。
⑲ 作：发生。
⑳ 直道而行：按正常途径去办理。
㉑ 先时：早些时候。
㉒ 鬻（yù）身佣保：卖身做奴仆。
㉓ 烈者：烈士。
㉔ 亦何以多：又哪里能超过他？
㉕ 诚：确实。　激清名教：对礼教起鼓励澄清的作用。
㉖ 旁感：广泛地感动。　靡：不能振作。
㉗ 国章：国家的法律。
㉘ 死：处死刑。
㉙ 不二：不能有两样的处理。
㉚ 伏辜：按罪状受到惩罚。
㉛ 礼经：指《礼记》。
㉜ 不同天：不同在天底下。《礼记·曲礼上》有“父之仇弗与共戴天”的话，说仇恨极深，不能一同生存。
㉝ 教之不苟：教训不能马虎对待。
㉞ 昔：从前。　刑之所生：刑罚的产生。
㉟ 遏（è）乱：制止暴乱。
㊱ 仁之所利：讲求仁德的好处。
㊲ 盖以崇德：原是用来尊重发扬道德。
㊳ 意非乱也：用意不是在作乱。
㊴ 行子之道：实行了做儿子的道理。
㊵ 仁而无利：讲求仁德而没有好处。
㊶ 与乱同诛：和作乱的一样被杀死。
㊷ 是曰能刑：这样可以叫做执法如山。
㊸ 未可以训：却不能作为准则。
㊹ 显宥：公开免罪。
㊺ 理必乱作：像“邪由正生”一样，安定当中也会发生暴乱。
㊻ 其弊不胜：弊病也多得了不得。
㊼ 义元庆之节：认为元庆的志节是符合正义的。
㊽ 将为后图：为以后打算。
㊾ 何者：为什么。
㊿ 亲亲相仇：因为爱亲人而相互报仇。
(51) 其乱：由相互报仇造成的纷乱局面。
(52) 作始：做一件创始的事。
(53) 必图其终：一定得考虑到它的后果。
(54) 全其政：让政令制度完备起来。
(55) 伸人之义：表扬人们的正义行为。
(56) 私义：有关私人关系的道理，指的是报父子关系的私仇。
(57) 徇（xùn）私节：迁就私义。
(58) 设：施行。
(59) 仁高振古：德行超过古代人。振古，自古以来。
(60) 义伏当时：节义使当时的人敬服。
(61) 忘生：不顾性命。　及于德：够得上道德标准。
(62) 释：开脱。　利其生：让他好活命。
(63) 夺其德而亏其义：损伤他的仁德节义。
(64) 杀身成仁：牺牲生命来成全仁德。　全死无生：成全死节，不求活命。
(65) 正国之法：严格执行国家的法律。
(66) 置之以刑：按照刑法来处置他。
(67) 旌（jīng）其闾墓：在他的门口和坟上挂上奖状进行表扬。
(68) 嘉其徽烈：赞美他美好的气节。
(69) 编之于令：把处置这案件的办法编进法令。
(70) 国典：国家法律的范例。

【简析】

陈子昂提出革新诗风的主张，他的诗作具有刚健质朴的风格。他还用散文写了不少政论文，有意学西汉人的古文。在唐朝的古文运动中，陈子昂可以说是一个先驱者。他所写的政论文的思想内容，多半是儒生常谈，但写得朴实畅达，力矫当时浮艳的文风。

《复仇议状》叙述了徐元庆为父报仇的事实后就提出"礼"和"法"的作用，从作用说到"礼"和"法"不能偏废，指出徐元庆为父报仇又"束身归罪"，显然不是作乱而是尽孝道，不该杀他，但又考虑到以此为例，大家可以互相报仇，社会秩序会混乱，又不能不杀。最后提出依法办罪、又要表扬的处理办法。

王 维

王维（701—761），字摩诘，太原祁（今属山西省）人。他是诗人兼画家，又擅长音乐。官做到尚书右丞，所以称他为王右丞。前期思想比较积极，写过一些有意义的作品。后期信仰佛教，过着半隐居生活。他描绘山水田园的诗，细致自然，真实如画，后人称赞他"诗中有画，画中有诗"。著作有《王右丞集》。

山中与裴迪①秀才书

近腊月下②，景气③和畅，故山殊可过④。足下方温经⑤，猥⑥不敢相烦。辄便⑦往山中，憩感配寺⑧，与山僧饭讫⑨而去。

北涉玄灞⑩，清月映郭⑪。夜登华子冈⑫，辋水沦涟⑬，与月上下。寒山远火，明灭⑭林外。深巷寒犬，吠声⑮如豹。村墟夜舂⑯，复与疏钟相间⑰。此时独坐，僮仆静默，多思曩昔⑱，携手赋诗⑲，步仄径⑳，临清流也。

当待春中，草木蔓发㉑，春山可望，轻鲦㉒出水，白鸥矫翼㉓，露湿青皋㉔，麦陇朝雊㉕，斯之不

于下不急邦政不受私謁時與風流儒雅之士置酒
高會吟詠先王遺俗然有東山之志善矣維雖光
塵沈跡無狀豈不知有忠義之士乎亦常延頸企踵
嚮風慕義無窮也然不敢於下執士者以為賤
貴有倫乎義之所不敢自列於下執士者以為賤
戶抑亦侍郎之所惡也而猥不見遺思曹公命吳質
將何以塞報厚顧之恩內省空虛流汗而
已輒先馳狀候涼時即躬詣門下奏謝王維頓首

迪山中與裴秀才書

近臘月下景氣和暢故山殊可過足下方溫經猥不
敢相煩輒便獨往山中憇感配寺與山僧飯訖而去

北涉玄灞清月映郭夜登華子
岡輞水淪漣與月上
下寒山遠火明滅林外深巷寒犬吠聲如豹村墟夜
春復與疎鍾相聞此時獨坐僮僕靜默多思曩昔攜
手賦詩步仄遙臨清流也當待春中卉木蔓發春山
可望輕儵出水白鷗矯翼露濕青皋麥隴朝雊斯之
不遠儻能從我遊乎非子天機清妙者豈能以此不
急之務相邀然是中有深趣矣無忽因馱黃蘗人往
不一山中人王維白

與魏居士書

足下太師之後世有明德宜其四代五公克復舊業
而作仲諸昆頃或早世唯有壽光復遺播越幼生弱

远㉖，倘能从我游乎㉗？非子天机㉘清妙者，岂能以此不急之务㉙相邀？然是中㉚有深趣矣，无忽㉛！因驮黄檗人往，不一㉜。山中人王维白。

【注释】

① 裴迪：唐朝诗人，关中（今陕西）人。早年和王维同住在终南山，互相唱和。他的诗多描写自然风物，颇有特色。
② 腊月：农历十二月。　下：末尾。
③ 景气：景物和气候。
④ 故山：称自己隐居的山。　殊可过：很可以去看望一下。
⑤ 足下：对人的敬称，一般用于职位或行辈差不多的人。　温经：温习经书。
⑥ 猥（wěi）：仓猝之间。
⑦ 辄（zhé）便：总是，就。
⑧ 憩（qì）：休息。　感配寺：寺庙名。
⑨ 饭讫（qì）：吃完饭。
⑩ 涉：渡过。　玄：形容水色深青。灞：灞水，源出陕西省蓝田县东，流入渭河。
⑪ 郭：外城。
⑫ 华子冈：王维隐居的辋川别墅的二十景之一。
⑬ 辋水：在陕西省蓝田县，北流入灞水。　沦涟：风吹水面形成的波纹。
⑭ 明灭：火光忽明忽暗。
⑮ 吠（fèi）声：狗叫的声音。
⑯ 村墟（xū）：村庄。　夜舂（chōng）：晚上捣粟，这里是捣粟的声音。舂，用杵臼捣去谷物的皮壳。
⑰ 疏钟：稀疏的钟声。　相间（jiàn）：互相交错。
⑱ 曩（nǎng）昔：从前。
⑲ 携手赋诗：你我搀着手吟诵诗歌。
⑳ 仄（zè）径：狭窄的小路。
㉑ 蔓（màn）发：植物蔓延滋长。
㉒ 轻鲦（tiáo）出水：轻捷的鲦鱼跃出水面。鲦，又叫白鲦，是一种长仅数寸的小鱼，形状像柳叶，洁白可爱，喜欢成群地游来游去。
㉓ 矫（jiǎo）翼：举起翅膀。
㉔ 青皋（gāo）：泽边青青的水田。
㉕ 麦陇：麦田里。　朝雊（gòu）：早上雉鸟的鸣声。
㉖ 斯之不远：这些景色离现在不远了。
㉗ 倘能从我游乎：也许（您）能来跟我一起游玩吧？
㉘ 子：你，指裴迪。　天机：天性。　清妙：清远高妙，含有超尘拔俗的意思。
㉙ 不急之务：不是迫切要做的事情。
㉚ 是中：这当中。
㉛ 无忽：不要忽视。
㉜ 黄檗（bò）：药名。　不一：不一件一件地细说。这两句说：趁载运黄檗的便人捎信去，来不及详细地写。

【简析】

王维后期在蓝田县的辋（wǎng）川过着半官半隐的士大夫生活。这是冬天在山中写给他的好朋友裴迪的信，约裴迪春天到山中来玩。这封信正像他的山水诗一样，充分表现了他的艺术特色。他对山居冬夜和春朝的自然景物观察得非常仔细，对色彩和声音的感受特别敏锐深刻，所以能选择最富有特征性的事物，用静中有动、动中有静的手法，写出冬夜的幽深和春日的轻盈。

李　华

李华（约715—766），字遐叔，赵州赞皇（今河北省赞皇县）人。唐玄宗开元二十三年（735）中进士，曾任监察御史、吏部员外郎等官职。晚年隐居山阳（今江苏省淮安市）。他和萧颖士等提倡古文，反对六朝以来绮靡不实的文风，也是唐朝古文运动的先驱者。著作有《李遐叔文集》。

卜①　论

　　天地之大德曰生②。舜好生之德洽于人心③。五福首乎寿④。麟、凤、龟、龙谓之四灵⑤。龟不伤物，呼吸元气⑥，于介虫为长而寿⑦。古之圣者，刳而焌之⑧，观其裂画，以定吉凶⑨。残其生⑩，剿⑪其寿，既剿残之而求其灵，夫何故⑫？愚未知夫天地之心⑬，圣达之谟⑭，灵之寿之而夭戮之⑮，脱其肉，钻其骸⑯，精气复于无物⑰，而贞悔发乎焦朽⑱，不其反耶⑲？

　　夫大人与天地合其德，与日月合其明，与四时合其序，与鬼神合其吉凶⑳，不当妄也㉑。寿而夭之，岂合其德乎㉒？因物求征，岂合其明乎㉓？毒灵介而徵其神，岂合其序乎㉔？假枯壳而决狐疑，岂合其吉凶乎㉕？《洪范》㉖曰：尔有大疑，谋及卜筮㉗。圣人不当有疑于人以筮也㉘。夫祭有尸㉙，自虞、夏、商、周不变，战国荡古法，祭无尸㉚。尸之重，重于卜，则明废龟可也㉛。

又闻夫铸刀剑者不成㉜，则屠犬彘㉝血而祭之，被发㉞而哭之，则成而利㉟，盖不祥器㊱也。其神者跃为龙蛇，穿木石，入泉源，以至发炯光声音㊲。人不能自神，因天地之气，化天地之物而为神，固无悉然，是亦为怪㊳。古者成宫室必落㊴之，钟鼓器械必衅㊵之，岂神明贵杀享膻腥欤㊶！令亡其礼㊷，未闻屋室不安身而器物不利用㊸。由是而言，则卜筮阴阳之流皆妄作㊹也。

夫洁坛墠而布精诚㊺，求福之来，缅不可致㊻。耕夫蚕妇㊼，神一草木㊽，祷一禽畜㊾，鼓而舞之㊿，谓妖祥如答㈤，实欤，妄欤㈥？牺、文之《易》㈦，更周、孔之述㈧，以为至㈨矣。扬子云为《太玄》㈩，设卦辨吉凶，如《易》之告㈪。若使后代有如子云，又为一书可筮㈫，则象数之变其可既乎㈬？专任道德以贯之㈭，则天地之理尽矣，又焉假夫蓍龟乎？又焉征夫鬼神乎㈮？子不语是㈯，存乎道义也㈰。

【注释】

① 卜：古人用火灼龟的腹甲，以为看了灼开的裂纹可以预知行事的吉凶。这种迷信活动起源很早，商朝统治者认为风雨变化、年成好坏、战争胜负、筑城、任官等事都是由神的意志决定的，都要用龟甲或兽骨占卜。
② 这句说：天地之间最大的德性是生育万物。
③ 舜：虞舜。传说中父系氏族社会后期部落联盟领袖。古书中常把他和唐尧并举，当作上古时候的"圣人"。 好（hào）生之德：爱护生灵的德性。 洽：渗透。
④ 五福首乎寿：五种福气首先是长寿。《尚书·洪范》中提出"五福"：长寿、富有、康宁、好德行、善终而不夭折。
⑤ 四灵：四种神异的动物。 以上四句都是儒家经典中的话，作者引用这些话来作为不应当杀龟的依据。
⑥ 元气：我国古代一些思想家认为"元气"是自然界原始的物质基础，万物是由"元气"产生的。这种观点否定了有意志的天，是朴素的唯物主义思想。这里说龟"呼吸元气"，也有在天地间自然生长的意思。
⑦ 介虫：指带甲壳的水族和虫类。 长（zhǎng）：辈分高、年纪大的，古人认为龟是介虫之长。 寿：长寿。古代传说龟有千年之寿。
⑧ 刳（kū）：剖开。 焌（jùn）：用火烧。古代龟卜，先把龟杀掉剖开，取其腹甲，在背面凿一个槽，但不凿穿，然后用火烧灼这槽，使龟甲沿着槽开裂，在正面现出裂纹，称为"兆"。
⑨ 这两句说：观看那裂纹，用来决定吉凶。
⑩ 残其生：杀害它的生命。
⑪ 剿：灭绝。
⑫ 这两句说：既已杀害了它，但又求它有灵性，这是什么缘故？夫（fú），这个。
⑬ 愚：自称的谦辞。 天地之心：这里即指上文所引"天地之大德曰生"。
⑭ 圣达之谟：圣明通达的人的谋划。这里指上文引"舜好生之德洽于人心"。
⑮ 夭（yāo）：未成年而死。这里指龟被杀死，未尽天年。 这句说：把龟看作灵异的长寿的东西而又去杀害它。
⑯ 骸（hái）：骨头。
⑰ 精气：阴阳精灵之气，古人认为是聚成万物的本原。 这句说：（龟既被杀，）有生命的精气回复到没有什么东西的地步。
⑱ 贞悔：原指《易经》中每卦的六爻，上三爻叫"悔"，下三爻叫"贞"。这里借指龟甲上经烧灼后裂开的兆纹。 这句说：而表示吉凶的兆纹发生在灼焦、朽坏的东西上。
⑲ 不其反耶：不是相反了吗？其，表示委婉的语气。
⑳ 夫（fú）：助词，用于议论的开端。 大人：古称道德崇高的人。 合：配称，够得上。 四时：春、夏、秋、冬四季。 这四句的意思是：德性崇高的人，德性配得上天地，明亮配得上日月，变化法则配得上四季，能知吉凶配得上鬼神。
㉑ 不当妄也：不应当是荒诞不合理的。作者引《易经·乾卦文言传》上所谓"圣人"的话来作为驳斥迷信占卜者的依据。
㉒ 这两句说：（龟）本来是长寿的而杀害它使它夭折，难道称得上是爱护生灵的德性吗？
㉓ 因：依。 征：证验。 这两句说：凭借龟壳这种东西来求得证验，难道能说是明察吗？
㉔ 毒：害。 徼（yāo）：求得。 这两句说：毒害了有生命的介虫而要求它

寒山远火，明灭林外。
深巷寒犬，吠声如豹。
村墟夜舂，复与疏钟相间。
此时独坐，僮仆静默，
多思曩昔，携手赋诗，
步仄径，临清流也。

（王维《山中与裴迪秀才书》，见第四二页）

（唐）王维　江干雪霁图（局部）

（北宋）郭忠恕　临王维辋川图（局部）

当待春中,草木蔓发,春山可望,轻鯈出水,白鸥矫翼,露湿青皋,麦陇朝雊,斯之不远,倘能从我游乎?

(王维《山中与裴迪秀才书》,见第四二页)

明拓本　辋川图（局部）

白,陇西布衣,流落楚汉;十五好剑术,遍干诸侯;三十成文章,历抵卿相。虽长不满七尺,而心雄万夫。

(李白《与韩荆州书》,见第五一页)

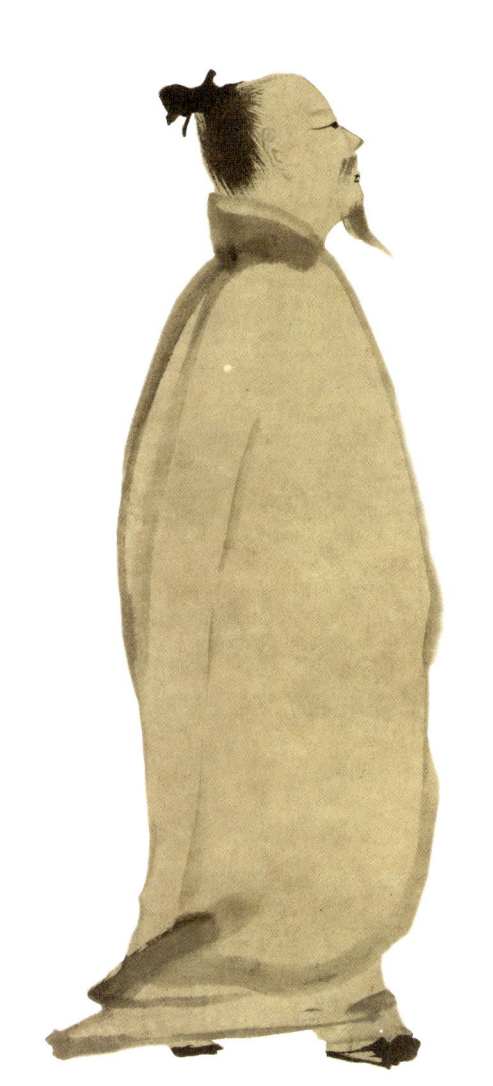

(南宋)梁楷 李白吟行图

会桃花之芳园,序天伦之乐事。群季俊秀,皆为惠连;吾人咏歌,独惭康乐。幽赏未已,高谈转清。

(李白《春夜宴从弟桃花园序》,见第五七页)

(清)吕焕成 春夜宴桃李园图(局部)

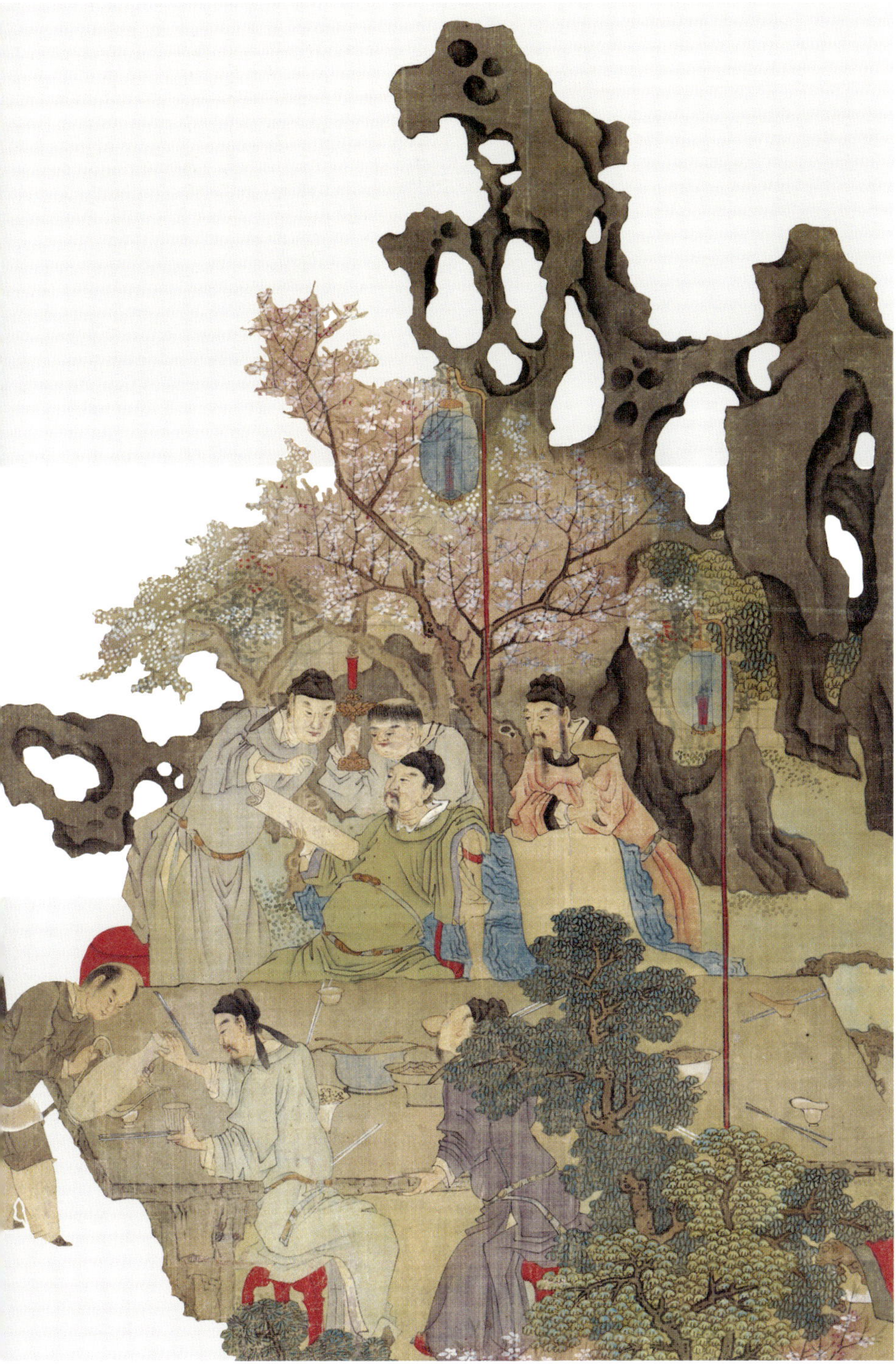

庐山高高插天瀑布千尺飞其巅辟开玉峡白龙走空漾万古生云烟七十老翁戏作书不用霜毫用十指丈山尺树都不论壁间彷佛流寒水

（清）高其佩　庐山瀑布图轴

方告我远涉，西登香炉，长山横蹙，九江却转，瀑布天落，半与银河争流，腾虹奔电，潈射万壑，此宇宙之奇诡也。

（李白《秋于敬亭送从侄崟游庐山序》，见第五九页）

有灵验，难道算得上是合乎道理吗？

㉕ 假：借。　枯壳：指占卜用的龟甲。　狐疑：疑惑。　这两句说：借用枯朽的乌龟壳来决断有所怀疑的事，难道能判断出它的吉凶吗？

㉖《洪范》：《尚书》中的一篇，相传是商朝末年的贵族箕子答复周武王问天道的言论。

㉗ 谋：商议。　卜筮（shì）：古代占卜，用龟甲叫卜，用蓍（shī）草叫筮，合称“卜筮”。

㉘ 这句说：圣人不应当在人事方面有所疑惑而去占卜啊。

㉙ 尸：古代祭祀时，扮作死者受祭的活人。

㉚ 这两句说：战国时代废掉了古法，祭祀时不再用装扮成死者受祭的人的仪式了。荡，清除。

㉛ 这几句说：祭祀用“尸”，比占卜重要，（“尸”可以废除）就表明废除占卜是可以的。

㉜ 闻：听说。

㉝ 彘（zhì）：猪。

㉞ 被（pī）发：散着头发。

㉟ 则成而利：就铸成（刀剑）而且锋利。

㊱ 盖：因为。　不祥器：指上述刀剑等兵器。

㊲ 这几句说：那神灵的（刀剑）能跃起而化为龙蛇，穿透木石，进入泉源，以至发出亮光和声音。炯（jiǒng），光亮。

㊳ 固：本来。　悉：尽，完全。　是：这。　这两句说：（刀剑化为龙蛇这类传说）本来不全如此，这也是一种怪诞之说。

㊴ 落：古代宫室刚建成时举行祭礼，叫“落”。

㊵ 衅（xìn）：古代新制成钟鼓器械，杀掉牲畜而用血涂在上面以避鬼物为害，叫“衅”。

㊶ 神明：神灵。　贵：看重。　膻（shān）腥：指牲畜血的臊腥气。

㊷ 亡：同“无”。　礼：指“落”和“衅”。

㊸ 这句说：没听说（未行“落”祭的）房屋对人身有什么不安，（未行“衅”礼的）器物不利于使用。

㊹ 妄作：虚诞不合理的活动。

㊺ 洁坛墠（shàn）：把祭祀用的高坛场地打扫干净。墠，祭祀用的经过打扫的场地。　布精诚：陈述真心诚意。

㊻ 缅：远。　致：达到。

㊼ 耕夫蚕妇：耕地的男子和养蚕的妇女，泛指农民。

㊽ 神一草木：把某一草木当作神。

㊾ 祷一禽畜：把某一禽鸟牲畜当作神灵而祝祷。

㊿ 鼓而舞之：击鼓舞蹈，古代祭神时一种仪式。

(51) 谓：说。　妖祥：凶兆和吉兆。　如答：好像在回答，形容灵验。

(52) 实欤，妄欤：是事实呢，还是荒诞不经呢？

(53) 牺、文：伏牺氏和周文王。相传伏牺氏作八卦，周文王把八卦重叠组合为六十四卦。《易》：《易经》，又称《周易》，是古代一部占卜的书，后来儒家列为经典之一。

(54) 更（gēng）：经过。　周、孔：周公和孔丘。　述：阐述。相传周公作三百八十四爻的爻辞，孔丘作解释卦辞与爻辞的《易传》。

(55) 至：到了极点。

(56) 扬子云：扬雄（前 53—18），字子云，西汉蜀郡成都（今四川省郫县）人，模仿《易经》而作《太玄》。《太玄》：扬雄的哲学著作，也是一部占卜的书。

(57) 这两句说：（《太玄》）设立卦来识别吉凶，如同《易经》所说的。

(58) 这两句说：假使后世有像扬雄那样的人，又写一部书可以用来占卜。

(59) 象：指用“卦”“爻”等符号表示自然

变化和人事吉凶。 数：命运。 既：穷尽，完结。
⑩ 任：用。 贯：贯串。
⑪ 焉：疑问代词，相当于"哪儿"。 蓍（shī）龟：蓍草和龟甲，都是占卜用的东西。 这两句说：又哪儿用得着蓍草龟甲去占卜呢？又哪儿用得着求证验于鬼神呢？
⑫ 子：指孔子。 不语是：不说这些。《论语·述而》里有"子不语怪力乱神"的话。
⑬ 存乎：在于。

【简析】

　　当时的社会上流行着算命、占卜、看风水等迷信活动。本篇批判龟卜的不可信：首先指出把"灵而寿"的活龟变成死龟，从已经焦灼朽坏的甲壳上再去寻找什么吉凶的象征，是一种"不其反耶"的行为；接着又引古代"圣人"的话来指斥龟卜的没有道理；又指出祭祀用尸、房屋落成祭和用牲畜血涂器物等古代礼仪已经废除，作出龟卜也完全可以废除的论断，体现了无神论思想。

李　白

　　李白（701—762），字太白，祖籍陇西成纪（今甘肃省秦安县），出生于安西都护府所属的碎叶（位于中亚巴尔喀什湖之南，碎叶河畔），生长在绵州彰明青莲乡（今四川省江油市附近），在峨眉山读过书，学过剑。他的父亲是个富商。李白后来从四川出来漫游各地，历经现在的湖北、湖南、江苏、山东、山西、安徽、浙江等省的许多地方。唐玄宗天宝初年，由道士吴筠等人推荐，李白进京任职翰林供奉。因为蔑视权贵，得罪了唐玄宗亲信的人，不到三年就被排挤出京。"安史之乱"爆发后，他曾参加永王李璘的军队，要为讨伐安史叛军出力。后因李亨（唐肃宗）怕李璘争帝位加以杀害，李白也被放逐到夜郎（今贵州省遵义市附近），半路赦回，回到安徽，后来死在当涂（今属安徽）。李白的诗才是多方面发展的，能用雄壮的笔调描写壮丽的河山，也能细腻地写出乡思和闺怨，诗里有突破现实的幻想，也有对当时民生疾苦的反映和对政治黑暗的抨击。他写的文章也像他的诗一样奔放流利。著作有《李太白集》。

与韩荆州书

　　白闻天下谈士相聚而言曰："生不用封万户侯[①]，但愿一识韩荆州。"何令人之景慕，一至于此耶[②]！

岂不以有周公③之风，躬吐握④之事，使海内⑤豪俊，奔走而归之，一登龙门⑥，则声誉十倍，所以龙蟠凤逸⑦之士，皆欲收名定价于君侯⑧。愿君侯不以富贵而骄之，寒贱而忽之⑨，则三千宾中有毛遂⑩；使白得颖脱而出⑪，即其人焉⑫。

白，陇西布衣⑬，流落楚汉⑭；十五好⑮剑术，遍干诸侯⑯；三十成文章，历抵卿相⑰。虽长不满七尺，而心雄万夫⑱。王公大人，许与气义⑲。此畴曩心迹⑳，安敢不尽于君侯哉㉑！

君侯制作侔神明㉒，德行动天地，笔参造化㉓，学究天人㉔。幸愿开张心颜㉕，不以长揖见拒㉖。必若接之以高宴㉗，纵之以清谈㉘，请日试万言㉙，倚马可待㉚。今天下以君侯为文章之司命，人物之权衡㉛，一经品题㉜，便作佳士㉝；而君侯何惜阶前盈尺之地㉞，不使白扬眉吐气，激昂青云㉟耶！

昔王子师为豫州㊱，未下车㊲，即辟荀慈明㊳；既下车，又辟孔文举㊴。山涛作冀州㊵，甄拔㊶三十余人，或为侍中、尚书㊷，先代所美㊸。而君侯亦一荐严协律㊹，入为秘书郎㊺；中间崔宗之、房习祖、黎昕、许莹之徒㊻，或以才名见知，或以清白见赏。白每观其衔恩抚躬㊼，忠义奋发，以此感激，知君侯推赤心于诸贤腹中㊽。所以不归他人，而愿委身国士㊾。倘急难有用，敢效微躯㊿。

且人非尧、舜，谁能尽善(51)。白谟猷筹画(52)，安能

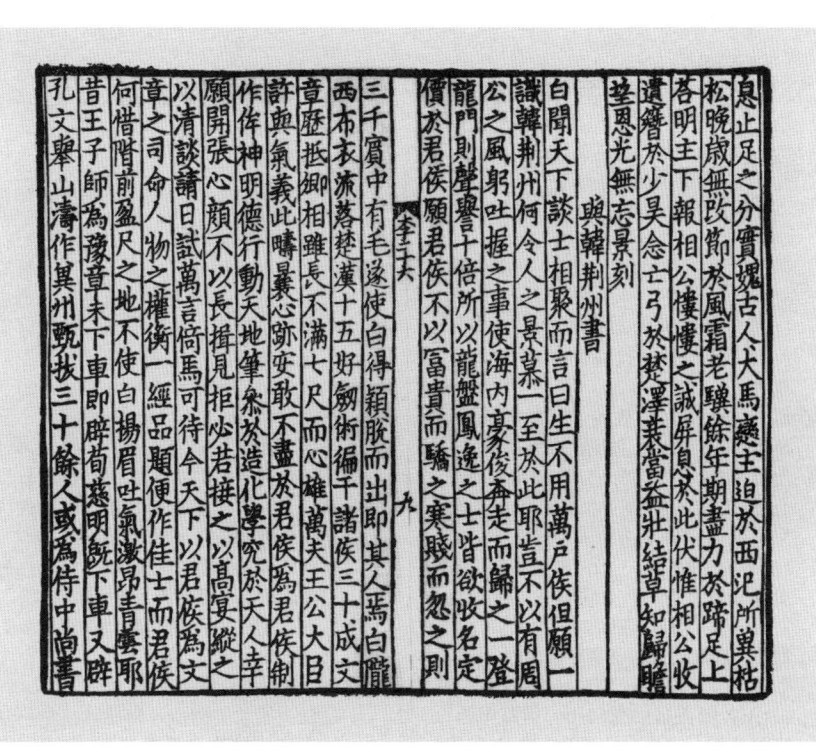

息止足之分實媿古人犬馬戀主迫於西泊所異枕
松晚歲無改節於風霜老驥餘年期盡力於踣足上
荅明主下報相公懷慺慺之誠屏息絕此伏惟相公
遺簪於少昊念亡弓於楚澤葵藿當益壯結草知歸膽
望恩光無忘景刻

與韓荊州書

白聞天下談士相聚而言曰生不用萬戶侯但願一
識韓荊州何令人之景慕一至於此耶豈不以有周
公之風躬吐握之事使海內豪俊奔走而歸之一登
龍門則聲譽十倍所以龍盤鳳逸之士皆欲收名定
價於君侯願君侯不以富貴而驕之寒賤而忽之則

三千賓中有毛遂使白得穎脫而出即其人焉白隴
西布衣流落楚漢十五好劍術徧干諸侯三十成文
章歷抵卿相雖長不滿七尺而心雄萬夫王公大臣
許與氣義此疇曩心跡安敢不盡抆於君侯哉君侯
作與神明德行動天地筆參造化學究於天人幸
願開張心顏不以長揖見拒必若接之以高宴縱之
以清談請日試萬言倚馬可待今天下以君侯為文
章之司命人物之權衡一經品題便作佳士而君侯
何惜階前盈尺之地不使白揚眉吐氣激昂青雲耶
昔王子師為豫章未下車即辟荀慈明既下車又辟
孔文舉山濤作冀州甄拔三十餘人或為侍中尚書

自矜(53)？至于制作，积成卷轴(54)，则欲尘秽视听(55)，恐雕虫小技(56)，不合大人。若赐观刍荛(57)，请给纸墨，兼之书人(58)。然后退扫闲轩(59)，缮写呈上。庶青萍、结绿(60)，长价于薛、卞(61)之门。幸推下流(62)，大开奖饰(63)，惟君侯图(64)之。

【注释】

① 万户侯：采地有一万户的侯。汉朝的制度，封给列侯征收租税供生活享用的采地，大的有一万户，小的有五六百户。

② 这两句说：为什么使人对你的敬仰羡慕，竟然到了这样的程度呢！一，竟然。

③ 周公：西周初年政治家，姓姬名旦，是周武王的弟弟，曾助武王灭商。

④ 躬：亲自。　吐握：为招徕人才而操心。《史记·鲁周公世家》里记周公为了不敢轻慢来访的人，所以“一沐（洗头）三握发，一饭三吐哺（bǔ，嘴里嚼着的食物）”，是说洗头和吃饭也常为这种接待所打断。

⑤ 海内：四海之内，就是中国国内。

⑥ 登龙门：比喻受到名人推荐而提高身份。（黄河流过的龙门山，横跨山西、陕西两省，两岸高山像座门，古代传说鱼游过龙门，就能变成龙。）

⑦ 龙蟠风逸：比喻有才能的人没有得到任用，像龙的蛰伏，一有时机，就像凤凰那样飞出去。

⑧ 收名定价：获得名誉，肯定声望。　君侯：对达官贵人的敬称。

⑨ 不以富贵而骄之，寒贱而忽之：不因为自己富贵而对他们骄傲，也不因为他们贫贱而忽视他们。

⑩ 三千宾：形容宾客之多。　毛遂：战国时赵国平原君的门客，本不受重视，后来秦国围困赵都邯郸，赵国派平原君出使到楚国讨救兵。毛遂自己请求一起去，终于帮助平原君和楚国订立了合纵的盟约。成语“毛遂自荐”就出自此，后用以形容自告奋勇、自我推荐做某事。

⑪ 颖脱而出：比喻有才能的人显示出才能。毛遂用“锥处囊中”来比喻自己，意思是：锥子装在布袋里，锥子的尖端总会露出来的。颖，尖端。

⑫ 这两句说：让我李白能够有机会表现出才能来，也就是像毛遂那样的人啊。

⑬ 陇西：李白的祖籍是陇西成纪（今甘肃省秦安县）。　布衣：平民。古代平民一般只能穿麻布衣服。

⑭ 楚汉：湖北、湖南一带地区。李白这时家在安陆（今属湖北省），常到湖北、湖南等地方漫游，这些地方在春秋战国时属于楚国；湖北境内有汉江流过，所以这样称呼。

⑮ 好（hào）：喜爱。

⑯ 干：犯，引申为接触，结识。　诸侯：指的是地方军政长官。

⑰ 历：普遍。　抵：接触到。　卿相：泛指有权势的高官。

⑱ 这两句说：虽然身长不满七尺，但是

雄心壮志比得过万把个好汉。七尺，古时尺短，相当于一般成人的高度。

⑲ 许与：赞许。　这两句说：王公大人（就是那些“诸侯”“卿相”）都夸赞我有气节，有正义感。

⑳ 畴曩（chóu nǎng）：从前。　心迹：存心。

㉑ 这两句说：这是我一向的存心，怎么敢不完全告诉您呢？

㉒ 制作：作的文章。　侔（móu）：相等。　神明：天神。

㉓ 造化：创造化育万物的天地。

㉔ 这几句说：您的创作如同神造，德行震动天地，文笔阐述天地造化之功，学问研究天道人事之奥。

㉕ 幸愿：希望。　开张：开展。　心颜：心胸和颜面。

㉖ 长揖（yī）：古时宾主以平等身份相见时行的礼。　见拒：加以拒绝。

㉗ 必若接之以高宴：假使用盛大的宴会来接待我。之，指李白自己，下句同。

㉘ 纵之以清谈：听凭我纵情畅谈。

㉙ 万言：上万的字数。

㉚ 倚马可待：比喻文章写得快。东晋桓（huán）温北征，有一次立刻需要一篇露布（军中报捷的文书），叫袁宏倚在马前起草。袁宏手不停挥，一下子写了七张纸，写得又快又好。

㉛ 这两句说：现在天下人都认为您是掌握文章命脉、衡量人物高下的权威。

㉜ 品题：评定。这里侧重在赞誉。

㉝ 佳士：品学优良的人。

㉞ 何惜阶前盈尺之地：何必舍不得台阶前面一尺大的地方（不在您的堂前接见我）。

㉟ 激昂青云：激励昂扬于青云之上。

㊱ 王子师：东汉王允，汉灵帝时做豫州刺史。　豫州：今淮河以北伏牛山以东的豫东、皖北地区，东汉时治所在谯（今安徽省亳州市）。

㊲ 下车：官员到任。

㊳ 辟（bì）：征聘出来做官。　荀慈明：东汉荀爽，从小就好学，弟兄八人，他最有名，人称“荀氏八龙，慈明无双”。后来官做到司空（东汉时候中央高级长官）。

㊴ 孔文举：东汉孔融，曾任北海相，时称“孔北海”，又任少府、大中大夫等职。

㊵ 山涛：西晋名士，字巨源，“竹林七贤”之一，曾任冀州刺史，又任吏部尚书很久，选拔官吏，能得人才。　冀州：治所在今河北省冀州市。

㊶ 甄（zhēn）拔：选择提拔。

㊷ 或：有的人。　侍中：门下省的长官，掌管传达皇帝的命令。　尚书：协助皇帝处理政务的官。

㊸ 先代：以前各代。　所美：所赞美称道。

㊹ 严协律：据说就是严武，但是《新唐书·严武传》，没有说他做过协律郎，也未提到他受过韩朝宗的推荐。

㊺ 入：指入朝做官。　秘书郎：唐朝秘书省有秘书郎，掌图书收藏及抄写事务。

㊻ 崔宗之：李白的朋友，和李白诗酒唱和。杜甫《饮中八仙歌》中说：“宗之潇洒美少年，举觞白眼望青天，皎如玉树临风前。”　房习祖、黎昕（xīn）、许莹（yíng）：不详。　之徒：这一班人。

㊼ 衔（xián）恩：怀念恩惠。　抚躬：手按自己的身躯，形容感激奋发的样子。

㊽ 推赤心于诸贤腹中：说韩朝宗用真心厚待严协律、崔宗之等人。有成语“推心置腹”，即形容用真心诚意待人。

㊾ 委身国士：把自己托付给国内杰出的人物。国士，这里指韩朝宗。

㊿ 敢：斗胆请求。　这两句说：倘使有什么紧急危难而用得着我的时候，我请求贡献出我微贱的身躯。

(51) 这两句说：一般人不是尧、舜，谁能样样都好呢。

(52) 谟猷（yóu）筹画：计谋策略。

㊾ 安能自矜(jīn)：怎么能自己夸口。矜，自夸。
㊾ 积成卷轴：积下来的文稿很多。（古代的书是把纸粘成长条，从左向右卷在一根轴上称为一卷。）
㊾ 则欲尘秽视听：那是要拿来沾污您的耳目（而送给您看）的。这是自谦的说法。
㊾ 雕虫小技：微不足道的技能。虫，指虫书，秦朝八种书体之一，笔画如虫形。
㊾ 刍荛(chú ráo)：割草打柴的人，这里用作称自己文章的客气话。
㊾ 书人：抄写的人。
㊾ 闲轩：安静有窗的小室。
㊾ 庶(shù)：或许。 青萍、结绿：古代宝剑和美玉的名字。这里是李白用来比喻自己的才能。
㊾ 长(zhǎng)价：增长价格。 薛、卞：薛烛和卞和，一个认得出剑的好坏，一个认得出玉的好坏。这里是用来比喻韩朝宗。
㊾ 幸推下流：希望把恩惠推广给地位低下的人。
㊾ 奖饰：奖励称赞。
㊾ 图：考虑。

【简析】

　　这封信的写作年代大约是在唐玄宗开元十八年至二十二年（730—734）之间。

　　韩荆州是韩朝宗，开元年间任荆州大都督府长史，兼襄州刺史、山南东道采访处置等使。他是地方高级行政官，又有监察州县官吏、举善纠恶的职权，当时因为提拔后进享有盛名，所以李白写信给他，希望得到荐举。

　　李白有远大的政治理想。他在诗文里一再说"奋其智能，愿为辅弼，使寰区大定，海县清一"（《代寿山答孟少府移文书》），"苟无济代（救济当时）心，独善（个人安乐）亦何益"（《赠韦秘书子春二首》其一）。他要"起来为苍生（百姓）"（同前），因而迫切地希望得到施展才能的机会，想通过韩荆州的荐举，得到皇帝的赏识，可以有一番作为。这封信写得像他的诗一样，清雄奔放，豪气逼人。

春夜宴从弟①桃花园序

夫②天地者，万物之逆旅③也；光阴者，百代之过客也。而浮生④若梦，为欢几何⑤？古人秉烛夜游⑥，良有以也⑦！

况阳春召我以烟景⑧，大块假我以文章⑨。会桃花之芳园，序天伦⑩之乐事。群季⑪俊秀，皆为惠连⑫；吾人咏歌⑬，独惭康乐⑭。幽赏⑮未已，高谈转清。开琼筵以坐花⑯，飞羽觞而醉月⑰。不有佳咏，何伸雅怀⑱？如诗不成，罚依金谷酒数⑲。

【注释】

① 从（cóng）弟：堂弟。
② 夫（fú）：用在一段话开端的助词。
③ 逆旅：旅馆。
④ 浮生：把生命看作飘浮不着实的东西。《庄子·刻意》："其生若浮，其死若休。"
⑤ 几何：多少。
⑥ 秉（bǐng）烛夜游：掌着灯烛，趁夜游乐。
⑦ 良有以也：真有道理啊。以，因由。
⑧ 阳春：温暖的春天。 召：召唤，这里有吸引的意思。 烟景：艳丽的景色。
⑨ 大块：天地。 假：借，这里有提供的意思。 文章：这里指绚烂的文采。
⑩ 序：叙谈。 天伦：近亲属的关系，这里专指兄弟。
⑪ 季：弟弟。
⑫ 惠连：谢惠连，南朝诗人，少年时就很聪明，十岁能作诗文，他的族兄谢灵运非常喜欢他。和谢灵运同称"大、小谢"。 这两句说：各位弟弟英俊秀发，都是谢惠连一样的人。
⑬ 咏歌：作诗吟咏。
⑭ 康乐：谢灵运，南朝诗人。谢玄的孙子，袭封康乐公，世称"谢康乐"。他的诗描写山水名胜，颇多佳句。 这两句说：我们作诗吟咏，我觉得非常

惭愧，比不上谢康乐的才华。
⑮ 幽赏：清赏。
⑯ 琼筵：华美的筵席。 坐花：坐在花间。
⑰ 飞羽觞（shāng）：酌酒像飞一样的快。羽觞，古代酒器。 醉月：醉于月下。
⑱ 伸：表白。 雅怀：高雅的胸怀。
⑲ 金谷酒数：晋朝石崇《金谷诗序》："遂各赋诗，以叙中怀，或不能者，罚酒三斗。"金谷，石崇家花园的名字。

【简析】

　　这篇序是写一个春天的夜里，在桃花园与堂弟们宴饮时的情景，表现出作者热爱大自然、热爱生活的胸怀。但因他深受道家思想的影响，所以这里也流露出"浮生若梦，为欢几何"的思想。

　　从写作上说，这篇短文颇有可以借鉴之处。开头从"人生如寄"说到快意当前，因而要"秉烛夜游"；再写阳春景色，点明设宴的地点是"桃花园"，设宴的本意是"序天伦"；再从"序天伦"写到弟兄们，用"大小谢"作比喻来赞美，最后写宴饮时的景色和豪情逸兴作结束。全文只有一百多字，但扣紧题目，写得非常凝炼。

秋于敬亭送从侄耑游庐山序①

余小时,大人令诵《子虚赋》②,私心③慕之。及长④,南游云梦⑤,览七泽⑥之壮观,酒隐安陆⑦,蹉跎十年⑧。

初⑨,嘉兴季父谪⑩长沙西还时,余拜见,预饮林下⑪,耑乃稚子⑫,嬉游在旁。今来有成⑬,郁负秀气⑭。吾衰久矣,见尔慰心⑮,申悲道旧⑯,破涕为笑⑰。

方告我远涉⑱,西登香炉⑲,长山横蹙⑳,九江却转㉑,瀑布天落,半与银河争流㉒,腾虹奔电㉓,澡射万壑㉔,此宇宙之奇诡㉕也。其上有方湖、石井㉖,不可得而窥㉗焉。

羡君此行,抚鹤长啸。恨丹液未就㉘,白龙来迟㉙,使秦人着鞭㉚,先往桃花之水㉛。孤负凤愿㉜,惭归名山,终期后来㉝,携手五岳㉞。情以送远㉟,诗宁阙乎㊱!

【注释】

① 敬亭：山名，在今安徽省宣城市。　从（cóng）侄：堂侄。　端：音duān。
② 大人：李白称自己的父亲。《子虚赋》：西汉司马相如作的一篇赋，文中假设子虚、乌有先生、亡是公三人互相诘难和议论，子虚的发言极力渲染楚国云梦泽的壮丽。
③ 私心：自己心里。
④ 及长（zhǎng）：等到年纪大了。
⑤ 云梦：古代泽名，方八九百里，大约是今湖北省内西起松滋、荆门，东至黄冈、麻城，北抵安陆，南逾长江这一带地方。
⑥ 七泽：这是《子虚赋》里提到的，说楚国有七泽，云梦是其中之一。这里是借指李白当时游览的湖北、湖南一带地方，因为这些地方在春秋时属于楚国。
⑦ 安陆：今湖北省安陆市。
⑧ 蹉跎（cuō tuó）十年：李白在唐玄宗开元十三年（725）二十五岁时从四川出来漫游，在安陆安下家来，约住了十年。蹉跎，白白地让时间过去。
⑨ 初：当初，从前。
⑩ 嘉兴：今浙江省嘉兴市。　季父：叔父。文中所指叔父是谁，不详。从下文来看，大约是李嵩的祖父。　谪（zhé）：古代官吏因罪被降职或流放。
⑪ 预饮：参与饮宴。　林下：指退隐的地方。
⑫ 稚子：小孩子。
⑬ 今来有成：现在来的时候，已经长成了。
⑭ 郁负秀气：长得很有精神，很清秀。
⑮ 见尔慰心：见到你，心里得到安慰。
⑯ 申悲道旧：叙说别后的思绪和旧日的情状。
⑰ 破涕为笑：转悲为喜。涕，眼泪。
⑱ 方：刚才。　远涉：这里是远游的意思。
⑲ 香炉：山峰名，是庐山胜景之一。
⑳ 横蹙（cù）：这里有山峰横截耸峙的意思。
㉑ 九江：长江流经湖北省、江西省，支流极多，因称这一段长江为九江。　却转：盘旋曲折。
㉒ 瀑布天落，半与银河争流：这是形容庐山瀑布的壮丽，好像从天上落下来一样。李白有《望庐山瀑布》诗："日照香炉生紫烟，遥看瀑布挂前川。飞流直下三千尺，疑是银河落九天。"银河，就是天河。
㉓ 腾虹奔电：瀑布像飞腾的虹，奔驰的电光。
㉔ 潈（cóng）射：喷射，指瀑布的水汇合起来。　万壑（hè）：许多山沟里。
㉕ 奇诡（guǐ）：奇妙怪异的事物。
㉖ 方湖、石井：传说庐山上有方湖、石井，其中有赤色的鱼涌出来。
㉗ 窥（kuī）：察看。
㉘ 丹液：古代方士用丹砂即硫化汞（HgS）为基础，掺杂别种矿石粉末，用火烧炼，离析其硫黄成分而剩下水银，由红色转为白色，由固体转为半流体，迷信道教的人称之为"金丹玉液"，认为服食这种灵丹，能够成仙，能够长生不老。　未就：没有成功。
㉙ 白龙来迟：传说汉代吕阳地方有个姓窦叫子明的人，在溪中钓到一条白龙，他把白龙放掉了。后来钓到一条白鱼，鱼腹里有教他怎样修炼的书。他照着修炼了三年，白龙来迎他成仙去了。白龙来迟，是说迎接成仙的白龙还没有来。"恨丹液未就，白龙来迟"都是李白说自己学道求仙还没有成功。
㉚ 秦人：晋朝陶潜写的《桃花源记》中说有一个打鱼人走到桃花源里，遇到秦朝时候来此隐居避乱的人。　着鞭：

㉚ 上马挥鞭,引申为赶上前去,占先的意思。
㉛ 这两句说:使得秦人(借指李嵩)占先一着,先到桃花源(借指庐山)里去了。
㉜ 孤负:同"辜负"。 夙(sù)愿:一向怀有的愿望。
㉝ 终期后来:始终希望能够随后就来(指到山里去隐居)。
㉞ 携手:同游。 五岳:古代对五座著名大山的总称,通常称泰山为"东岳",衡山为"南岳",华山为"西岳",恒山为"北岳",嵩山为"中岳"。这里是泛指像五岳和庐山那样的名山。
㉟ 情以送远:表达这些感情来送你远行。
㊱ 诗宁阙乎:难道可以没有诗吗?阙,通"缺"。

【简析】

　　这篇赠序写于唐玄宗天宝十三年(754)左右,这时候李白已经五十多岁了,正在江南一带漫游。

　　李白从天宝三年(744)离开京城长安(今陕西省西安市)起,到天宝十四年安史之乱爆发为止,十一年中,游历了现在的山东、山西、河南、河北、湖南、湖北、江苏、浙江、安徽等省的许多地方。他在青年时代已和道教接近,天宝三年后在政治上找不到出路,心里充满着悲愤和苦闷,访道求仙,企图从中得到解脱,同时饮酒取乐,排遣愁闷。在这篇文章里可以看到李白思想中迷信道教、炼丹求仙的消极面,但也提供了研究李白家世和思想的材料。

元 结

元结(719—772),字次山,河南鲁山(今河南省鲁山县)人。天宝十二年(753)考中进士。参加过讨伐史思明叛乱的军事活动,有战功。后来出任道州刺史,有政绩。他因早年生活穷苦,比较接近民间,主张诗文必须起救时劝俗的作用。他的诗内容比较充实,能反映民间疾苦,散文也健康朴素,不同时俗。著作有《元次山集》。

右 溪 记

道州①城西百余步,有小溪,南流数十步合营溪。水抵两岸,悉皆怪石,欹嵌盘屈②,不可名状③。清流触石,洄悬激注④。佳木异竹,垂阴相荫⑤。

此溪若在山野,则宜逸民退士⑥之所游处;在人间,则可为都邑之胜境⑦,静者⑧之林亭。而置州以来⑨,无人赏爱。徘徊溪上,为之怅然⑩。乃疏凿芜秽⑪,俾⑫为亭宇,植松与桂,兼之香草,以裨形胜⑬。为⑭溪在州右,遂命⑮之曰"右溪"。刻铭⑯石上,彰示来者⑰。

【注释】

① 道州：州的治所在今湖南省道县。
② 欹（qī）嵌：倾侧不平。　盘屈：曲折回旋。
③ 名状：形容出来。
④ 这两句说：清凉的流水触到两岸的怪石，就受到阻挡而回流飞溅。洄（huí）悬，水流受阻而腾空回旋飞溅。
⑤ 阴：树荫。　荫（yìn）：遮蔽。
⑥ 逸民退士：隐居的人。
⑦ 都邑（yì）：城市。　胜境：风景优美的地方。
⑧ 静者：喜欢安静的人。
⑨ 置州以来：从这个地方设置州的治所以来。
⑩ 怅（chàng）然：惋惜的意思。
⑪ 疏凿：疏导开通。　芜（wú）秽：草木杂乱。
⑫ 俾（bǐ）：使。
⑬ 裨（bì）：补充。　形胜：好的景色。
⑭ 为：因为。
⑮ 命：命名。
⑯ 刻铭：把文字刻上去。
⑰ 彰示来者：明白地告诉到这里来的人。

【简析】

　　唐代宗广德元年（763），岭南豁洞夷及西原夷（南方少数民族）因反抗唐王朝的压迫而进攻附近州县，道州曾发生战争。

　　元结任道州刺史的时候，正是战争之后，百姓死亡流离，城池荒废残破。他在道州招抚流亡，赈给灾民，修理屋舍，安顿贫弱，上表要求免除百姓积欠的租税，又督率人民开垦田亩，造林养畜，修缮城邑。这篇《右溪记》记叙道州城西的一条小溪整治前后的情况。

　　元结的散文，一扫唐初以来那种绮丽的积习，朴实雄健，文辞简洁，但文采稍逊。这篇描写右溪景色的文章，也具有这些特点。

独孤及

独孤及(725—777),字至之,河南洛阳(今河南省洛阳市)人。唐玄宗天宝末进士,曾任左拾遗、礼部员外郎、常州刺史等职。他和李华等同以写古文著名,长于议论。他推重两汉的文章,认为先秦散文如《孟子》《荀子》文采不足。他也是唐朝古文运动的先驱者之一,著作有《毗陵集》。

吴季子札论[①]

谨按季子三以吴国让[②],而《春秋》褒[③]之。余征其前闻于旧史氏[④]。窃谓废先君之命[⑤],非孝也;附子臧之义[⑥],非公也;执礼全节[⑦],使国篡君弑[⑧],非仁也;出能观变[⑨],入不讨乱[⑩],非智也。左丘明、太史公书而无讥[⑪],余有惑焉[⑫]。

夫国之大经[⑬],实在择嗣[⑭]。王者慎德之不建[⑮],故以贤则废年,以义则废卜,以君命则废礼[⑯]。是以太伯之奔句吴也,盖避季历[⑰]。季历以先王所属[⑱],故篡服嗣位而不私[⑲]。太伯知公器有归[⑳],亦断发文身[㉑]而无怨。及武王继统[㉒],受命作周[㉓],不以配天之业让伯邑考㉔，官天下㉕也。彼诸樊无季历之贤，王僚无武王之圣，而季子为太伯之让，是徇名也，岂曰至德㉖？且使争端兴于上替㉗，祸机作于内室㉘，遂错命于子光㉙，覆师于夫差㉚，陵夷不返㉛，二代㉜而吴灭。

以季子之闳达博物，慕义无穷㉝，向使当寿梦之眷命㉞，接馀昧之绝统㉟，必能光启周道㊱，以霸荆蛮㊲。则大业用康，多难不作㊳。阖闾安得谋于窟室㊴？专诸何所施其匕首㊵？

呜呼！全身不顾其业，专让不夺其志㊶，所去者忠，所存者节㊷。善自牧矣，谓先君何㊸？与其观变周乐，虑危戚钟，曷若以萧墙为心，社稷是恤㊹？复命哭墓㊺，哀死事生㊻，孰与先衅而动㊼，治其未乱？弃室以表义㊽，挂剑以明信㊾，孰与奉君父之命，慰神祇之心㊿？则独守纯白㉛，不干义嗣㉜，是洁己而遗国也㉝。吴之覆亡，君实阶祸㉞。且曰非我生乱㉟，其孰生之哉！其孰生之哉㊱！

【注释】

① 吴季子札：又称季札、公子札，春秋时吴国贵族。封于延陵（今江苏省常州市），称延陵季子；后又封州来（今安徽省凤台县北），称延州来季子。
② 三以吴国让：三次推让吴国王位。季札的父亲是吴王寿梦（前585—前561在位），寿梦有四个儿子：诸樊、馀祭、馀昧（mò）、季札。寿梦认为季札是贤者，要传位给他，季札推让。寿梦死，长兄诸樊又要让位给幼弟季札，季札又推辞。诸樊死，馀祭、馀昧相继为王而不传子，准备依次传给季札。馀昧死，季札又推让避去，就立馀昧之子僚为吴王。
③《春秋》：记载我国春秋时期史事的编年体史书，相传为孔子依据鲁国史记

改订而成。　褒（bāo）：赞扬。
④ 余：我。　征：验证。　前闻：以前听到的说法。　旧史氏：这里指过去史官的著述，即史书。
⑤ 窃谓：私底下认为，这是对发表自己意见的谦辞。　废先君之命：废掉上代君王的命令，这里指吴王寿梦要季札继承王位，季札几次推辞不从命。
⑥ 附：比附。　子臧：即公子欣时，春秋时曹国贵族。鲁成公十三年（前578），晋厉公会诸侯伐秦，曹宣公死于军中，曹公子负刍杀太子而自立。晋厉公与诸侯捉了负刍，要立子臧为曹君。子臧认为应该守住自己为臣的节操，推辞不就。季札在辞让王位时曾引用这一事件，自比于子臧，说"愿附于子臧以无失节"。
⑦ 执礼：坚持礼制，这里的"礼"，是指宗法制度中嫡长子继承制。季札的长兄诸樊是嫡长子，季札坚持要长兄继承王位，所以说他"执礼"。　全节：保全节操，这里指季札保全臣节。
⑧ 这句说：使得国被篡夺，君被杀死。弑（shì），旧指臣下杀死君主，这里指专诸刺杀王僚事。（吴王馀眜死，季札又推让避去。馀眜之子僚继位。诸樊的儿子公子光即吴王阖闾认为季札辞让，理应由自己继承王位，就使刺客专诸刺杀王僚，自立为王。）
⑨ 出能观变：（季札）出使到别的诸侯国，能观察形势的变化。
⑩ 入不讨乱：回到自己国内而不讨伐逆乱。
⑪ 这句说：左丘明、司马迁在《左传》《史记》中，只记载季札的事迹，而没有加以讥刺。
⑫ 余有惑焉：我对这事有点疑惑不解。
⑬ 大经：常道，常规。
⑭ 择嗣：指选择国君的继承人。
⑮ 这句说：做君王唯恐不能立有德之人为嗣君。

⑯ 这几句说：所以按照贤能的标准（择嗣）就不管年龄，按照义理的标准（即立嫡子长子为嗣君）就不去占卜，按照君王的命令（择嗣）就不管礼制。
⑰ 太伯：周朝吴国的始祖。他是周太王的长子，太王要立幼子季历为嗣，他和弟仲雍一起走避江南，与当地人融合，成为君长。　奔：出走。　句（gōu）吴：即吴国。句，发声词，无义。　盖：承接上文、解释原故的虚词。　季历：周太王的幼子，周文王姬昌的父亲。
⑱ 属（zhǔ）：托付。
⑲ 纂（zuǎn）服嗣位：继承王位。纂、嗣，都是继承的意思。　不私：不为自己打算的意思。
⑳ 公器：指王位。器，名位、爵号。有归：有所归属。
㉑ 断发文身：剪短头发，在身上刺画花纹。这是古代吴地居民不同于中原的一种风习。太伯从中原到江南，也断发文身，与当地人融合。
㉒ 武王：周武王，周文王的儿子姬发，西周王朝的建立者。　继统：继承一脉相传的系统，即继承王位的意思。
㉓ 受命作周：承受大命，建立周朝。
㉔ 配天之业：指建立王朝的事业。伯邑考：周文王的长子，武王姬发之兄。文王认为姬发贤，所以舍伯邑考而立姬发为太子。
㉕ 官天下：以天下为公有。这里是赞许武王以周朝天下的利益为重，不把继承王位的权利让给长兄伯邑考。
㉖ 徇（xùn）名：不合理地考虑一己的名节。徇，曲从。　至德：最高的德行。　这几句说：那诸樊没有季历的贤能，王僚也没有武王的圣明，而季札却做了太伯那样的推让王位的事，这是曲从一己的名节，难道可以说是有太伯那样最高的德行吗？

㉗ 争端：这里指公子光与王僚争夺王位。　兴：起。　上：指君主。　替：废弃，更代。
㉘ 祸机：祸患的关键。　作：兴起。　内室：一家之内的意思。
㉙ 错：通"措"，安置。　这句说：就把继承王位的大命安排给公子光。
㉚ 覆师：军队覆灭。　夫差：吴王阖闾（即公子光）的儿子，为越王勾践所败，自杀，吴国灭亡。
㉛ 陵夷：衰落。　不返：不能恢复。
㉜ 二代：指阖闾和夫差父子两代。
㉝ 闳（hóng）达博物：宏大通达，知识广博，能辨别事理。　慕义无穷：向往正义，没有穷尽。
㉞ 向：从前。　使：假如。　眷：关注。　这句说：假如先前让季札承担了寿梦所关注的遗命（即季札继承王位）。
㉟ 这句说：（由季札来）接续馀眛死后的王位系统。
㊱ 光启：发扬光大。
㊲ 霸：称霸，作霸主。　荆蛮：指春秋时楚国。
㊳ 用：因。　康：强。　这两句说：那么吴国也能因而强盛，许多祸难也不会兴起了。
㊴ 安：如何，怎么。　谋：定计。　窟室：掘地为室。公子光谋刺王僚时，在地室里埋伏着甲士，看到王僚防卫甚严，自己又伪装脚有病而躲在地室里。
㊵ 这句说：专诸怎么能用得上他的匕首呢？
㊶ 这两句说：保全一身而不顾事业，专心推让而不改变志节。
㊷ 这两句说：所丢掉的是忠，而所保存的是节。
㊸ 牧：养。　先君：死去的君王，这里指寿梦。　这两句说：（季札）善于顾惜自己了，但是对死去的君王怎么说呢？

㊹ 观变周乐：从周朝的传统音乐中观察各诸侯国的形势变化。　虑危戚钟：从卫国的戚地听到的钟声中考虑到（别人的）危险。公元前544年，季札出使各诸侯国，在从卫国到晋国去的时候，路过卫大夫孙文子的封邑，季札听到孙文子奏乐击钟之声，就提醒孙文子，说他叛卫附晋，处境危险。　曷若：何如。　萧墙：照壁，借喻王族内部。　社稷：土神和谷神，这里借指国家。　这几句说：与其从周朝音乐中观察各国的兴衰变化，从钟声中考虑到别人的安危，何如多关心内部的祸患，多顾惜自己的国家呢？
㊺ 复命：回报。　哭墓：指季札到王僚墓上去哭祭。季札这次出使晋国是王僚派遣的，所以到王僚墓上去哭祭回报。
㊻ 哀死：哀痛死者（指王僚）。　事生：奉侍生者（指阖闾）。
㊼ 孰与：何如，表示比较。　衅（xìn）：争端。
㊽ 弃室：丢弃家室。　表义：表示节义。寿梦死后，诸樊要让位给季札，季札抛弃家室而去种地，表示坚决推让。
㊾ 明信：表明信用。季札出使时路过徐国，徐君喜欢季札的佩剑而不敢说出来。季札心知其意，但因为还要出使到别的诸侯国去需要佩剑而没送给徐君。等到他出使完毕回来再过徐国，徐君已死。他就把宝剑挂在徐君墓前的树上，以表信义。
㊿ 君父：指寿梦。　神祇（qí）：神，天神；祇，地神。泛指神明。
51 纯白：纯洁。
52 干：追求。　义嗣：合乎道理的嗣续王位。
53 这句说：这是纯洁了自己而失掉了国家啊！
54 君：指季札。　阶：来由。　这两句说：吴国的灭亡，季札实在是祸患的

㊺ 因由。
㊺ 且曰非我生乱：还说不是我生出来的祸乱。季札在王僚被刺后说过"非我生乱"的话。
㊻ 其：语气助词，表示反诘。 孰：谁。 之：指祸乱。

【简析】

　　春秋后期，吴国贵族季札推让王位的继承权，《左传》和《史记》都加以赞美。本篇提出不同看法，认为季札的辞让只是顾惜自己的名节而不顾吴国，不仅不能算贤明，而且是导致吴国贵族内讧以至覆亡的原由。其实，在统治者内部发生争权夺位的事，是常见的。至于吴、越争霸和吴国覆亡，也正反映了当时新旧势力之间斗争尖锐化的一个侧面。本篇在唐玄宗的时候，提出要为国家大业而当仁不让的看法，作为一种思想资料来说，是比较新的，所以这篇文章在当时就享盛名。

　　文章的写法也简洁有力，层次分明。首先点明季札不能称贤，接着就引用例证来分析不能称贤的道理，最后用一连串的反诘问句指责季札让位之祸。

韩　愈

韩愈（768—824），字退之，邓州南阳（今河南省南阳市）人。幼年时期贫穷孤苦，由嫂抚养。刻苦学习，792年考中进士。817年，宰相裴度督率李愬等诸将平淮西藩镇，韩愈任行军司马。819年，因谏唐宪宗（李纯）不要迎佛骨，降职为潮州（今广东省）刺史。韩愈是唐朝著名的散文家、诗人，是古文运动的主将之一，极力反对六朝以来追求丽辞僻典的文风。他在散文方面有很高的成就。他反对一味模拟古语，提倡散文的语言要有独创精神；提倡把文章写得通达顺畅，合乎文法。著作有《韩昌黎集》。

师　说

古之学者①必有师。师者，所以传道、授业、解惑②也。人非生而知之者，孰能无惑③？惑而不从师，其为惑也，终不解矣。生乎吾前，其闻道也，固先乎吾④，吾从而师之；生乎吾后，其闻道也，亦先乎吾，吾从而师之。吾师道也，夫庸知其年之先后生于吾乎⑤？是故无贵无贱，无长无少，道之所存，师之所存也⑥。

嗟乎！师道⑦之不传也久矣，欲人之无惑也难矣！古之圣人⑧，其出人⑨也远矣，犹且从师而问焉；今之众人⑩，其下圣人⑪也亦远矣，而耻学于师⑫。是故圣益圣，愚益愚。圣人之所以为圣，愚人之所以为愚，其皆出于此乎⑬？

爱其子，择师而教之；于其身⑭也，则耻师焉⑮，惑⑯矣！彼童子之师，授之书而习其句读⑰者，非吾所谓传其道、解其惑者也。句读之不知，惑之不解，或师焉，或不焉⑱；小学而大遗⑲，吾未见其明也。巫、医、乐师、百工⑳之人，不耻相师。士大夫之族㉑，曰师曰弟子云者㉒，则群聚而笑之。问之，则曰："彼与彼，年相若㉓也，道㉔相似也，位卑则足羞，官盛则近谀㉕。"呜呼！师道之不复，可知矣！巫、医、乐师、百工之人，君子不齿㉖，今其智反不能及，其可怪也欤㉗！

圣人无常师㉘，孔子师郯子、苌弘、师襄、老聃㉙。郯子之徒㉚，其贤不及孔子。孔子曰"三人行，则必有我师"㉛，是故弟子不必不如师，师不必贤于弟子，闻道有先后，术业有专攻㉜，如是而已。

李氏子蟠㉝，年十七，好古文㉞，六艺经传㉟，皆通习之，不拘于时㊱，学于余。余嘉其能行古道㊲，作《师说》以贻㊳之。

【注释】

① 学者：求学的人。
② 传道：传授道理。 授业：教授学业。 解惑：解除疑难。
③ 孰：谁。 这两句说：人不是生来就懂得一切的，谁能够没有疑难呢?
④ 生乎吾前：生在我之先的。 闻：这里有懂得的意思。 固：本来就。先乎吾：比我早。
⑤ 庸：难道。 这两句说：我是学习道理啊，难道要管他比我先出生还是后出生吗？
⑥ 这几句说：所以不论地位高低，不论年纪大小，只要是道理所在，也就是老师所在。
⑦ 师道：求师的风尚。
⑧ 圣人：泛指品格最高尚、智慧最高超的人。
⑨ 出人：超过常人。
⑩ 众人：一般人，和上面的"圣人"相对。
⑪ 下圣人：低于圣人。
⑫ 耻学于师：耻于求师问学。
⑬ 其皆出于此乎：大概都是出于这个原因吧！
⑭ 于其身：对于他自己。
⑮ 耻师焉：耻于从师。
⑯ 惑：糊涂。
⑰ 习：教习。 句读（dòu）：断句。
⑱ 这几句说：读书不能断句，有疑难不能解除，有的从师学习，有的不从师学习。意思是不会断句倒请教老师，不懂道理反而不肯去请教老师。不，音 fǒu。
⑲ 小学而大遗：小的问题（句读）学习了，大的问题（道理）漏掉了。
⑳ 巫（wū）：旧时专搞装神弄鬼、替人祈祷的人。 百工：各种工匠。
㉑ 士大夫之族：读书做官的这类人。
㉒ 曰师曰弟子云者：讲到老师、学生等的时候。
㉓ 年：年纪。 相若：相像。
㉔ 道：懂得的道理。
㉕ 官盛：官位高。 谀（yú）：奉承。 这两句说：向地位比自己低的人学，感到可耻；向官位高的人学，又觉得近于趋奉。
㉖ 不齿：不与同列，表示鄙视。这是古代士大夫轻视百工之人的谬误观点。
㉗ 欤（yú）：表感叹的语气。 这两句说：巫、医、乐师和各种工匠，是大人先生们看不起的，现在大人先生们的聪明智慧竟反而及不上他们，该是很可怪的事吧！
㉘ 常师：固定的老师。
㉙ 郯（tán）子：郯国（在今山东省郯城县境内）的国君，孔子曾向他请教少皞氏（传说中的古代帝王）时代的官职名称。 苌（cháng）弘：周敬王时候的大夫，孔子曾向他访求乐章。师襄：乐师，孔子曾向他学弹琴。老聃（dān）：老子，姓李名耳，孔子曾向他问周礼。
㉚ 之徒：这班人。
㉛ 这句说：在三个人中间，就一定可以让我取法的人。这句话出于《论语·述而》："三人行，必有我师焉。"古文引书往往与原文不完全一样。
㉜ 术业：学术和技能。 专攻：专精。
㉝ 李蟠（pán）：唐德宗贞元十九年（803）进士。
㉞ 好（hào）古文：喜爱先秦、两汉的散文。
㉟ 六艺：六经，包括《易》《礼》《乐》《诗》《书》《春秋》。 经：六经的正文。 传（zhuàn）：解释六经的著作。
㊱ 不拘于时：不受时代风气的拘束。这里指不受当时耻于从师求学的不良风

㊲ 嘉：赞许。　古道：古人求师之道。

㊳ 贻（yí）：赠送。

气的限制。

【简析】

　　韩愈写这篇《师说》，论述了为什么要求师和求什么人为师的道理。他首先指出老师是"传道、授业、解惑"的，再指出人不是生下来就什么都懂得的，谁也不能没有疑难问题，有了问题去从师学习，就会有长进；如果有了问题还不从师学习，那么疑难就永远存在。他又指出不论贵贱长幼，只要有专长，就可以从他为师，提出"弟子不必不如师，师不必贤于弟子，闻道有先后，术业有专攻"的见解。韩愈以儒家道统的继承者自居。他在《师说》中所说的"道"自然是指儒家思想，所说的"业"也无非是指包含着"道"而又可以作文章规范的"三代两汉之书"。他写这篇文章，在当时是针对一般士大夫不重视从师学习而发的。文中提出"人非生而知之者，孰能无惑？""无贵无贱，无长无少，道之所存，师之所存"等意见，作为求学态度和治学方法来说，即使在今天，也是可取的。

进 学 解①

国子先生晨入太学②,招诸生立馆③下,诲之④曰:"业精于勤荒于嬉,行成于思毁于随⑤。方今圣贤相逢⑥,治具毕张⑦。拔去凶邪⑧,登崇畯良⑨。占小善者率以录⑩,名一艺者无不庸⑪。爬罗剔抉⑫,刮垢磨光⑬。盖有幸而获选,孰云多而不扬⑭?诸生业患不能精⑮,无患有司之不明⑯;行患不能成⑰,无患有司之不公⑱。"

言未既⑲,有笑于列⑳者曰:"先生欺余㉑哉!弟子事㉒先生,于兹有年矣㉓。先生口不绝吟于六艺㉔之文,手不停披于百家之编㉕;记事者必提其要,纂言者必钩其玄㉖;贪多务得,细大不捐㉗;焚膏油以继晷㉘,恒兀兀以穷年㉙。先生之业,可谓勤矣㉚。抵排异端㉛,攘斥佛、老㉜;补苴罅漏㉝,张皇幽眇㉞;寻坠绪之茫茫㉟,独旁搜而远绍㊱;障百川而东之㊲,回狂澜于既倒㊳。先生之于儒,可谓有劳矣㊴。沉浸醲郁㊵,含英咀华㊶。作为㊷文章,其书㊸满家。上规姚、姒㊹,浑浑无涯㊺,周《诰》、殷《盘》,佶屈聱牙㊻,《春秋》谨严㊼,《左氏》浮夸㊽,《易》奇而

73

法㊾,《诗》正而葩㊿,下逮《庄》《骚》㈤,太史所录㈥,子云、相如㈦,同工异曲㈧。先生之于文,可谓闳其中而肆其外㈩矣。少始知学,勇于敢为㊻;长通于方,左右具宜㊼。先生之于为人,可谓成㊽矣。然而公不见信于人㊾,私不见助于友。跋前踬后⑥⓪,动辄得咎⑥①。暂为御史⑥②,遂窜南夷⑥③。三年博士⑥④,冗不见治⑥⑤。命与仇谋,取败几时⑥⑥。冬暖而儿号寒,年丰而妻啼饥⑥⑦。头童齿豁⑥⑧,竟死何裨⑥⑨?不知虑此,而反教人为⑦⓪?"

先生曰:"吁!子⑦①来前!夫大木为杗⑦②,细木为桷⑦③,欂栌侏儒⑦④,椳闑扂楔⑦⑤,各得其宜⑦⑥,施⑦⑦以成室者,匠氏⑦⑧之工也。玉札丹砂,赤箭青芝⑦⑨,牛溲马勃⑧⓪,败鼓之皮⑧①,俱收并蓄⑧②,待用无遗⑧③者,医师之良也。登明选公⑧④,杂进巧拙⑧⑤,纡余为妍⑧⑥,卓荦为杰⑧⑦,校短量长⑧⑧,惟器是适⑧⑨者,宰相之方⑨⓪也。昔者孟轲好辩⑨①,孔道以明⑨②,辙环天下⑨③,卒老于行⑨④;荀卿守正⑨⑤,大论是弘⑨⑥,逃谗于楚,废死兰陵⑨⑦。是二儒⑨⑧者,吐辞为经,举足为法⑨⑨,绝类离伦⑩⓪,优入圣域⑩①,其遇于世何如也⑩②?今先生学虽勤而不繇其统⑩③,言虽多而不要其中⑩④,文虽奇而不济于用⑩⑤,行虽修而不显于众⑩⑥。犹且月费俸钱,岁靡廪粟⑩⑦;子不知耕,妇不知织⑩⑧;乘马从徒⑩⑨,安坐而食;踵常途之促促⑪⓪,窥陈编以盗窃⑪①。然而圣主不加诛,宰臣不见斥⑪②,兹非其幸欤⑪③?动而得谤,名亦随之⑭，投闲置散，乃分之宜⑮。若夫商财贿之有亡⑯，计班资之崇庳⑰，忘己量之所称⑱，指前人之瑕疵⑲，是所谓诘匠氏之不以杙为楹⑳，而訾医师以昌阳引年㉑，欲进其狶苓也㉒。"

【注释】

① 进学：使学有所进益。 解：对疑难问题的辨析。
② 国子先生：即国子博士。这里是韩愈自称。唐朝的国子监（主管国家教育政令的官署）管国子学、太学、广文馆、四门学、律学、书学、算学七个学。七学各置博士。 太学：这里指国子学。韩愈是国子博士而说"晨入太学"，因为唐朝的国子学相当于古代的"太学"。
③ 馆：学舍。
④ 诲：教导。 之：指诸生。
⑤ 这两句说：学业精进是由于勤勉，（学业）荒废是由于嬉游；德行成就是因为善于思索，（德行）败坏是由于因循。随，因循，要求不严格。
⑥ 圣贤相逢：圣君贤臣相逢。这是对当时君臣称美的话。
⑦ 治具：法令。 毕：完全。 张：设，建立。
⑧ 拔去：除掉。
⑨ 登崇：进用推崇，含有提拔的意思。 畯良：有才能而善良的人。畯，通"俊"。
⑩ 占小善者：有一点优点的人。 率：都。 录：用。
⑪ 名一艺者：有一技之长的人。 庸：录用。
⑫ 爬罗剔抉（tī jué）：这里指选拔人才。爬，爬梳，整理。罗，搜罗。剔，区别。抉，选择。
⑬ 刮垢磨光：这里指造就人才。刮垢，刮去尘垢。磨光，磨之使光。
⑭ 这两句说：大概有（学问不足）侥幸而中选的，谁说还有（学问）广博而不被举的呢？幸，侥幸。扬，举。
⑮ 业患不能精：只怕学业不能精深。
⑯ 有司：负有专职的官员和部门。
⑰ 行患不能成：只怕德行不能成就。
⑱ 公：公正。
⑲ 既：完毕。
⑳ 列：行列。
㉑ 欺余：骗我。
㉒ 弟子：学生。这是在行列中发笑的人自称。 事：侍奉，这里指跟着先生学习。
㉓ 于：到。 兹：现在。 有年：有几年。
㉔ 吟：诵读。 六艺：六经，即《诗》《书》《礼》《乐》《易》《春秋》。
㉕ 披：翻阅。 百家：指先秦诸子，如《墨子》《庄子》《孟子》《荀子》等。 编：篇籍，著作。
㉖ 这两句说：（对于）记事的书一定抓住它的纲要，（对于）立论的书一定探究它的玄理。纂（zuǎn），编集。钩，探究。玄，指深奥的道理。
㉗ 这两句说：不知满足地探求多种学问，努力做到既学必有收获，小的大的都不放弃。
㉘ 焚膏油以继晷（guǐ）：夜以继日的意思。焚膏油，点起灯烛。晷，日影。

㉙ 这句说：经常辛辛苦苦，一年到头如此。兀（wù）兀，形容劳苦。
㉚ 这两句说：先生您对于学业，应该说是很勤奋了。
㉛ 抵排：抵制，排斥。 异端：旧指不符合孔孟之道的思想学说。
㉜ 攘斥：反对，驳斥。 佛老：指佛家和道家。
㉝ 苴（jū）：本为鞋里的衬垫，引申为填塞。 这句说：补充（儒家学说）的缺漏。
㉞ 皇：大。 眇：微小。 这句说：张大（儒家学说）的奥妙。
㉟ 坠：失落。 绪：事业。 茫茫：形容远而大，没有边际。 这句说：寻求遥远无边的失传了的（儒家）道统。
㊱ 绍：绍述，继承。 这句说：独自广泛地搜寻，深远地继承（儒家的道统）。
㊲ 这句说：阻挡住百川（比喻诸子百家的学说）的泛滥，使之都东流入海（比喻要纳入儒家的轨道）。
㊳ 回：挽转。 狂澜：势头很猛的波浪。
㊴ 这两句说：先生对于儒家，可以说有功劳了。
㊵ 这句说：沉浸在浓厚馥郁（的意味）之中。
㊶ 这句说：仔细体会（书本中的）精华。
㊷ 作为：做，作。
㊸ 书：指所做的文章。一说，指所藏的书籍。
㊹ 规：这里是取法的意思。 姚、姒（sì）：指《尚书》里的《虞书》和《夏书》。姚是虞舜的姓，姒是夏禹的姓，这里借指虞、夏的书。 “上规姚、姒……《诗》正而葩”这几句中，所提到的书籍都属取法的对象。
㊺ 浑浑无涯：形容深远而没有边际，这里说的是虞、夏之书。
㊻ 周《诰》：指《尚书》中《大诰》《康诰》《酒诰》《召诰》《洛诰》诸篇，这里代表《周书》。 殷《盘》：指《尚书》中的《盘庚》，这里代表《商书》。 佶（jí）屈聱（áo）牙：形容文字简古难读，这里指的是周、商之书。
㊼《春秋》：相传是孔子根据鲁国史记作的一部编年史。 谨严：《春秋》文辞简括，含有褒贬的意思，所以说它“谨严”。
㊽《左氏》：指《左传》，相传是与孔子同时的左丘明根据《春秋》而作的史书。 浮夸：这里是繁富的意思。《左传》记事较详，并有文采，所以说它“浮夸”。
㊾《易》：《周易》，古代卜筮的书。 奇而法：奇妙而有法则。
㊿《诗》：《诗经》。 正而葩（pā）：内容雅正而文辞华美。
(51) 逮：及到。 《庄》：《庄子》。 《骚》：《离骚》，战国时楚国屈原所作的诗篇。
(52) 太史所录：太史所记录的，指《史记》。太史，指西汉司马迁。
(53) 子云、相如：西汉扬雄（字子云）和司马相如，这里借指他们的著作。
(54) 同工异曲：同样有高超的技巧，而各有特色。这里用来形容上述一些著作，同是美好的作品而风格特点不一样。
(55) 闳（hóng）：大。 中：指文章的内容。 肆：奔放。 外：指文章的形式。
(56) 这两句说：少年时开始懂得学习，就敢作敢为。
(57) 方：道理。 左右：这里泛指研究学问的一些方面。 具：全，都。 宜：得心应手。
(58) 成：备，完美。
(59) 这句说：然而在公事方面，不被人家信任（不被重用）。见，用在动词“信”“助”前面表示被动。
(60) 跋（bá）前踬（zhì）后：《诗·豳风·狼跋》：“狼跋其胡，载疐其尾。”意思是老狼有胡（老狼颔下的悬肉），前进就踩着它的胡，后退又踏着它的尾巴，形容进退两难。跋，踏，踩。疐，同“踬”。

(61) 动辄（zhé）得咎（jiù）：一动总是得到罪名。

(62) 暂：短暂。　为御史：做监察御史。

(63) 窜：放逐，贬谪。　南夷：南方边远地区。唐德宗贞元十九年（803），韩愈因上疏请宽民徭而被贬为连州阳山（今广东省阳山县）令。

(64) 三年博士：韩愈在唐宪宗元和元年至四年（806—809）任国子博士。

(65) 冗（rǒng）不见（xiàn）治：职位闲散，不足以显露治理之才。冗，闲散的，指国子博士没有多少公事可办。

(66) 这两句说：命运和仇敌打交道，不时受到挫折。

(67) 号（háo）：大声呼喊。　啼：出声地哭。　这两句描写其生活贫困。

(68) 头童：头秃了。童，山不长草木。　齿豁：牙齿落掉，开了豁口。

(69) 竟：终。　裨：益。　这句说：至死无补。

(70) 虑：思，想。　为：助词，表疑问。　这两句说：不懂得想想这些，却反而来教训别人么？

(71) 子：你。

(72) 宋（máng）：房梁。

(73) 桷（jué）：椽。

(74) 欂（bó）：壁柱。　栌（lú）：柱上短木，斗拱。　侏（zhū）儒：梁上短木。

(75) 椳（wēi）：门枢。　闑（niè）：门的中央所竖的短木。关门时，两扇门只能止于此。　扂（diàn）：门闩之类。　楔（xiē）：门两旁长木。

(76) 各得其宜：各（指上述用作房梁、椽子等器物的大小木材）得到适当的安排。

(77) 施：用。

(78) 匠氏：匠人。

(79) 玉札：中药名，即地榆。　丹砂：朱砂。　赤箭：天麻。　青芝：中药名。　以上四种都是名贵的中药。

(80) 牛溲、马勃：都是普通的中药。

(81) 败鼓之皮：陈旧败坏的鼓皮，可入药。

(82) 俱收并蓄：都一起收藏起来。

(83) 遗：遗漏。

(84) 登明选公：提拔人材，看得明白；选用人材，态度公正。

(85) 杂：都，一并。　巧拙：好的和差的。

(86) 纡余：委曲周备的样子。这里是说有的人小心谨慎，扭捏而不爽朗。

(87) 卓荦（luò）：超绝的样子。这里是说有的人性格豪放。

(88) 校短量长：这里是比较人材优劣的意思。

(89) 惟器是适：这里是指根据各人的不同才能、特点，安排合适的工作。

(90) 方：道，术。

(91) 昔者：从前时候。　好（hào）辩：爱辩论，指孟轲跟儒家以外的学派辩论。

(92) 孔道：指孔子的学说。　以：因。

(93) 辙环天下：周游列国的意思。辙，车迹。环，周遍。

(94) 卒：终究，到底。　老于行：老在周游之中，意思是在周游之中过了一辈子。

(95) 荀卿：战国时赵国人，游学于齐，曾任祭酒。　守正：指守着孔子之道。

(96) 大论是弘：展开了闳大的言论。弘，展开。

(97) 这两句说：（荀卿）在齐国有人说他的坏话，避到楚国。楚国的春申君请他任兰陵（今山东省枣庄市）令。春申君死后，他被削职为民，死在兰陵。

(98) 是：这。　二儒：指孟轲、荀卿。

(99) 这两句说：说出话来（指言论）成为经典，举起脚来（指行动）成为法则。

(100) 绝类离伦：超越了同类，意思是超越当时一般的儒生。绝、离，超越。类、伦，同辈。

(101) 优入圣域：高超到进入了圣人的境地。

⑩² 这句说：他们在世上的遭遇又怎样呢？
⑩³ 先生：国子先生，韩愈自称。 繇：同"由"。 统：指儒家的道统。
⑩⁴ 要（yāo）：强求。 中（zhòng）：中于理。
⑩⁵ 不济于用：无助于实际应用。
⑩⁶ 不显于众：不能显露于众人之中。
⑩⁷ 这两句说：尚且每月每年耗费俸钱和禄米。靡，通"糜"，费。廪（lǐn）：米仓。
⑩⁸ 这两句说：靠俸禄养家。
⑩⁹ 从：跟从，随行。 徒：属下，一说，指御马的人。
⑩ 踵：跟着走。 常途：寻常的道路。 促促：拘谨的样子。 这句说：拘谨地按照平平常常的道路走。
⑪ 窥：看。 陈编：旧书。 这句说：看看旧书，窃取其中说法而没有创见。
⑫ 加：加以。 诛：责罚。 见：被。 斥：斥逐罢官。 这两句说：然而不为圣主所责罚，不被宰相所斥逐。
⑬ 这句说：这难道不是他的幸运吗？

兹，这。
⑭ 这两句说：动一动就得诽谤，名声也随之而受到影响。
⑮ 分（fèn）：名位、职责的限度。 这两句说：被安置在闲散的地位，是分所当然的。
⑯ 若夫（fú）：至于那种。 商：商量，计较。 财贿：财货利禄。 亡：同"无"。
⑰ 计：计较。 班资：班指品秩、地位、资格。 崇：高。 庳：同"卑"，低下。
⑱ 量：分量，这里指能力。 称（chèn）：适合。 这句说：忘记了自己的才能和什么才是相称的。
⑲ 前人：在自己前列的人，指显贵之人。 瑕（xiá）疵：毛病。
⑳ 是所谓：这就是所谓。 诘（jié）：追问，责问。 杙（yì）：小木桩。 楹：柱。
㉑ 訾（zǐ）：指摘。 昌阳：中药名，即菖蒲。古人认为菖蒲可以延年益寿。引年：延长寿命。
㉒ 进：进用。 豨（xī）苓：中药名，又名猪苓，是一种泻药。

【简析】

　　这篇文章是韩愈在唐宪宗元和七年（812）重任国子博士后写的，写作时间为元和八年。文章假设国子先生与学生的对话，抒发自己遭贬斥不得重用的牢骚，曲折地表现了他对当时朝政的不满，反映了他在当时统治阶级内部政治斗争中所处的困境。本篇同时也提出了学习进修上的一些意见，认为"业精于勤荒于嬉，行成于思毁于随"等，是值得重视的。

　　这篇文章语言精炼，很有特色，对后世影响较大，有的成了现代汉语中的成语。在写作形式上，模仿西汉东方朔的《答客难》和扬雄的《解嘲》，是一篇用韵而对偶句特别多的文章。

杂　说　四[1]

　　世有伯乐[2]，然后有千里马[3]。千里马常有，而伯乐不常有。故虽有名马[4]，只辱于奴隶人[5]之手，骈死于槽枥[6]之间，不以千里称也[7]。

　　马之千里者，一食或尽粟一石[8]，饲马者不知其能千里而饲也。是[9]马也，虽有千里之能，食不饱，力不足，才美不外现[10]，且欲与常马等不可得[11]，安[12]求其能千里也！策[13]之不以其道，饲之不能尽其材，鸣之而不能通其意[14]，执策而临之[15]曰："天下无马[16]。"呜呼！其真无马耶？其真不知[17]马也！

【注释】

[1] 杂说四：《杂说》是韩愈写的一组短论，共有四篇，这里选的是第四篇。短论没有揭示论说内容的题目，总称叫《杂说》。
[2] 伯乐：姓孙，名阳，战国秦穆公时善于相马的人。
[3] 千里马：一天能走一千里的好马。这句里的"千里马"指既有日行千里的本领，又有"千里马"的美名的马。下句里的"千里马"指的却是虽能日行千里却没人知道的马。
[4] 名马：好马。
[5] 辱：屈辱。　奴隶人：地位低贱，受人役使的人。
[6] 骈（pián）死：成双成对地死去。　槽枥（cáo lì）：养马的地方。槽，盛饲料的器具。枥，马棚。
[7] 这句说：不因为能日行千里而出名啊。
[8] 一食：吃一顿。　或尽粟一石：有时要吃完一石小米。
[9] 是：这。
[10] 才美：才能和好处。　不外现：不能

向外显现出来。
⑪ 这句说：要和平常的马相等尚且办不到。
⑫ 安：怎么。
⑬ 策：鞭，用作动词。
⑭ 这句说：千里马得不到应有的待遇，嘶叫了，人们又不懂它的意思。
⑮ 临之：面对着它。
⑯ 马：指的是千里马。
⑰ 不知：不识。

【简析】

　　这篇短论，内容犀利，形式活泼，通篇是一个比喻：用千里马不遇伯乐，比喻有才能的人得不到施展的机会。通过这个比喻，揭露了当时社会亲贵当权，有才能的人反而受到压抑的现象，抒发了作者胸中的不平之气。文章不长，然而写得既曲折又畅达，是短小精悍的好文章。

原　毁[1]

　　古之君子，其责己也重以周[2]，其待人也轻以约[3]。重以周，故不怠[4]；轻以约，故人乐为善[5]。闻古之人有舜者[6]，其为人也，仁义人也；求其所以为舜者[7]，责于己曰："彼[8]，人也；予[9]，人也。彼能是[10]，而我乃不能是！"早夜以思[11]，去其不如舜者，就[12]其如舜者。闻古之人有周公[13]者，其为人也，多才与艺[14]人也；求其所以为周公者，责于己曰："彼，人也；予，人也。彼能是，而我乃不能是！"早夜以思，去其不如周公者，就其如周公者。舜，大圣人也，后世无及[15]焉；周公，大圣人也，后世无及焉；是人[16]也，乃[17]曰："不如舜，不如周公，吾之病[18]也。"是不亦责于身[19]者重以周乎！其于人[20]也，曰："彼人也，能有是[21]，是足为良人[22]矣；能善是[23]，是足为艺人[24]矣。"取其一不责其二，即其新不究其旧[25]，恐恐然惟惧其人之不得为善之利[26]。一善，易修也[27]，一艺，易能也[28]，其于人也，乃曰："能有是，是亦足矣。"曰："能善是，是亦足矣。"不亦待于人者轻以约乎！

今之君子则不然㉙，其责人也详㉚，其待己也廉㉛。详，故人难于为善；廉，故自取也少㉜。己未有善，曰："我善是，是亦足矣。"己未有能，曰："我能是，是亦足矣。"外以欺于人，内以欺于心㉝，未少有得㉞而止矣，不亦待其身者已㉟廉乎！其于人也，曰："彼虽能是，其人不足称也㊱；彼虽善是，其用㊲不足称也。"举其一不计其十㊳，究其旧不图㊴其新，恐恐然惟惧其人之有闻㊵也。是不亦责于人者已详乎！夫是之谓不以众人待其身㊶，而以圣人望于人㊷，吾未见其尊己㊸也！

虽然㊹，为是者有本有原㊺，怠与忌之谓也㊻。怠者不能修㊼，而忌者畏㊽人修。吾尝㊾试之矣，尝试语于众㊿曰："某良士㊶，某良士。"其应者㊷，必其人之与㊸也；不然，则其所疏远，不与同其利者㊹也；不然，则其畏㊺也。不若是㊻，强者必怒于言㊼，懦者必怒于色㊽矣。又尝语于众曰："某非良士，某非良士。"其不应者，必其人之与也；不然，则其所疏远，不与同其利者也；不然，则其畏也。不若是，强者必悦于言，懦者必悦于色矣。是故事修而谤兴㊾，德高而毁来。呜呼！士之处此世㊿，而望名誉之光㊶，道德之行㊷，难矣！

将有作于上者㊸，得吾说而存之㊹，其国家可几而理欤㊺！

【注释】

① 原：推究。　毁：毁谤。
② 责己：要求自己。　重：严格。　以：连词，相当于“而”。　周：全面。
③ 轻：宽容。　约：简要。
④ 不怠：不怠慢。
⑤ 乐为善：乐于做好人好事。
⑥ 这句说：听说古人中有个叫舜的。舜，我国传说中远古时代的帝王，这里作为古代圣贤的代表人物。
⑦ 求：探求。　所以为舜者：能成为舜这样的圣人的缘故。
⑧ 彼：他，指的是舜。
⑨ 予：我。
⑩ 是：这样。
⑪ 早夜以思：早上晚上都在思考。
⑫ 就：靠近。
⑬ 周公：西周初年政治家，周文王之子，姓姬名旦，是周武王的弟弟。这里也作为古代圣贤的代表人物。
⑭ 才：才干。　艺：技能。
⑮ 后世：后代的人。　无及：没有能及得上的。
⑯ 是人：这个人，指的是古之君子。
⑰ 乃：却。
⑱ 病：缺点。
⑲ 是不亦：这不就是。　身：自身。
⑳ 其：他，指的是古之君子。　于人：对于别人。
㉑ 彼人：那个人。　是：这，指的是优点。
㉒ 良人：良好的人。
㉓ 善是：擅长做这个。
㉔ 艺人：有技能的人。
㉕ 即：接触到。　新：现在的状况。　究：追究。　旧：过去。
㉖ 恐恐然：谨慎小心的样子。　不得为善之利：得不到做好人好事的益处。
㉗ 易修：容易做到。
㉘ 易能：容易学会。
㉙ 不然：不是这样。
㉚ 详：全面，周到。
㉛ 廉：低，少。
㉜ 自取也少：自己得到的少。
㉝ 欺于心：自欺于心中。
㉞ 未少有得：没有一点收获。
㉟ 已：太。下文“是不亦责于人者已详乎”的“已”相同。
㊱ 其人：他的人品。　不足称：不值得称赞。
㊲ 其用：他的作用。
㊳ 举其一不计其十：举出他的一点，不估计他其余的十点。
㊴ 图：考虑。
㊵ 闻（wèn）：声誉。
㊶ 是之谓：这叫做。　众人：一般人，指的是普通人的标准。　待其身：要求自己。
㊷ 圣人：很高的做人的标准。　望于人：要求别人。
㊸ 尊己：尊重自己。
㊹ 虽然：虽说如此。
㊺ 为是者：这样做的人。　有本有原：有根源。
㊻ 这句说：是由于懈怠和妒忌。
㊼ 修：求上进。
㊽ 畏：深怕。
㊾ 尝：曾经。
㊿ 语于众：对大家说。
(51) 某良士：某人是好人。
(52) 其应（yìng）者：那些附和的人。
(53) 其人：那个人。　与：朋友。
(54) 不与同其利者：不跟他有利害关系的人。
(55) 畏：害怕他的人。
(56) 不若是：要不然。
(57) 强者：强硬的人。　怒于言：在言语中表示愤怒。
(58) 懦者：懦弱的人。　怒于色：在脸色上表示愤怒。
(59) 事修：事情办好了。　谤兴：毁谤发生了。
(60) 处此世：处在这个时世。
(61) 光：显著。
(62) 行：不受阻碍。
(63) 这句说：居于上位将要做番事业的人，指的是执掌政权的人。
(64) 存之：记牢它。
(65) 几（jī）：差不多。　理：治理，安定。唐人避高宗李治的名讳，“治”都写成“理”。　欤（yú）：表疑问的助词。

【简析】

这篇文章推究当时一般人好说别人坏话的根源和这种坏风气的恶劣影响。先写“古之君子”的责己严而待人宽，再写“今之君子”的待己宽而责人严，形成鲜明的对照。在这个基础上，点明好说人坏话的根源是“怠”（懒惰）和“忌”（忌妒），又用形象性的语言来描绘当时只准说人坏、不准说人好，形成了“事修而谤兴，德高而毁来”的状况。在统治阶级内部，一部分人结成朋党，只顾私利，不问是非，攻击甚至陷害异己，确是常见的事。读这篇文章，也有助于我们对朋党宗派性质的了解。此外，这篇文章里讲的责己要严、待人要宽的道理，在今天对我们依然有启发意义。

送李愿归盘谷序①

　　太行之阳②有盘谷。盘谷之间，泉甘③而土肥，草木丛茂④，居民鲜少⑤。或曰⑥："谓其环两山之间，故曰盘。"或曰："是⑦谷也，宅幽而势阻⑧，隐者之所盘旋⑨。"友人李愿居之。

　　愿之言曰："人之称大丈夫者，我知之矣。利泽⑩施于人，名声昭⑪于时。坐于庙朝⑫，进退百官⑬，而佐天子出令⑭。其在外，则树旗旄⑮，罗弓矢⑯，武夫前呵⑰，从者塞途⑱，供给之人⑲，各执其物，夹道而疾驰⑳。喜有赏，怒有刑。才畯㉑满前，道古今而誉盛德㉒，入耳而不烦㉓。曲眉丰颊㉔，清声而便体㉕，秀外而慧中㉖，飘轻裾㉗，翳㉘长袖，粉白黛绿者㉙，列屋而闲居㉚，妒宠而负恃㉛，争妍而取怜㉜。大丈夫之遇知于天子、用力于当世者之所为也㉝。吾非恶㉞此而逃之，是有命焉，不可幸而致也㉟。

　　"穷居而野处㊱，升高而望远，坐茂树以终日㊲，濯清泉以自洁㊳。采于山，美可茹㊴；钓于水，鲜可食。起居无时，惟适之安㊵。与其有誉于前，孰若无毁于其后；与其有乐于身，孰若无忧于其心㊶。车服不维⁴²,刀锯⁴³不加,理乱⁴⁴不知,黜陟⁴⁵不闻。大丈夫不遇于时者之所为也⁴⁶,我则行之。

"伺候于公卿⁴⁷之门,奔走于形势⁴⁸之途。足将进而趑趄⁴⁹,口将言而嗫嚅⁵⁰,处秽污而不羞⁵¹,触刑辟而诛戮⁵²。侥幸于万一⁵³,老死而后止者,其于为人贤不肖何如也⁵⁴?"

昌黎⁵⁵韩愈,闻其言而壮之⁵⁶,与之酒而为之歌曰:

"盘之中,维子之宫⁵⁷。盘之土,可以稼⁵⁸。盘之泉,可濯可沿⁵⁹。盘之阻⁶⁰,谁争子所⁶¹?窈而深⁶²,廓其有容⁶³。缭⁶⁴而曲,如往而复⁶⁵。嗟盘之乐兮⁶⁶,乐且无央⁶⁷。虎豹远迹⁶⁸兮,蛟龙遁藏⁶⁹。鬼神守护兮,呵禁不祥⁷⁰。饮且食兮寿而康,无不足兮奚所望⁷¹。膏吾车兮秣吾马⁷²,从子于盘兮,终吾生以徜徉⁷³。"

【注释】

① 李愿:住在盘谷的一位隐士,称为盘谷子。 盘谷:在今河南省济源市。
② 太行(háng):太行山,在山西高原与河北平原间。 阳:山的南面。
③ 甘:甜美。
④ 丛茂:茂盛。
⑤ 鲜(xiǎn)少:不多。
⑥ 或曰:有人说。
⑦ 是:这个。
⑧ 宅幽:地方很幽静。 势阻:形势很险要。
⑨ 盘旋:逗留往来。
⑩ 利泽:利益恩泽。
⑪ 昭:显著。
⑫ 庙朝:朝廷。
⑬ 进退百官:决定百官的进退升降。
⑭ 佐天子出令:辅助皇帝发号施令。
⑮ 树:立。 旗旄(máo):旗帜。
⑯ 罗:列。 弓矢:弓箭。
⑰ 武夫前呵(hē):威武的勇士在前面高声喝道,叫路上的行人让开。
⑱ 从者塞途:跟随着的侍从们多得塞满了路。
⑲ 供给之人:服侍大官的仆役。
⑳ 夹道:在路的左右两旁。 疾驰:骑着马快跑。
㉑ 才畯:才能出众的人,这里指大官的门客。畯,通"俊"。
㉒ 道古今:讲古论今。 誉盛德:歌颂大官的德行。

㉓ 入耳而不烦：听在耳朵里，一点也不厌烦。
㉔ 曲眉：弯弯的眉毛。 丰颊（jiá）：丰满的面颊。
㉕ 便（pián）体：美好的体态。
㉖ 秀外而慧中：外貌秀丽，资质聪明。
㉗ 裾（jū）：衣襟。
㉘ 翳（yì）：遮掩起来。
㉙ 粉白黛绿：脸上粉搽得雪白，眉毛画得黑里泛青。这些都是形容大官的姬妾的服装和妆饰。
㉚ 列屋而闲居：在一间间房间里住着，安闲无事。
㉛ 妒宠：妒忌别的姬妾得到大官的宠爱。 负恃：自负美貌。
㉜ 争妍（yán）：比赛美丽。 取怜：求得怜爱。
㉝ 这句说：以上说的这些，都是受到皇帝的知遇，掌握了当时权力的大丈夫的所作所为。
㉞ 恶（wù）：讨厌。
㉟ 这两句说：这是命运注定的，不能侥幸得到。
㊱ 穷居：住在隐僻的地方。 野处：住在山野里。
㊲ 坐茂树以终日：整天逍遥地坐在大树底下。
㊳ 这句说：用清凉的泉水来把自己洗得非常洁净。
㊴ 美可茹（rú）：味美可吃。茹，吃。
㊵ 这两句说：日常作息没有一定的时间，只求闲暇安适。
㊶ 这几句说：与其一开始受到赞美，不如到后来没有人说坏话；与其形体上享受安逸快乐，不如心里面无忧无虑。
㊷ 车服：大官坐的车子和穿的衣服。 维：束缚。
㊸ 刀锯：刑具。
㊹ 理乱：治乱。唐人避高宗李治的名讳，"治"都写成"理"。

㊺ 黜（chù）：降官。 陟（zhì）：升官。
㊻ 这句说：以上说的这些，都是遭遇不好、得不到皇帝赏识的大丈夫的所作所为。
㊼ 公卿：高级官员。
㊽ 奔走：为着某种目的而进行活动。 形势：权力威势。
㊾ 趑趄（zī jū）：进退迟疑不决。
㊿ 嗫嚅（niè rú）：要说话而又说不出来。形容奔走权贵之门的那种人的丑态。
(51) 这句说：处在肮脏卑下的地位而不觉得羞耻。
(52) 触刑辟而诛戮（lù）：触犯了刑法而被诛杀。
(53) 侥幸：这里指偶然获得成功。 万一：万分之一，形容机会极少。
(54) 不肖：不好。 这几句说：在极少的机会里去寻求偶然的幸运，一直到老死才罢休，那种人的为人究竟好不好呢？
(55) 昌黎：郡名。韩愈是南阳（今河南省南阳市）人，这里不是实指籍贯，而是自称望族，因为北朝时韩姓是昌黎郡的望族。
(56) 壮之：认为李愿的话气魄很大。
(57) 维：是。 子：你，指的是李愿。 宫：房屋。
(58) 稼：播种五谷。
(59) 濯（zhuó）：洗涤。 沿：顺着水边走。
(60) 阻：地势曲折。
(61) 谁争子所：谁来争夺你的住所？
(62) 窈（yǎo）而深：幽远深奥。
(63) 廓（kuò）：广阔。 有容：能够存身。
(64) 缭（liáo）：屈曲。
(65) 如往而复：好像穿过去了，又绕了回来。
(66) 嗟（jiē）：赞叹声。 兮（xī）：啊。
(67) 无央：无穷尽。
(68) 远迹：不到这里来。
(69) 遁（dùn）藏：避开。
(70) 呵禁不祥：大声吃喝，禁止不吉利的东西近前来。
⑪ 无不足：没有什么不满足。奚所望：巴望什么。
⑫ 膏（gào）吾车：用滑润的油脂抹在我的车轮上。 秣（mò）吾马：用饲料喂饱我的马。
⑬ 徜徉（cháng yáng）：自由自在地来往行走。

【简析】

　　唐德宗贞元十七年（801）冬，韩愈在长安等候调官，写了这篇序文送给李愿。全文开头一段写盘谷得名的由来，末了写一首诗歌来歌咏李愿的隐居并表示自己也有此志。中间一大段记载李愿讲的一番话，着意形容了三种人：一种是做了大官的人；一种是不做官而隐居的人；一种是奔走权贵之门，追求功名利禄的人。实际上是在鄙视当时声威显赫的官僚，赞美不遇于时而退隐山林的人，嘲笑趋炎附势的官迷。唐朝士大夫中不少是做官、隐居兼而有之的，甚至用隐居来博取声誉，作为做官的捷径。韩愈写此文时正是遇到一点挫折的时候，所以也用赞美隐居的办法来发牢骚，客观上却起了暴露当时社会的一个侧面的作用。

　　这是一篇散文，但用了相当多整齐偶俪的句子，音调铿锵，有六朝文的风习而语言流畅生动，有一定的特色。

送董邵南序

燕赵古称①多感慨悲歌之士。董生举进士②，连不得志于有司③，怀抱利器④，郁郁适兹土⑤，吾知其必有合⑥也。董生勉⑦乎哉！

夫以子⑧之不遇时，苟慕义强仁者⑨，皆爱惜焉，矧⑩燕赵之士出乎其性者哉。然吾尝闻风俗与化⑪移易，吾乌知其今不异于古所云耶⑫！聊以吾子之行卜⑬之也，董生勉乎哉！

吾因子有所感矣。为我吊望诸君⑭之墓，而观于其市，复有昔时屠狗者⑮乎？为我谢⑯曰："明天子⑰在上，可以出而仕⑱矣。"

【注释】

① 燕（yān）赵：周朝分封诸侯中的两个列国，战国时代都成为强国。燕国的领地在今河北、辽宁等地，赵国的领地在今河北南部和山西北部。这里是借指河北一带地方。 称：说是。
② 举进士：考进士。
③ 不得志：指的是没有考取。 有司：官吏，这里特指主考官。
④ 利器：比喻杰出的才能。
⑤ 郁郁：心里苦闷的样子。 适：去。 兹土：这个地方，指河北一带。
⑥ 合：顺心的遭遇。
⑦ 勉：努力。
⑧ 子：你，指的是董邵南。
⑨ 苟慕义强（qiǎng）仁者：假如是仰慕正义、力行仁道的人。
⑩ 矧（shěn）：况且。
⑪ 化：教化。
⑫ 乌：怎么。 这两句说：可是我曾经听说过风俗是随着教化改变的，我怎

么知道现在比起古时候传说的来没有什么两样呢。

⑬ 聊（liáo）：姑且。　吾子：指董邵南。　卜：推测。

⑭ 吊：凭吊。　望诸君：乐（yuè）毅，战国时代燕国的名将，为燕昭王攻下齐国七十多个城市。燕昭王死，燕惠王立，中了齐国大将田单的反间计，派骑劫（燕国大将）去接替乐毅的职务。乐毅怕燕惠王杀害他，就投奔赵国，赵王封他为望诸君。他的坟墓在河北省邯郸市。

⑮ 昔时：从前。　屠狗者：指的是有才能还没做官的人。战国时代荆轲（jīng kē）到燕国去，和一些卖狗肉的人做朋友，天天在市上一起喝酒高歌。

⑯ 谢：告诉。

⑰ 明天子：英明的皇帝。

⑱ 仕：做官。

【简析】

　　董邵南，寿州安丰（在今安徽省寿县西南）人，没有考中进士，到河北一带去寻找出路。当时河北一带是藩镇（掌握地方军政大权的节度使）割据的地方，韩愈在政治上是反对藩镇割据的，因而也不赞成董邵南去，但写这篇序时又不便明说，只能把要说的意思隐隐包含在内。先祝董生到河北去会遇到机会，再写风俗会随着教化而改变，最后提出乐毅和屠狗者来，目的在于宣扬唐朝皇帝的威德，说像乐毅那样从燕国逃到赵国的事是没有的了，而像屠狗者那样的人，也应当归顺皇帝，出来做官，这里就隐含着不赞成董生投奔河北藩镇的意思。文字简括，而意义曲折含蓄，这就是本文的特色。

子产不毁乡校颂①

我思古人,伊郑之侨②。以礼相③国,人未安其教④,游⑤于乡之校,众口嚣嚣⑥。或⑦谓子产:"毁乡校则止⑧。"曰:"何患⑨焉,可以成美⑩。夫岂⑪多言,亦各其志⑫。善也吾行,不善吾避。维善维否⑬,我于此视⑭。川不可防,言不可弭⑮。下塞上聋⑯,邦其倾⑰矣。"既乡校不毁,而郑国以理⑱。

在周之兴,养老乞言⑲。及⑳其已衰,谤者使监㉑。成败之迹,昭哉可观㉒。维是子产,执政之式㉓。维其不遇,化止一国㉔。诚率是道,相天下君,交畅旁达,施及无垠㉕。呜呼!四海㉖所以不理,有君无臣㉗。谁其嗣之㉘,我思古人!

【注释】

① 子产:春秋时郑国大夫公孙侨,字子产。 乡校:古时乡里地方办的学校。 颂:文体的一种,以颂扬赞美某人某事为内容。有时写成韵文,如本篇。
② 伊:句首助词。 侨:子产的名字。
③ 礼:这里泛指礼法制度。 相(xiàng):辅助,这里有治理的意思。下面"相天下君"同。
④ 人未安其教:国人还没有习惯于他的教化。
⑤ 游:游观。
⑥ 嚣(xiāo)嚣:嘈杂喧闹。
⑦ 或:有人。
⑧ 这句说:取消乡校,(那些议论)就停止了。
⑨ 患:忧虑。

⑩ 成美：帮助我为善。
⑪ 岂：难道是。
⑫ 亦各其志：这也是各人说他心里的话啊。
⑬ 维：助词。下面"维是子产""维其不遇"相同。 否（pǐ）：恶。
⑭ 我于此视：我从这里来观察。
⑮ 防：筑堤阻水。 弭（mǐ）：消除。这两句说：河里的水是不能用堤来阻塞住的，人家的言论是禁止不了的。（子产的意思是：禁止国人议论就像用堤防去阻挡住水一样，堤防难免决口，就会造成大害。）
⑯ 下塞上聋：下面的言论阻塞了，执政的人就像聋子那样听不见什么了。
⑰ 邦：古代诸侯的封国。 倾：倒败。
⑱ 理：治理安定。
⑲ 养老乞言：古代一种礼制，统治者按时敬养一些老年人，并且请他们发表点意见。这种礼制就在学校里举行。
⑳ 及：到。
㉑ 谤者使监：派人去监视议论国政的人。周朝的厉王暴虐无道，国人纷纷议论他的过错，他非常恼火，派人去监视这些人，不许他们发言。后来国人忍无可忍，起来把厉王赶走了。
㉒ 昭哉可观：明明白白的看得见。
㉓ 式：榜样。
㉔ 这两句说：他没有更好的机会，教化只限于一个诸侯国之内。
㉕ 率（shuài）：依照。 施（yì）：延扩。垠（yín）：界限。 这几句说：假使依照这种道理去辅助天下的君主，各方面都能舒畅通达，使教化遍及所有地方。
㉖ 四海：天下。
㉗ 有君无臣：（是因为）有了国君而没有像子产那样的臣子。
㉘ 谁其嗣之：谁能继承子产的这种作风呢？

【简析】

　　子产是春秋时代著名的政治家之一，他在郑国执政时，对田制、军制作了改革，又公布了成文形式的法律。这些改革反映了当时社会发展的趋势。他执政的第二年（前542），郑国的国人（当时的自由平民阶级）常在乡校集会，议论执政者的得失。郑国大夫然明主张毁乡校，但是子产认为这正应当加以保存。

　　韩愈写这篇文章是借歌颂子产的能尊重国人言论，来讽刺当时的执政者闭塞言路。先写子产不毁乡校的经过，接着写"在周之兴"和"及其已衰"的对比，再回到赞扬子产，并且惋惜他"化止一国"，最后点出"有君无臣"。头尾呼应，都说"我思古人"，讥刺的意思很明显。

张中丞①传后序

　　元和二年②四月十三日夜，愈与吴郡张籍③阅家中旧书，得李翰④所为《张巡传》。翰以文章自名，为此传颇详密⑤。然尚恨有缺⑥者，不为许远⑦立传，又不载雷万春事首尾⑧。

　　远虽材若不及巡⑨者，开门纳巡，位本在巡上⑩，授之柄而处其下⑪，无所疑忌，竟与巡俱守死，成功名⑫。城陷而虏⑬，与巡死先后异耳⑭。两家子弟材智下，不能通知二父志，以为巡死而远就虏，疑畏死而辞服于贼⑮。远诚⑯畏死，何苦守尺寸之地⑰，食其所爱之肉⑱，以与贼抗而不降乎？当其围守时，外无蚍蜉蚁子之援⑲，所欲忠者，国与主耳，而贼语以国亡主灭⑳。远见救援不至，而贼来益众㉑，必以其言为信㉒。外无待而犹死守，人相食且尽，虽愚人亦能数日而知死处㉓矣，远之不畏死亦明矣。乌有㉔城坏，其徒㉕俱死，独蒙㉖愧耻求活，虽至愚者不忍为，呜呼，而谓远之贤而为之耶㉗？说者又谓远与巡分城而守㉘，城之陷，自远所分始，以此诟㉙远，此又与儿童之见无异。人之将死，其脏腑必有先受其病者；引绳而绝㉚之，其绝必有处㉛。观者见其然㉜，从而尤㉝之，其亦不达于理矣！小人㉞之好议论，不乐成人之美如是哉！如巡、远之所成就，如此卓卓㉟，犹不得免，其他则又何说㊱！

当二公之初守也，宁能知人之卒㊲不救，弃城而逆遁㊳？苟此不能守，虽避之他处何益㊴？及其无救而且穷㊵也，将其创残饿羸㊶之余，虽欲去，必不达。二公之贤，其讲之精㊷矣。守一城，捍㊸天下，以千百就尽之卒㊹，战百万日滋之师㊺，蔽遮江、淮㊻，沮遏㊼其势，天下之不亡，其谁之功也！当是时，弃城而图存者，不可一二数㊽；擅强兵坐而观者，相环也㊾。不追议此㊿，而责二公以死守，亦见其自比于逆乱㈤，设淫辞而助之攻㈥也。

愈尝从事于汴、徐㈦二州，屡道于两府㈧间，亲祭于其所谓"双庙"㈨者，其老人往往说巡、远时事云。

南霁云之乞救于贺兰㈩也，贺兰嫉巡、远之声威功绩出己上㊲，不肯出师救，爱霁云之勇且壮，不听其语，强留之。具食与乐㊳，延㊴霁云坐。霁云慷慨语曰㊵："云来时，睢阳之人不食月余日矣㊶，云虽欲独食，义不忍㊷！虽食，且㊸不下咽！"因拔所佩刀断一指，血淋漓，以示贺兰㊹。一座大惊，皆感激㊺为云泣下。云知贺兰终无为云出师意，即驰去；将出城，抽矢射佛寺浮图㊻，矢着其上砖半箭，曰:"吾归破贼,必灭贺兰,此矢所以志也㉇!"愈贞元中过泗州㉈,船上人犹指以相语。城陷,贼以刃胁降巡㉉,巡不屈,即牵去,将斩之。又降霁云㉊,霁云未应。巡呼云曰:"南八㉋,男儿死耳,不可为不义屈㉌!"云笑曰:"欲将以有为㉍也,公㉎有言,云敢不死!"即不屈。

张籍曰:有于嵩者,少依于巡㉏,及巡起事,嵩常在围中。籍大历中于和州乌江县见嵩,嵩时年六十余矣。以巡㉐初尝得临涣县尉㉑。好学,无所不读。籍时尚小,粗㉒问巡、远事,不能细㉓也。云:巡长七尺余,须髯若神㉔,尝见嵩读《汉书》㉕,谓嵩曰:"何为久读此?"嵩曰:"未熟也。"巡曰:"吾于书,读不过三遍,终身不忘也。"因诵嵩所读书,尽卷㉖不错一字。嵩惊,以为巡偶熟此卷,因乱抽他帙㉗以试,无不尽然。嵩又取架上诸书试以问巡,巡应口诵无疑。嵩从巡久,亦不见巡常读书也。为文章,操纸笔立书㉘,未尝起草。初守睢阳时,士卒仅万人,城中居人亦且数万,巡因一见问姓名,其后无不识者。巡怒,须髯辄张㉙。及城陷,贼缚巡等数十人,坐;且将戮㉚,巡起旋㉛,其众见巡起,或起或泣。巡曰:"汝勿怖㉜,死,命也㉝。"众泣不能仰视。巡就戮时,颜色㉞不乱,阳阳㉟如平常。远宽厚长者,貌如其心㊱。与巡同年生,月日后于巡㊲,呼巡为兄。死时年四十九。

嵩贞元初死于亳、宋㉔间。或传嵩有田在亳、宋间，武人夺而有之㉕，嵩将诣州讼理㉖，为所杀㉗。嵩无子。——张籍云。

【注释】

① 张中丞：张巡（709—757），邓州南阳（今河南省南阳市）人。唐玄宗开元末年考中进士。安禄山叛乱时，他任真源县令，起兵守雍丘（今河南省杞县），抵抗安禄山军。公元757年移守睢（suī）阳（今河南省商丘市南），和太守许远共同作战。睢阳失守后，和部下雷万春、南霁云等三十六人同时殉难。张巡在守睢阳时被封为御史中丞、河南节度副使，所以称张中丞。
② 元和二年：公元807年。元和，唐宪宗李纯的年号。
③ 吴郡：郡的治所在今江苏省苏州市。　张籍（768—约830）：唐朝诗人，字文昌，原籍吴郡，实际上生长在和州乌江（今安徽省和县）。贞元十四年（798）中了进士，曾任太常寺太祝、水部员外郎、国子司业等官职。
④ 李翰：赞皇（今河北省元氏县）人。中进士后，官做到左补阙。他和张巡是好朋友，张巡死节后，他写了一篇很详细的传记，上给唐肃宗，表彰张巡的功绩和气节。《新唐书·张巡传》从这篇传记里采用了很多材料。
⑤ 详密：详细周密。
⑥ 缺：遗漏。
⑦ 许远（709—758）：杭州盐官（今浙江省海宁市）人，字令威。安禄山叛乱时，唐玄宗选拔他做睢阳太守。757年，安禄山部将尹子奇来攻，他和张巡协力守城，坚持了几个月不屈服。城破后，被俘房、送到洛阳，后来被杀死。
⑧ 雷万春：张巡部将。张巡入睢阳以前，跟张巡一起守雍丘。敌将令狐潮包围雍丘，雷万春站在城上，和令狐潮答话。敌人发冷箭射他，脸上被射中六箭，但他挺立着纹丝不动。敌人起初怀疑站在那里的是木偶，后来知道是雷万春，大惊佩服。　首尾：事情的头尾。
⑨ 远虽材若不及巡：许远能力虽强但好像不及张巡。
⑩ 位本在巡上：许远任睢阳太守，是一郡行政的最高长官；张巡任真源县令，只是一县的行政长官。
⑪ 这句说：许远交给张巡指挥的权柄，自己的地位反而在他的下面。（当时睢阳被围，许远向张巡告急，张巡带兵来和许远合力守城。许远对张巡说："你智勇兼备，我为你作守卫，请你指挥作战。"后来守城的战斗主要是张巡指挥的。）
⑫ 成功名：成就了功业和名节。
⑬ 房：被俘房。
⑭ 这句说：和张巡比只是死的时间先后不同罢了。
⑮ 这几句说：张巡、许远两家的儿子，才能都不高，不能了解两位父亲的志向，以为张巡牺牲而许远被俘房，怀疑他是怕死向贼人屈服了。（唐代宗李豫大历年间，张巡的儿子张去疾上奏章，说了许远许多坏话，其实张巡牺牲时，去疾还年幼，后来听信了传闻失实的话。）
⑯ 诚：假使。

⑰ 尺寸之地：形容睢阳城地方极小。
⑱ 食其所爱之肉：睢阳被围，粮尽，张巡杀爱妾，许远也杀了他的家奴，给士兵们吃。
⑲ 蚍蜉（pí fú）蚁子之援：形容力量极微弱的援军。
⑳ 这句说：但是贼将又对他们说国家亡了，君主死了。
㉑ 益众：更加多了。
㉒ 信：可信。
㉓ 数（shǔ）日而知死处：知道死的日子不远了。数，计算。
㉔ 乌有：哪里有。
㉕ 徒：那班一同守城的人。
㉖ 蒙：受。
㉗ 这几句说：岂有城破了，和他一同守城的人都死了，独自蒙受耻辱而求活命，这即使是最愚蠢的人也不忍心做的，唉，难道说许远这样贤明的人会做这样的事吗？
㉘ 说者：议论的人。 远与巡分城而守：许远和张巡各人分守一方，许远守西南，张巡守东北。
㉙ 诟（gòu）：责骂。
㉚ 引：拉。 绝：拉断。
㉛ 其绝必有处：断绝也有一定的地方。（在这句里，韩愈打了两个比方，用来说明任何事物的破灭都必然从某一局部开始，睢阳城被攻，也总有个先破的地方，不能因此责骂许远。）
㉜ 然：这样。
㉝ 尤：归罪。
㉞ 小人：指那些说坏话的人。
㉟ 卓卓：形容突出。
㊱ 这几句说：像张巡、许远成就这样突出，还免不了受到人家的指责，其他的人那又怎么说呢！
㊲ 宁（nìng）：难道。 卒：到底。
㊳ 逆遁（dùn）：预先逃走。逆，预测。
㊴ 这两句说：假使这里不能守住，即使逃避到了别处又有什么好处。
㊵ 穷：困难到极点。
㊶ 将（jiāng）：统率。 创（chuāng）残饿羸（léi）：受伤、残废、饥饿、瘦弱。
㊷ 讲之精：谋划得很仔细。
㊸ 捍（hàn）：保卫。
㊹ 千百就尽之卒：少数量的快要死完的士兵。
㊺ 百万日滋之师：上百万一天天加多的军队。
㊻ 蔽遮：掩护。 江、淮：长江和淮河地区。（江、淮一带是富庶地区，当时唐军的粮食给养从此取得。）
㊼ 沮遏（jǔ è）：压制阻止。
㊽ 这两句说：放弃城池只打算保存自己的，不能用一个或两个来计数。
㊾ 擅（shàn）强兵坐而观者，相环也：拥有强大的军队而坐视不救的，都在睢阳的周围。
㊿ 不追议此：不去追究批评这些人（“弃城而图存者”和“擅强兵坐而观者”）。
(51) 自比（bì）于逆乱：把自己并列在叛逆作乱的人一起。
(52) 淫（yín）辞：歪曲事实的谬论。 助之攻：帮助那些逆乱的人来攻击张巡、许远。
(53) 从事：办理公务。 汴（biàn）：汴州，今河南省开封市。 徐：徐州，今江苏省徐州市。（韩愈曾经在宣武节度使董晋部下担任观察推官的职务，驻在汴州。董晋死后，韩愈到徐州依武宁节度使张建封，担任节度推官。）
(54) 道：经过。 两府：指汴州和徐州两州幕府。
(55) 双庙：祭祀张巡、许远两人的庙。
(56) 南霁云：张巡部将。 贺兰：复姓贺兰，名进明，任河南节度使，带着重兵驻扎在临淮（在今安徽省凤阳县东北）。
(57) 嫉（jí）：妒忌。 出己上：超过自己之上。

(58) 具食与乐（yuè）：准备了筵席和歌舞班子。
(59) 延：邀请。
(60) 慷慨语曰：情绪激昂地说。
(61) 不食月余日矣：挨饿已经一个多月了。
(62) 义不忍：道义上不忍心。
(63) 且：将要。
(64) 以示贺兰：拿来给贺兰进明看（表示自己的决心）。
(65) 感激：感动。
(66) 矢（shǐ）：箭。　浮图：塔。
(67) 此矢所以志也：这支箭是用来做标记的。
(68) 贞元：唐德宗李适（kuò）的年号（785—805）。　泗州：唐朝时候州治在临淮。
(69) 以刃胁降巡：用刀胁迫张巡，要他投降。
(70) 又降霁云：又叫南霁云投降。
(71) 南八：南霁云行八，唐朝人多用排行相称呼。
(72) 这两句说：男子汉就是一死罢了，不应该向非正义的方面屈服！
(73) 有为：有所作为。（南霁云对敌人胁迫他投降没有表示态度，是盘算候机会杀敌。）
(74) 公：对张巡的尊称。
(75) 少：年轻时。　依于巡：跟随着张巡。
(76) 以巡：因为张巡的缘故。（张巡死难，推恩封赏他的亲戚故旧。）
(77) 初：起初。　临涣县：在今安徽省宿州市。　尉：县里管理治安、缉捕盗贼的官吏。
(78) 粗：大略。
(79) 细：细致。
(80) 须髯（rán）若神：胡须长得好像神仙。
(81)《汉书》：东汉人班固的著作，记载从汉高祖起到王莽时二百三十九年的历史事实。
(82) 尽卷：背完这一卷书。
(83) 他帙（zhì）：另外一卷。帙，包书的套子。
(84) 操：拿着。　立书：立即就写。
(85) 辄（zhé）：常常。　张：蓬开。
(86) 戮（lù）：斩杀。
(87) 旋：小便。
(88) 汝：你们。　怖：惧怕。
(89) 命：命运。
(90) 颜色：面色。
(91) 阳阳：安详镇定。
(92) 远宽厚长（zhǎng）者，貌如其心：许远是宽大厚道的人，容貌就像他的心地一样。
(93) 这句说：许远出生的月份和日子比张巡后一些。
(94) 亳（bó）：亳州，治所在今安徽省亳州市。　宋：宋州，治所在今河南省商丘市。
(95) 这句说：军人霸占了于嵩的田。
(96) 诣（yì）：去到。　讼理：告状。
(97) 为所杀：被（武人）杀死。

【简析】

唐玄宗天宝十四年（755）十二月，安禄山在范阳（在今河北省）发动叛乱，唐军节节败退。第二年，潼关失守，长安沦陷。在这样危急的形势下，张巡与许远合力守睢阳，被安禄山部将尹子奇围困，内无粮草，外无援兵，以极微弱的兵力，苦战了几个月，牵制住敌人的兵力，使他们不能继续向南进攻。睢阳城失守后，两人都壮烈牺牲。

当时还有些人乱发议论，指责许远怕死，又说张巡、许远不宜死守睢阳孤城，闹得许多人家破人亡。韩愈对这种议论非常愤慨，认为说这种话的人简直是在诬蔑张巡和许远，所以他读了李翰写的《张巡传》之后，还嫌不足，就写了这篇文章，热情地表彰张巡、许远的功绩和气节，严正地批驳那些谬论，并且补记了一些有关的事实。

这篇文章用夹叙夹议的写法，选择最有代表性的事件来突出人物的性格，写张巡和南霁云英勇战斗的事迹，慷慨激昂、忠勇坚贞的形象呼之欲出，是韩愈散文代表作之一。

柳子厚墓志铭[①]

　　子厚，讳[②]宗元。七世祖庆，为拓跋魏侍中[③]，封济阴公[④]。曾伯祖奭为唐宰相[⑤]，与褚遂良、韩瑗俱得罪武后[⑥]，死高宗朝。皇考[⑦]讳镇，以事母，弃太常博士[⑧]，求为县令江南[⑨]；其后以不能媚权贵[⑩]，失御史。权贵人死，乃复拜侍御史[⑪]，号为刚直。所与游[⑫]，皆当世名人[⑬]。

　　子厚少精敏[⑭]，无不通达[⑮]。逮其父时[⑯]，虽少年，已自成人，能取进士第[⑰]，崭然见头角[⑱]，众谓柳氏有子矣。其后以博学宏词[⑲]，授集贤殿正字[⑳]。俊杰廉悍[㉑]，议论证据今古[㉒]，出入经史百子[㉓]，踔厉风发[㉔]，率常屈其座人[㉕]，名声大振，一时皆慕与之交。诸公要人，争欲令出我门下[㉖]，交口荐誉之[㉗]。

　　贞元十九年，由蓝田尉拜监察御史[㉘]。顺宗[㉙]接位，拜礼部员外郎[㉚]。遇用事者[㉛]得罪，例出为刺史；未至，又例贬州司马[㉜]。居闲益[㉝]自刻苦，务记览[㉞]，为词章[㉟]，泛滥停蓄[㊱]，为深博无涯涘[㊲]，而自肆于山水间[㊳]。元和[㊴]中，尝例召至京师[㊵]，又偕出[㊶]为刺史，而子厚得柳州[㊷]。既至，叹曰："是岂不足为政耶㊸！”因其土俗㊹，为设教禁㊺，州人顺赖㊻。其俗以男女质㊼钱，约不时赎㊽，子本相侔㊾，则没㊿为奴婢。子厚与设方计(51)，悉(52)令赎归。其尤贫(53)力不能者，令书其佣(54)，足相当(55)，则使归其质(56)。观察使下其法于他州(57)，比(58)一岁，免而归者且(59)千人。衡、湘(60)以南，为进士者，皆以子厚为师。其经承子厚口讲指画为文词(61)者，悉有法度(62)可观。

其召至京师而复为刺史也(63)，中山刘梦得禹锡亦在遣中(64)，当诣播州(65)。子厚泣曰：“播州非人所居(66)，而梦得亲(67)在堂，吾不忍梦得之穷(68)，无辞以白其大人(69)；且万无母子俱往理(70)！”请于朝(71)，将拜疏(72)，愿以柳易播(73)，虽重得罪，死不恨。遇有以梦得事白上者(74)，梦得于是改刺连州(75)。呜呼，士穷乃见节义(76)！今夫平居里巷相慕悦(77)，酒食游戏相征逐(78)，诩诩强(79)笑语，以相取下(80)，握手出肺肝相示(81)，指天日涕泣，誓生死不相背负(82)，真若可信(83)；一旦临(84)小利害，仅如毛发比(85)，反眼若不相识，落陷阱(86)，不一引手(87)救，反挤之，又下石(88)焉者，皆是也(89)。此宜禽兽夷狄所不忍为(90)，而其人自视以为得计(91)。闻子厚之风(92)，亦可以少愧(93)矣！

子厚前时少年(94)，勇于为人(95)，不自贵重顾藉(96)，谓功业可立就(97)，故坐废退(98)。既退，又无相知有气力得位者推挽(99)，故卒死于穷裔(100)，材不为世用，道不行于时也。使子厚在台省(101)时，自持其身(102)已能如司马、刺史时，亦自不斥⑩；斥时，有人力能举之，且必复用不穷⑩。然子厚斥不久，穷不极⑩，虽有出于人⑩，其文学词章，必不能自力以致必传于后如今⑩，无疑也。虽使子厚得所愿⑩，为将相于一时⑩，以彼易此⑩，孰得孰失⑪，必有能辨之者。

子厚以元和十四年十一月八日卒⑫，年四十七。以十五年七月十日，归葬万年先人⑬墓侧。子厚有子男⑭二人，长⑮曰周六，始四岁，季⑯曰周七，子厚卒，乃生⑰。女子⑱二人，皆幼。其得归葬也，费皆出观察使河东裴君行立⑲。行立有节概⑳，重然诺㉑，与子厚结交，子厚亦为之尽㉒，竟赖其力㉓。葬子厚于万年之墓者，舅弟㉔卢遵。遵，涿㉕人，性谨慎，学问不厌㉖。自子厚之斥，遵从而家㉗焉，逮其死，不去㉘。既往葬子厚，又将经纪㉙其家，庶几有始终者㉚。铭曰：

是惟子厚之室㉛，既固且安，以利其嗣人㉜。

【注释】

① 墓志铭：一种文体。刻在石头上，葬时埋在墓内。一般包括志和铭两部分：志用散文，类似死者的传记；铭用韵文，是对死者的赞扬、悼念或安慰的话。
② 讳（huì）：指死者的名。讳有"避"的意思。用讳指名，意思是本应避讳，专门对死了的人用，表示尊敬。
③ 拓跋魏：南北朝时鲜卑族拓跋氏在北方建立北魏王朝，也叫后魏。　侍中：门下省的长官，掌管传达皇帝的命令。
④ 济阴公：柳庆封平齐公，柳庆的儿子柳旦封济阴公，这里恐怕是韩愈误记的。
⑤ 曾伯祖奭（shì）为唐宰相：柳奭是唐高宗李治的王皇后的舅父，高宗时任中书令（中书省的长官，相当于宰相的地位）。柳奭是柳宗元的高伯祖，这里是韩愈误记。
⑥ 褚遂良：字登善，唐太宗临终时命他与长孙无忌一同辅佐高宗，任尚书右

仆射（yè，尚书省的长官），后来因反对废王皇后改立武曌（zhào）为皇后，贬官，忧病而死。　韩瑗（yuàn）：字伯玉，太宗时任吏部尚书，高宗时任侍中，反对高宗立武曌为皇后，援救褚遂良，被贬官。　武后：武曌，高宗李治的皇后，后来称帝。唐中宗复位，上尊号为则天大圣皇帝，因称武则天。
⑦ 皇考：宋代以前，对死去的父亲的尊称。
⑧ 太常博士：太常寺（掌宗庙礼仪）的属官。
⑨ 求为县令江南：请求在江南地方做县令。柳镇任宣城（今属安徽省）县令。
⑩ 权贵：居高位而有权有势的人，这里指的是窦参。窦参任中书侍郎同平章事（相当于宰相的职位），柳镇因得罪窦参，由御史贬为夔州司马。
⑪ 拜：授任官职。　侍御史：御史台的属官，职掌司法、监察。
⑫ 游：交游。
⑬ 当世名人：当代有名的人物。柳宗元有《先君石表阴先友记》，记他父亲的朋友六十多个人的姓名。
⑭ 少（shào）：年轻时候。　精敏：精明敏捷。
⑮ 无不通达：没有不明白通晓的事。
⑯ 逮（dài）其父时：柳宗元童年时代，他父亲柳镇去江南，他和母亲留在长安家里。到他十二三岁时，柳镇在湖北、江西等地做官，他跟父亲一起去，这里指的是这个时期。逮，到。
⑰ 能取进士第：能够考取进士第。贞元九年（793），柳宗元考中进士，年二十一岁。
⑱ 崭（zhǎn）然：突出的样子。　见头角：比喻青年人显露出才华出众的气概。
⑲ 博学宏词：选拔学能文之士的考试科名，不常举行。贞元十二年（796），柳宗元中博学宏词科。

⑳ 集贤殿正字：掌管编校图书的官。
㉑ 俊杰：才智过人。　廉悍：比喻行为端正，勇于任事。
㉒ 这句说：发表议论能引证当代的和古代的事例为根据。
㉓ 出入：这里有融会贯通的意思。　经：儒家的经书。　史：有关历史的书籍。　百子：先秦诸子百家的著作。
㉔ 踔（zhuó）厉：精神奋发。　风发：形容意气昂扬。
㉕ 率（shuài）：每每。　屈其座人：使座上的客人屈服。
㉖ 令出我门下：使（柳宗元）出于自己门下。我，指的是"诸公要人"。
㉗ 交口：众门一辞。　荐誉：推荐称赞。
㉘ 蓝田：蓝田县，今属陕西省。　尉：县里管理治安、缉捕盗贼的官吏。　监察御史：御史台的属官，掌监察百官和巡按州县狱讼。
㉙ 顺宗：李诵，他的年号叫永贞，在位仅一年（805）。
㉚ 礼部：唐朝尚书省下分六部，礼部是其一。　员外郎：部下设司，员外郎是司里的属官。
㉛ 用事者：掌权的人，指的是王叔文。王叔文是出身寒门、主张革新政治的士大夫，在李诵做太子的时候就得到信任。他和柳宗元等人形成了一个革新派的政治势力。李诵即位后，王叔文、柳宗元等都担任了重要官职，掌握了政权。他们在短短五六个月中推行了一些打击当时方镇割据势力和专权太监的政治改革措施。但是，太监和反动大官僚们反对他们，勾结了地方军阀，逼李诵退位，拥戴太子李纯做皇帝（唐宪宗），就对王叔文、柳宗元等人进行迫害。
㉜ 这几句说：宪宗即位，柳宗元与刘禹锡、韩泰等都被贬。柳宗元被贬为邵州（今湖南省邵阳市）刺史，他刚走

到半路，又接到命令加贬为永州（今湖南省零陵县）司马。例，一概。王叔文一派的人同时被贬，不仅是一个人被贬，所以称为“例”。

㉝ 居闲：住在僻远闲散的地方。永州在当时是一个荒僻的地区，柳宗元担任州司马，名义上是个小官，没有什么实际工作。　益：更加。

㉞ 务：勉力地做。　记览：记诵阅览，这里有认真钻研书籍的意思。

㉟ 词章：诗文的总称。

㊱ 泛滥：形容知识广博。　停蓄：形容知识积累得深而多。

㊲ 涯涘（sì）：边际。

㊳ 自肆于山水间：任意地游山玩水。（柳宗元在永州经常游览风景，写了很多有名的游记。）

㊴ 元和：唐宪宗的年号。这里指的是元和十年（815）。

㊵ 尝：曾经。　京师：长安。

㊶ 偕出：和其他人一同出京。元和十年，柳宗元等因与王叔文有关而被贬的人全都被召回长安，但又同被任命为边远地方的州刺史，官位虽进升而去的地方更加远。

㊷ 子厚得柳州：柳宗元得到柳州（今属广西壮族自治区）刺史的官职。

㊸ 是：这里，指柳州。　为政：做政治工作。这句的意思是柳州虽然荒僻落后，但在政治上还是可以做些工作的。

㊹ 因：按照。　土俗：当地的习俗。

㊺ 设：设立。　教禁：教谕和禁令。

㊻ 顺赖：顺从信赖。

㊼ 男女：儿子、女儿。　质：抵押。

㊽ 约不时赎：约定不能按期赎回。

㊾ 子本：利息和本金。　侔（móu）：相等。

㊿ 没：没收。

(51) 设方计：订立办法。

(52) 悉：全部。

(53) 尤贫：特别穷苦。

(54) 书：记载。　佣：指的是奴婢应得的工资。

(55) 足相当：应得的工资足够抵算欠下的债务。

(56) 归：归还。　质：抵押品，就是抵押出去做奴婢的子女。

(57) 观察使：唐朝道的长官。当时分天下为若干道，道设按察采访处置使，后改称观察处置使，简称观察使。　下其法于他州：把这个办法推广到别的州里。

(58) 比（bì）：及，到。

(59) 免而归者：免除奴婢身份而回家的。　且：将近。

(60) 衡、湘：衡山和湘水，都在湖南省。

(61) 口讲指画：讲授指点。　为文词：做文章。

(62) 法度：规范。

(63) 这句说：他被召到京师而又出去做刺史的时候。这里交代时间，补叙前事。

(64) 中山刘梦得禹锡：刘禹锡，字梦得，中山是郡望。他也是与王叔文有关的重要人物之一，和柳宗元同时遭贬，去做朗州（今湖南省常德市）司马，又在元和十年一同被召入京。　在遣中：在派遣出去的人之中。

(65) 诣（yì）：前往。　播州：州的治所在今贵州省绥阳县附近。

(66) 非人所居：不是人居住的地方。这是极力形容播州的荒僻。

(67) 亲：指的是母亲。

(68) 穷：困苦。

(69) 无辞：没有话。　白：告诉。　大人：指的是母亲。

(70) 这句说：而且万万没有让刘禹锡他们母子一同去的道理。

(71) 请于朝：向朝廷请求。

(72) 拜疏（shù）：上奏章。

(73) 以柳易播：用柳州换播州，就是柳宗元自己愿意到播州去，让刘禹锡到柳

㉔ 州去。
㉔ 以梦得事白上者：拿刘禹锡的情况告诉皇帝的，指当时的御史中丞裴度。
㉕ 改刺连州：改任连州（今广东省连州市）刺史。
㉖ 穷：穷困。 乃：才。 节义：节操义气。
㉗ 平居：平时。 慕悦：仰慕爱好。
㉘ 征逐：意思是往来频繁。征，招呼。逐，追随。
㉙ 诩诩（xǔ）：用好话讨好别人的样子。
㉚ 以相取下：用来互相抬举，取得利益。
㉛ 出肺肝相示：形容亲密而又真心诚意。
㉜ 誓：发誓。 不相背负：谁也不做对不起谁的事。
㉝ 真若可信：好像真实可信。
㉞ 临：遇到。
㉟ 仅如毛发比：形容极小。
㊱ 陷阱（jǐng）：比喻遭遇祸害。
㊲ 引手：伸手。
㊳ 又下石：还投下石头去，比喻乘人之危，加以陷害。
㊴ 皆是也：到处都是的啊。
㊵ 此：这种落阱下石的行为。 夷狄：古人怀有种族偏见，用"夷狄"来称呼汉族以外各族。这里用来与"禽兽"并列，更是一种错误观点。 不忍为：不忍心做的。
㊶ 其人：那些人。 自视：自己看起来。 得计：做得对。
㊷ 风：风格。
㊸ 少愧：有点惭愧。
㊹ 前时：以前。
㊺ 为（wèi）人：帮助别人。
㊻ 这句说：不看重、爱惜自己。这是指柳宗元不该参与王叔文一派的政治革新活动。顾藉，就是"顾惜"。
㊼ 谓：认为。 立就：立刻成功。
㊽ 坐废退：因此弃置不被重用。以上是韩愈不赞成柳宗元参加王叔文集团的话。

㊾ 相知：知己朋友。 有气力得位者：有权力、官位高的人。 推挽（wǎn）：推荐引进。
⑩ 卒：到底。 穷裔（yì）：穷困的边远地方。
⑪ 台省：当时的中央政府。唐朝称尚书省为中台，门下省为东台，中书省为西台，总称台省。
⑫ 自持其身：自己谨慎保重。
⑬ 斥：被贬谪。
⑭ 复用不穷：重新被重用，不会困穷。
⑮ 斥不久，穷不极：（如果）贬谪的时间不长久，困穷不达于极点。
⑯ 虽有出于人：虽有出人头地之处。
⑰ 这句说：自己发愤努力达到现在这样必定流传于后世的程度。
⑱ 得所愿：得到希望得到的。
⑲ 为将相：做大将或宰相。 一时：一段时间。
⑳ 以彼易此：拿那个（指"为将相"）来换这个（指文章传于后世）。
㉑ 孰得孰失：哪一个有利，哪一个不利。
㉒ 卒：死。
㉓ 万年：万年县，在今陕西省西安市。 先人：祖先。
㉔ 子男：儿子。
㉕ 长（zhǎng）：大的（儿子）。
㉖ 季：小的（儿子）。
㉗ 子厚卒，乃生：周七是柳宗元死后才生下来，是遗腹子。
㉘ 女子：女儿。
㉙ 费：费用。 河东：今山西省永济市。 裴行立：当时任桂管观察使，是柳宗元的上级。
⑳ 节概：气节。
㉑ 重然诺：说话算话。
㉒ 为之尽：为他（裴行立）尽心力。
㉓ 赖其力：依靠他的力量。
㉔ 舅弟：表弟。柳宗元的母亲姓卢。
㉕ 涿：今属河北省。

㉖ 厌：厌倦。
㉗ 从：跟随。　家：安家。
㉘ 去：离开。
㉙ 经纪：料理。
㉚ 这句说：该算得个有始有终的人。
㉛ 是：这个。　惟：就是。　室：指的是墓穴。
㉜ 利：有利于。　嗣（sì）人：后代。

【简析】

　　柳宗元早年参与代表庶族地主特别是中小地主阶层利益的王叔文革新派的政治活动，反对太监和贵族大官僚的专横腐败，采取了一些比较顺应历史发展的措施，因此受到严重的迫害，被长期贬官。

　　韩愈和柳宗元是好朋友，又同是古文运动的倡导者，但是两个人的政治见解是不一致的。韩愈不赞成王叔文等人。因此他在为柳宗元写的墓志铭里，不赞成柳宗元参加王叔文一派的政治活动，认为是"不自贵重顾藉"。另一方面，他又赞扬柳宗元的才华、政绩、节义，特别肯定柳宗元在文学上的卓越成就，同时又对柳宗元遭到"落阱下石"的打击表示同情。

　　这篇文章概括了柳宗元的一生，材料经过恰当的剪裁安排。通过具体事例，写柳宗元早年的通达有名声和后来的遭受打击，以致困穷抑郁而死。前后联系起来看，突出了在当时社会里一个有才能、有进步思想但因此而受到严重迫害的知识分子的鲜明形象。全文在叙述中有议论，写得含蓄委婉，和作者其他以雕琢奇诡见长的墓志铭相比，很有特色。

祭十二郎文

年月日①，季父愈闻汝丧之七日②，乃能衔哀致诚③，使建中远具时羞之奠④，告汝十二郎之灵：

呜呼！吾少孤⑤，及长⑥，不省所怙⑦，惟兄嫂⑧是依。中年，兄殁南方⑨，吾与汝俱幼，从嫂归葬河阳⑩；既又与汝就食江南⑪，零丁孤苦，未尝一日相离也。吾上有三兄⑫，皆不幸早世⑬，承先人后者，在孙惟汝，在子惟吾，两世一身，形单影只⑭。嫂常抚汝指吾而言曰："韩氏两世，惟此而已！"汝时尤小，当不复记忆，吾时虽能记忆，亦未知其言之悲也。

吾年十九，始来京城⑮。其后四年而归省⑯汝。又四年，吾往河阳省坟墓，遇汝从嫂丧来葬。又二年，吾佐董丞相于汴州⑰，汝来省吾，止一岁⑱，请归取其孥⑲。明年，丞相薨⑳，吾去㉑汴州，汝不果㉒来。是年，吾佐戎徐州㉓，使取汝者始行，吾又罢去㉔，汝又不果来。吾念汝从于东㉕，东亦客也㉖，不可以久，图久远者，莫如西㉗归，将成家而致汝㉘。呜呼，孰谓汝遽去吾㉙而殁乎！吾与汝俱少年，以为虽暂相

韩愈《祭十二郎文》《朱文公校昌黎先生文》书影（明刻本）

别,终当久相与处㉚,故舍汝而旅食㉛京师,以求斗斛之禄㉜;诚㉝知其如此,虽万乘之公相㉞,吾不以一日辍汝而就㉟也!

去年,孟东野㊱往,吾书与汝曰:吾年未四十,而视茫茫㊲,而发苍苍㊳,而齿牙动摇。念诸父㊴与诸兄,皆康强而早世,如吾之衰者,其能久存乎㊵?吾不可去,汝不肯来,恐旦暮㊶死,而汝抱无涯之戚㊷也。孰谓少者殁而长者存,强者夭而病者全㊸乎!呜呼!其信然耶㊹?其梦耶?其传之非其真㊺耶?信也,吾兄之盛德而夭其嗣㊻乎?汝之纯明而不克蒙其泽㊼乎?少者强者而夭殁,长者衰者而存全乎?未可以为信也。梦也,传之非其真也,东野之书,耿兰㊽之报,何为而在吾侧也?呜呼,其信然矣㊾!吾兄之盛德而夭其嗣矣!汝之纯明宜业其家㊿者,不克蒙其泽矣!所谓天者诚难测,而神者诚难明矣!所谓理者不可推㉛,而寿㉜者不可知矣!虽然,吾自今年来,苍苍者㉝或化而为白矣,动摇者㉞或脱而落矣,毛血日益㉟衰,志气日益微㉞,几何不从汝而死㊲也。死而有知,其几何离;其无知,悲不几时,而不悲者无穷期矣㊳!汝之子始㊴十岁,吾之子㊵始五岁,少而强者不可保,如此孩提者,又可冀其成立㊶耶?呜呼哀哉!呜呼哀哉!

汝去年书云:"比得软脚病㊷,往往而剧㊸。"吾曰:"是疾也,江南之人,常常有之。"未始㊹以为忧也。呜呼，其竟以此而殒其生⑥⑤乎？抑别有疾而至斯⑥⑥乎？汝之书，六月十七日也，东野云，汝殁以六月二日，耿兰之报无月日。盖东野之使者不知问家人以月日，如⑥⑦耿兰之报，不知当言月日。东野与吾书，乃问使者，使者妄称以应⑥⑧之耳。其然乎，其不然乎？今吾使建中祭汝，吊汝之孤⑥⑨，与汝之乳母，彼有食可守以待终丧⑦⑩，则待终丧而取以来⑦①；如不能守以终丧，则遂⑦②取以来；其余奴婢，并令守汝丧。吾力能改葬⑦③，终葬汝于先人之兆⑦④，然后惟其所愿⑦⑤。

呜呼！汝病吾不知时，汝殁吾不知日，生不能相养以共居，殁不得抚汝以尽哀⑦⑥，敛不凭⑦⑦其棺，窆不临其穴⑦⑧，吾行负神明⑦⑨而使汝夭，不孝不慈，而不得相养以生、相守以死，一在天之涯，一在地之角，生而影不与吾形相依，死而魂不与吾梦相接，吾实为之，其又何尤⑧⑩！彼苍者天，曷其有极⑧①！自今以往，吾其无意于人世矣，当退求数顷之田于伊、颍之上⑧②，以待余年⑧③，教吾子与汝子，幸⑧④其成；长⑧⑤吾女与汝女，待其嫁：如此而已。呜呼！言有穷而情不可终，汝其知也耶，其不知也耶？呜呼哀哉，尚飨⑧⑥！

【注释】

① 年月日：唐德宗贞元十九年（803）五月二十六日。
② 季父：叔父。　闻汝丧之七日：听到你去世消息的第七天。
③ 衔（xián）哀：含着哀痛。　致诚：表达心意。
④ 建中：人名。　具：备办。　时羞：应时的鲜美菜肴。　奠（diàn）：祭品。
⑤ 孤：幼年死去父亲。韩愈的父亲韩仲卿去世时，韩愈只有三岁。

⑥ 及长（zhǎng）：等到年纪大了。
⑦ 不省（xǐng）所怙（hù）：不晓得依靠谁。（《诗经·小雅·蓼莪》里有"无父何怙"的句子，"怙"就给用来说对父亲的依靠。）
⑧ 兄嫂：韩会和郑氏，就是十二郎的嗣父母。
⑨ 兄殁南方：韩愈十岁时，韩会贬官韶州（治所在今广东省韶关市西）刺史（地方官），后来死在任上。
⑩ 河阳：在今河南省孟州市西。
⑪ 就食江南：唐德宗建中二年（781），中原地区多兵乱，韩家避居宣州（今安徽省宣城市）。就食，谋生活。
⑫ 上有三兄：韩愈只有两个胞兄，韩会和韩介。这里的"三"字恐怕是传写错了的。
⑬ 早世：很早就去世。
⑭ 这几句说：从韩愈的父亲一辈算起，孙子一辈只剩下十二郎，儿子一辈只剩下韩愈自己，两代只有一个人。
⑮ 京城：唐朝首都长安。
⑯ 省（xǐng）：探望。下文"省坟墓"、"汝来省吾"的"省"都相同。
⑰ 佐：辅佐。董丞相：董晋，唐德宗贞元十二年（796）任宣武节度使，韩愈在他属下担任观察推官的职务。汴（biàn）州：治所在今河南省开封市。
⑱ 止一岁：住了一年。
⑲ 孥（nú）：家属。
⑳ 薨（hōng）：古代对诸侯或高级官员死亡的特别说法。
㉑ 去：离开。
㉒ 不果：没能够。
㉓ 佐戎：辅助军事工作。韩愈离开汴州到徐州（今江苏省徐州市）依武宁节度使张建封，担任节度推官的职务。
㉔ 吾又罢去：唐德宗贞元十六年（800）五月，张建封去世，韩愈西归洛阳。
㉕ 东：指的是徐州。

㉖ 东亦客也：徐州也是异乡客地。
㉗ 西：指的是河南家乡。
㉘ 成家：建立家庭。 致汝：招你来。
㉙ 孰谓：谁料得到。 遽（jù）去吾：骤然离开我。
㉚ 终当久相与处：到底要长久住在一起的。
㉛ 旅食：在他乡谋生。
㉜ 斗斛（hú）：形容数量不多。 禄：古代官吏的薪俸。
㉝ 诚：假使。
㉞ 万乘（shèng）：形容车马多。乘，一车四马。 公相：公卿宰相。这里泛指高官。
㉟ 辍（chuò）：中途离开。 就：就任官位。
㊱ 孟东野：诗人孟郊（751—814），湖州武康（今属浙江省）人，和韩愈是好朋友。
㊲ 视茫茫：看东西模糊不清。
㊳ 发苍苍：头发花白。
㊴ 诸父：伯父、叔父的统称。
㊵ 其能久存乎：怎么会长久活下去呢。
㊶ 旦暮：早晚。
㊷ 无涯（yá）：无穷无尽的。 戚：忧伤。
㊸ 少（shào）者、强者：指的是十二郎。长（zhǎng）者、病者：指的是韩愈自己。 夭（yāo）：短命早死。 全：保全，这里指活着。
㊹ 其：还是，表示选择问。下面两个"其"字相同。 信然：确实如此。
㊺ 传之非其真：传来的消息不是真的。
㊻ 盛德：美好的德行。 嗣（sì）：子孙后代。
㊼ 纯明：纯正贤明。 克：能够。 蒙其泽：承受其父的福泽。
㊽ 耿兰：来报告十二郎死讯的家人。
㊾ 其信然矣：那是确实的了！
㊿ 宜业其家：该能继承家业。
㉛ 理：事理。 推：推想。
㉜ 寿：寿命。

㊼ 苍苍者：花白的头发。
㊽ 动摇者：动摇的牙齿。
㊾ 毛血：指的是体质。 益：更加。
㊿ 志气：指的是精神。 微：衰退。
㊼ 几何：怎么。
㊽ 这几句说：如果死后有知觉（不久可以相见），我们有多少时候离开呢；如果死后没有知觉（我活着的时间也不长了），我也没有多少时候可以悲伤，而不悲伤的时间倒是无穷无尽的。
㊾ 汝之子：十二郎的儿子韩湘。 始：刚。
⑥ 吾之子：韩愈自己的儿子韩昶（chǎng）。
⑥ 冀：希望。 成立：成长能自立。
⑥ 比（bì）：近来。 软脚病：脚气病。
⑥ 往往：时常。 剧：严重起来。
⑥ 未始：未曾。
⑥ 其竟：难道竟然。 殒（yǔn）其生：丧失了生命。
⑥ 抑：还是。 至斯：到这个地步（死亡）。
⑥ 如：连词，相当于"而"。
⑥ 妄称：胡乱捏造。 应（yìng）：对答。
⑥ 吊：慰问。 孤：指的是十二郎的儿子。
⑦ 彼：他们，指"孤"和"乳母"。 有食：有粮食吃。 终丧：丧期终了。
⑦ 取以来：接得来。

⑦ 遂：立刻。
⑦ 力能改葬：力量能够改葬。（要先把十二郎的灵柩暂时埋葬，将来再迁葬。）
⑦ 终：最后。 先人：祖先。 兆：坟地。
⑦ 然后惟其所愿：这样以后，我才算了却心事。
⑦ 不得抚汝：不能亲自看到你的遗体。 尽哀：充分表达出哀伤之情。
⑦ 殓：为死者更衣称小殓，把尸体装进棺材称大殓。 凭：靠着。
⑦ 窆（biǎn）：落葬。 穴：墓穴。
⑦ 行负神明：行为对不起神灵。
⑧ 何尤：怨恨谁。
⑧ 苍者：青色的。 曷（hé）：何，什么。 极：穷尽。 这两句说：那个青青的天啊，（我的痛苦）什么时候才有穷尽啊！
⑧ 顷：相当一百亩。 伊、颍（yǐng）之上：指的是韩愈的故乡。伊河和颍河，都在河南省。
⑧ 余年：余下来的年岁。
⑧ 幸：希望。
⑧ 长（zhǎng）：养育。
⑧ 尚飨：希望灵魂来享受祭品。古代祭文都用此结尾。

【简析】

　　十二郎名老成，是韩愈二哥韩介的儿子。韩愈的大哥韩会没有儿子，十二郎出嗣给韩会做儿子。韩愈三岁丧父，由大哥和大嫂抚养长大，从小和十二郎生活在一起，年龄又相差不多，感情很好。后来韩愈的大哥、大嫂、二哥和二哥的另一个儿子百川，都陆续去世。兄弟辈中只有韩愈一人，侄儿辈中只有十二郎一人，叔侄俩又长期分居两地。所以韩愈突然得到十二郎去世的消息，悲痛达于极点。

《昌黎先生集》书影
明嘉靖东雅堂翻刻宋廖氏世彩堂本

古之学者必有师。师者，所以传道、授业、解惑也。

(韩愈《师说》，见第六九页)

（明）文徵明　楷书《盘谷叙》

（清）张若霭补图

穷居而野处，升高而望远，坐茂树以终日，濯清泉以自洁。采于山，美可茹；钓于水，鲜可食。

（韩愈《送李愿归盘谷序》，见第八五页）

乐天既来为主，仰观山，俯听泉，旁睨竹树云石。自辰及酉，应接不暇。俄而物诱气随，外适内和，一宿体宁，再宿心恬，三宿后颓然嗒然，不知其然而然。

（白居易《庐山草堂记》，见第一二七页）

（清）石涛　庐山草堂图（局部）

（清）石涛　山水图册·登灵隐飞来峰

春之日，我爱其草熏熏，木欣欣，可以导和纳粹，畅人血气。
夏之夜，我爱其泉渟渟，风泠泠，可以蠲烦析酲，起人心情。

（白居易《冷泉亭记》，见第一三三页）

叶如桂,冬青;
华如桔,春荣;
实如丹,夏熟;
朵如葡萄,核如枇杷,
壳如红缯,膜如紫绡,
瓤肉莹白如冰雪,
浆液甘酸如醴酪。

(白居易《荔枝图序》,见第一三六页)

(宋)宋徽宗赵佶
写生翎毛图卷(局部)

(清)佚名　天下名山图·永州府西山图

(柳宗元"永州八记"之《始得西山宴游记》《钴鉧潭西小丘记》，见第一七四、一七七页)

《柳文》书影　明末朱墨套印本

从小丘西行百二十步，
隔篁竹，闻水声，如鸣佩环，心乐之。
伐竹取道，下见小潭，水尤清冽。

（柳宗元《小石潭记》，见第一八〇页）

古代的祭文一般都用句式整齐的韵文，这篇祭文却用句子长短错落的散文，通过叙述家庭、身世，以及自己的想法和打算，自然而真切地表达了对十二郎去世的哀痛。这篇祭文的情调是低沉的，但写得细致动人，打破了古代祭文的常套。

刘禹锡

刘禹锡（772—842），字梦得，洛阳人（今河南省洛阳市），生长在江南地区。唐德宗贞元九年（793）中进士，后为监察御史。贞元二十一年，与柳宗元一起积极参与王叔文等的政治革新活动。革新失败，刘禹锡被贬为朗州（今湖南省常德市）司马。晚年调任太子宾客（官名），世称刘宾客。刘禹锡是唐朝的朴素唯物主义哲学家，又是著名的文学家。他在文学上的成就是多方面的，早年与柳宗元齐名，世称"刘、柳"；晚年与白居易唱和，世称"刘、白"。他的诗歌能反映社会现实，学习民间歌谣，格调清新，韵律优美。他又是古文运动的健将，用散文形式写了不少哲学论文和政治论文，语言雄健，说理透彻。著作有《刘禹锡集》。

讯 甿[①]

刘子如京师[②]，过徐之右鄙[③]。其道旁午[④]，有甿增增[⑤]，扶斑白，挈羁角[⑥]，赍生器[⑦]，荷农用[⑧]，摩肩而西[⑨]。仆夫告予曰[⑩]："斯宋人、梁人、亳人、颍人之逋者，今复矣[⑪]。"余愕而讯云[⑫]："予闻陇西公畅毂之止方逾月矣[⑬]。今尔曹[⑭]之来也，欣欣然似恐后者⑮，其闻有劳徕之簿欤⑯，蠲复之条欤⑰，振赡之格欤⑱，硕鼠亡欤⑲，瘦狗逐欤⑳？"曰："皆未闻也。且夫浚都㉑，吾政之上游也㉒。自巨盗间衅㉓，而武臣专焉㉔。牧守由将校以授，皆虎而冠㉕。子男由胥徒以出，皆鹤而轩㉖。故其上也子视卒而芥视民㉗，其下也鸷其理而蛑其赋㉘，民弗堪命㉙，是轶于他土㉚。然咸重迁也㉛，非阽危挤窒㉜，不能违之㉝。曩者虽'归欤'成谣㉞，而故态相沿，莫我敢复㉟。今闻吾帅故为丞相也㊱，能清静画一㊲，必能以仁苏我矣㊳。其佐尝宰京邑也，能诛钽豪右㊴，必能以法卫我矣㊵。奉斯二必而来归，恶待事实之及也㊶！"

予因浩叹曰㊷："行积于彼而化行于此，实未至而声先驰㊸。声之感人若是之速欤！然而民知至至㊹矣，政在终终㊺也。"尝试论声实之先后曰："民黜政颇，须理而后劝，斯实先声后也㊻。民离政乱，须感而后化，斯声先实后也㊼。立实以致声，则难在经始㊽；由声以循实，则难在克终㊾。操其柄者能审是理㊿，俾先后终始之不失㉛，斯诱民孔易也㉜。"

【注释】

① 讯：问讯，有不知道或不明白的事理而请人解答。 甿（méng）：古代称呼奴隶，这里指农民。
② 刘子：刘禹锡自称。 如：往，到。 京师：京都。
③ 徐：徐州（今江苏省徐州市及周围地区）。 右鄙：西郊。鄙，郊外。
④ 道：路。 旁午：一纵一横，这里是纷纭交错的意思。
⑤ 增增：形容众多。

115

⑥ 斑白：头发花白，这里指老人。 挈（qiè）：带领。 羁（jī）角：指女孩和男孩。羁，古代女孩发髻称"羁"。角，古代男孩头顶两边散发为饰称"角"。 这两句就是"扶老携幼"的意思。
⑦ 赍（jī）：带着。 生器：生活用具。
⑧ 荷（hè）：扛着。 农用：农业生产工具。
⑨ 摩肩：肩碰肩，形容人多拥挤。 西：这里用作动词，往西。
⑩ 仆夫：古时称驾驭车马的人。 予：我。
⑪ 斯：这。 宋：宋州（今河南省商丘市一带）。梁：梁县（今河南省汝州市）。亳（bó）：亳州（今安徽省亳州市一带）。颍（yǐng）：颍州（今安徽省阜阳市一带）。逋（bū）：逃亡。复：回归。 这几句说：这是宋州、梁县、亳州、颍州地方逃亡在外的人，现在回归到老家去。
⑫ 愕（è）：惊讶。
⑬ 陇西公：董晋，字混成，河中虞乡（今山西省永济市）人，封陇西郡开国公。 畅毂（gǔ）之止：指官员到任。畅毂，即长毂，这里指官员的车驾。止，停。 逾月：过了一个月。
⑭ 尔曹：你们（指农民）。
⑮ 这句说：高兴得好像只怕落在后面的。
⑯ 其……欤：表示反问的语气，相当于"难道……吗"。 劳徕：劝勉招徕。徕，同"来"。 簿：登记册。
⑰ 蠲（juān）复：免除赋税和劳役。 条：条例。
⑱ 振赡（shān）：同"赈赡"，救济。 格：规章。
⑲ 硕鼠：大老鼠，比喻贪官污吏。 亡：逃跑。
⑳ 瘈（jì）狗：疯狗，借指暴虐的官吏。 逐：赶走。
㉑ 浚（xùn）都：浚仪，县名，这里指汴州治所（今河南省开封市），为董晋（当时任宣武军节度使）驻地。
㉒ 这句说：（汴州）是宋州、亳州、颍州的上游，即宋、亳、颍三州都在宣武军管辖下的意思。
㉓ 巨盗：指安禄山、史思明。 间衅（jiàn xìn）：乘机作乱的意思。
㉔ 武臣专焉：指前任汴州节度使刘玄佐、刘士宁父子和李万荣，先后专擅，不听朝命。
㉕ 牧守：地方行政长官。 由将校以授：由藩镇擅自指派将校担任。 虎而冠：明明是老虎而又戴着官帽子。
㉖ 子男：指有爵位的人。 胥徒：在官府中服役的小吏、差役。 轩：古代大夫乘坐的有围棚的车子。 这句说：那些封子爵男爵的人都出身于小吏、差役，好比是一群鹤乘坐着大夫坐的高轩。刘禹锡用"虎而冠""鹤而轩"来抨击当时那些做官的都是衣冠禽兽。
㉗ 上：指在上面的节度使。 子视卒：把士兵看作自己的儿子。 芥视民：把百姓看作小草。（刘玄佐、刘士宁、李万荣都搜刮民财，收买一批骄兵悍将为亲信，拥兵割据。）
㉘ 下：指节度使的部下。 鸷（zhì）其理：统治百姓像鸷鸟一样凶猛。鸷，鹰、雕一类凶猛的鸟。 蟓其赋：征收赋税像吃庄稼的害虫。蟓，同"螽"，吃苗根的害虫。
㉙ 民弗堪命：意为百姓活不下去了。
㉚ 轶（yì）：散失，这里指逃亡。 他土：其他地方。
㉛ 咸：全，都。 重迁：难迁，不愿迁移。
㉜ 阽（diàn）危：临近危险。 挤壑：被挤落到山沟里而死亡。
㉝ 违：离去。
㉞ 曩（nǎng）：以往，昔。 "归欤"成谣：回去吧回去吧"的话形成了

歌谣。
㉟ 这两句说：但旧日的情况仍旧延续下去，我们没有人敢回去。
㊱ 吾帅：指董晋。节度使原为总管数州军事长官，中唐以后成为总揽一区军、民、财政的长官，所以称"帅"。故：原来，本来。
㊲ 清静画一：清静无为、持法明直。画一，划一。
㊳ 以仁苏我：以仁政来使我得到苏息。
㊴ 其佐：他（指董晋）的辅佐者，指陆长源，当时是董晋的行军司马。 尝宰京邑：曾经做过京都属县的县令。陆长源曾任万年（今陕西省西安市）县令。唐朝万年、长安两县同治都城，所以叫"京邑"。 诛钼：铲除。钼，同"锄"。 豪右：豪门大族。
㊵ 以法卫我：以法治来使我得到保障。
㊶ 奉：信仰。 二必：指上述的"必能以仁苏我"和"必能以法卫我"。 恶（wū）：哪里，表示反问。 这两句说：（从董晋和陆长源过去的情况看，这回到宣武军必定会施仁政，必定会行法治，）相信这两个"必定"而回来，哪里还要等到事情实现呢！
㊷ 浩叹：大声叹息。
㊸ 这两句说：（董晋和陆长源）实际行动在那时逐渐积聚起来而其教化能在此时见效，事清还未实现而名声先很快地传播开来。
㊹ 民知至至：百姓懂得到他们所愿意去的地方去。
㊺ 政在终终：执政者的责任在于终其所当终，要贯彻到底。
㊻ 黠（xiá）：狡猾。 颇：偏颇，不正。 劝：勉励。 这几句说：百姓狡猾，政治不上正轨，必须先治理而后慰勉，这是事实在先而名声在后。
㊼ 这几句说：百姓流散，政治混乱，必须先以善意感动而后进行教化，这是名声在先而事实在后。
㊽ 经始：谋虑其开始。 这两句说：做出实际事情来招致名声，就难在谋划怎样开始去做。
㊾ 克终：能够贯彻到底。 这两句说：从已有的名声而要求事实与之相符，就难在能一直做到底。
㊿ 操其柄者：掌握权柄的人。 审：知道，懂得。 是理：这个道理。
㉑ 俾（bǐ）：使得。 这句说：使得名和实的先后自始至终不致矛盾。
㉒ 诱：引导。 孔易：极其容易。

【简析】

本篇是刘禹锡《因论》（带有寓言性质的一组论文）的第二篇。文中用记述逃亡归来的农民的话，揭露了当时的社会矛盾。安史之乱以后，朝廷中宦官专权，地方上藩镇割据，时常拥兵作乱，土地兼并剧烈，人民生活更加痛苦，阶级矛盾日益尖锐。在这种情况下，地主阶级内部代表中小地主阶层利益的知识分子刘禹锡、柳宗元等人，从维护摇摇欲坠的唐朝中央政权出发，出来讥议朝政，主张革新政治，抑制宦官和地方割据势力，停止苛征，减轻剥削。这些主张和活动，在历史上是有一定的进步意义的。

　　这篇文章条理清楚，文辞简练。文中用"硕鼠""瘦狗""虎而冠""鹤而轩"等典故来抨击那些贪暴官吏，含有尖锐的讽刺意义而又写得很形象化。

机 汲 记①

滨江之俗②，不饮于凿③，而皆饮之流④。予谪居之明年⑤，主人授馆于百雉⑥之内。江水沄沄⑦，周墉间之⑧。一旦，有工爰⑨来，思以技自贾⑩。且曰：观今之室庐⑪，及江之涯⑫，间不容亩⑬，顾积块峙焉而前耳⑭。请用机以汲，俾蠢然之状莫我遏已⑮。予方异其说⑯，且命之饬力⑰焉。

工也储思⑱环视，相面势⑲而经营之。由是比竹以为畚⑳，置于流中。中植数尺之臬㉑，辇石以壮其趾㉒，如建标焉。索绹以为绲㉓，縻于标垂㉔，上属数仞之端㉕，亘空以峻其势㉖，如张弦㉗焉。锻铁为器，外廉如鼎㉘耳，内键如乐鼓㉙，牝牡相函㉚，转于两端，走于索上㉛，且受汲具㉜。及泉而修绠下缒㉝，盈器而圆轴上引㉞。其往有建瓴之驶㉟，其来有推毂之易㊱。瓶缡不赢㊲，如搏而升㊳。枝长澜㊴，出高岸㊵，拂林杪㊶，逾峻防㊷。刳蟠木以承澍㊸，贯修筥以达脉㊹。走下潺潺㊺，声寒空中㊻。通洞环折㊼，唯用所在㊽。周除而沃盥以蠲㊾，入爨而锜釜以盈㊿。饪馂51之余，移用于汤沐52。濯浣之末53，泄注于圃畦㊴。虽潢涌于庭㊵，莫尚其沛洽也㊶。

昔予尝登陴㊷，捫然念悬流之莫可遽挹㊸，方勉保佣㊹，督臧获㊺，斟而挈之㊻，至于裂肩龟手㊼。然犹家人视水如酒醴之贵㊽。今也一任人之智㊾，又从而信之机㊿，发于冥冥○51，而形于用物○52。灏漾○53东流，赴海为期○54。斡而迁○55焉，逐我颐指○56。向○57之所谓阻且艰者，莫能高其高而深其深○58也。

观夫流水之应物○59，植木之善建○60。绳以柔而有立○61，金以刚而无固○62。轴卷而能舒○63，竹圆而能通。合而同功○64，斯所以然也○65。今之工咸盗其古先工之遗法○66，故能成之，不能知所以为成○67也。智尽于一端○68，功止于一名○69而已。噫，彼经始者其取诸"小过"欤○70！

【注释】

① 机汲：用机械汲水。
② 滨江之俗：靠近江边地方的习惯。
③ 凿：穿孔挖掘（指井水）。
④ 流：流水（指江水）。
⑤ 谪（zhé）：降职并外调到边远地区。明年：第二年，指唐穆宗长庆三年（823）。
⑥ 主人：指当地的长官。 授馆：供给住所。 百雉（zhì）：大城的代称。雉，古代计算城墙面积的单位，长三丈，高一丈。
⑦ 汍汍：水急流的样子。
⑧ 周墉：围绕着的城墙。 间（jiàn）之：把江水隔开。
⑨ 工：匠人。 爰：助词，没有意义。
⑩ 以技自贾（gǔ）：用自己的技能来谋生。贾，卖。
⑪ 室庐：房屋。
⑫ 及江之涯：直到江边。
⑬ 间不容亩：相隔不到一亩地远。
⑭ 顾：但是。 积块：指城墙。 峙焉：高耸。 而前：在（你）面前。 耳：罢了。
⑮ 俾：使得。 矗然之状：高耸的样子，指的是城墙。 莫我遏（è）已：不能阻挡我。
⑯ 异其说：认为他的说法新奇。
⑰ 饬（chì）力：用工夫。
⑱ 储思：长时间地想。
⑲ 相（xiàng）面势：观察地形。
⑳ 比（bì）竹：把竹筒排起来。 以为畚

（běn）：用做盛水的器具。
㉑ 植：竖立。 臬（niè）：标竿。
㉒ 辇（niǎn）：运载。 壮：加固。 趾：这里指根脚。
㉓ 索：搓紧。 绹（táo）：绳子。 絚（gēng）：粗索。
㉔ 縻（mí）：缚。 标：标竿。 垂：挂下来。
㉕ 属：连结。 仞：长度单位，相当于八尺。 端：指的是竿顶。
㉖ 亘（gèn）空：从高空直挂。 峻其势：增加那又高又陡的形势。
㉗ 张弦：拉开弓弦。
㉘ 廉：有棱角。 鼎（dǐng）：古代金属盛器，有三只脚、两只耳。
㉙ 键：机关。 乐鼓：乐器中的鼓。
㉚ 牝（pìn）牡相函：凹的部分和凸的部分互相配合。
㉛ 转于两端，走于索上：这个铁器从索的两头滚来滚去。
㉜ 受汲具：带动了汲水器。
㉝ 泉：指的是江水。 修：长。 綆（gěng）：汲水器上的绳子。 下縋：扎在绳上放下去。
㉞ 盈器：装满了汲水器。 圆轴：转动巧机关。 上引：拉上来。
㉟ 往：从上往下。 建瓴（líng）之驶：像从高处往下倒水那样快速。建，倾倒。瓴，盛水的瓶子。
㊱ 来：从下往上。 推毂（gǔ）之易：像推动车轮那样容易。
㊲ 瓶繘（jú）：汲水器和绳。 羸（léi）：损坏。
㊳ 如搏而升：像老鹰抓小鸡那样向上升。
㊴ 枝：分出一股。 长澜：长流的水。
㊵ 出高岸：引到高岸上来。
㊶ 林杪（miǎo）：树梢头。
㊷ 逾：越过。 峻防：高堤。
㊸ 这句说：做一个木槽接水。 刳（kū），挖空。 蟠（pán）木，根干盘曲的木头。承澍（shù），盛水。
㊹ 这句说：把竹管连接起来当水管。贯，连通。修篔（yún），长竹管。达脉，让水流通。
㊺ 走下：向下流。 潺（chán）潺：水流声。
㊻ 声寒空中：水声从空中传来，叫人感到寒意。
㊼ 通洞环折：周旋曲折，四通八达。
㊽ 唯用所在：只要是用水的地方，水就在那里。
㊾ 周除：环绕台阶前。 沃盥（guàn）：浇手洗手。 蠲（juān）：清洁。
㊿ 爨（cuàn）：指厨房。 锜釜（qí fǔ）：锅子。 盈：满。
� 饪飧（rèn sù）：烹煮食物。
㊾ 汤沐：沐浴。
53 濯浣（zhuó wǎn）：洗。 末：也是"余"的意思。
54 泄注：排灌。 圃畦（xī）：栽花种菜的园地。
55 濆（fèn）涌：泉眼冒水。
56 这句说：比不上它的到处都是水啊。沛，水充足。洽，全部沾湿。
57 尝：曾经。 陴（pí）：城头的矮墙。
58 挏（xiàn）然：猛然。 悬流：从上向下流的水。 莫可遽挹：不能马上汲取到。
59 保佣：奴仆。
60 臧获：奴仆。
61 斛（jū）舀：舀，把取。 挈（qiè）：提携。
62 龟（jūn）手：手的皮肤因寒冷而裂开。
63 视水如酒醪（láo）之贵：把水看成酒那么贵重。
64 一任人之智：一凭借人的聪明。
65 信之机：依靠机械。
66 冥冥：指深远的思想。
67 形于用物：具体表现在使用的机械上。
68 灏溔（hào yǎo）：水势大的样子。
69 赴海为期：目的在流入大海。
70 斡（wò）：转移方向。 迁：改变道路。

㉛ 逐：追随。　颐（yí）指：用嘴动一动来示意（表示随意指挥）。
㉜ 向：从前。
㉝ 这句说：城墙的高、江水的深都不能再阻碍人们用水了。高其高，保持它的高。深其深，保持它的深。
㉞ 夫（fú）：那。　应物：适应汲水机。
㉟ 植木：标竿。　善建：能够竖立起来。
㊱ 这句说：绳子凭它柔软的质地却能发生功效。
㊲ 无固：谓可以锻炼。
㊳ 卷而能舒：能收又能放。
㊴ 合而同功：合成一体就共同发挥作用。
㊵ 斯所以然也：这就是所以能够如此的道理。
㊶ 咸盗其古先工之遗法：都窃取了先前的工匠遗传下来的做法。杜甫《引水》诗："白帝城西万竹蟠，接筒引水喉不干。"可见当时夔州本有"接筒引水"的方法，刘禹锡所记的用机械汲水，是在原有基础上加以改进的。
㊷ 所以为成：怎么才能做成的道理。
㊸ 智尽于一端：智慧只用在一方面。
㊹ 功止于一名：成功只限于一种东西。
㊺ 经始者：首创的人。　其：大概。取诸"小过"欤：取法于"小过"吧。诸，之于。小过，《易经》卦名，艮下震上，象征下面静止、上面运动。作者觉得汲水机放在水里的部分是不动的，上面的部分是动的，所以这么说。

【简析】

　　刘禹锡任夔（kuí）州（在今重庆市奉节县）刺史时，住所近在江边，但用水非常不方便。有个工匠替他装置了一个汲水的机械，解决了用水问题，他就写了这篇文章记叙这件事。文中详细地叙述了汲水机械各部分的装置和用来汲水的情况，又写把水汲上来之后用木槽储水，用竹管把水送到要用的地方去。他带着十分欣喜的心情赞叹机械汲水的便利，又回想没有这机械的时候，肩挑手提，劳累万分而水仍旧不够用的情况。因此引起了一种感想，认为"人之智"可以克服那些"阻且艰者"。最后又进一步从机械汲水说到一切事情要知道其所以然，才能有新的创造而不致墨守遗法。

唐故尚书礼部员外郎柳君集纪①

八音与政通②,而文章与时高下③。三代之文至战国而病④,涉秦、汉复起⑤;汉之文至列国⑥而病,唐兴复起。夫政庞而土裂⑦,三光五岳之气分⑧,大音不完⑨,故必混一而后大振⑩。初,贞元中⑪,上方向文章⑫。昭回之光,下饰万物⑬,天下文士,争执所长,与时而奋⑭,粲焉如繁星丽天,而芒寒色正,人望而敬者,五行而已⑮。河东柳子厚斯人望而敬者欤⑯!

子厚始以童子⑰有奇名于贞元初,至九年为名进士,十有九年为材御史,二十有一年以文章称首,入尚书为礼部员外郎⑱。是岁以疏隽少检获诎⑲,出牧⑳邵州,又谪佐永州㉑。居十年,诏书征不用㉒,遂为柳州刺史。五岁不得召㉓,病且革㉔,留书抵其友中山㉕刘某曰:"我不幸,卒以谪死,以遗草累故人㉖。"某执书以泣,遂编次为三十通㉗,行于世㉘。

子厚之丧,昌黎韩退之志其墓㉙,且以书来吊㉚曰:"哀哉若人之不淑㉛。吾尝评其文,雄深雅健似司马子长，崔、蔡不足多也㉜。"安定皇甫湜于文章少所推让㉝，亦以退之之言为然㉞。凡子厚名氏与仕与年暨行己之大方，有退之之志若祭文在㉟。今附于第一通之末云。

【注释】

① 故：过去的，已去世的。　尚书礼部员外郎：柳宗元在唐顺宗时参与王叔文等的政治革新活动时任此官职，去世时的官职是柳州刺史。刘禹锡在这里仍用"尚书礼部员外郎"的职衔，一方面是唐朝士大夫以任中央官为荣，以外放任地方官为贬谪，另一方面也含有肯定当年的政治革新的意思。　纪：这里是序言的意思。刘禹锡的父亲名绪，"绪"与"序"同音，为避嫌名讳，所以不说"序"而说"纪"。
② 八音：古代对乐器的总称，包括：金（钟、铃）、石（磬）、丝（琴、瑟）、竹（箫、管）、匏（páo，笙、竽）、土（埙 xūn）、革（鼓）、木（柷 zhù、敔 yǔ）。这里指音乐。　与政通：跟政治的盛衰相通。
③ 这句说：而文章跟时政的好坏也紧密相关。
④ 三代：指夏、商、周三个朝代。　病：有弊病，这里指文风衰坏。
⑤ 这句说：经过秦、汉而重兴。唐朝古文运动的作者推崇三代两汉的散文，所以这样说。涉，经历。
⑥ 列国：指南北朝分裂割据的局面。
⑦ 庞（páng）：杂乱。　裂：分裂。
⑧ 三光：指日、月、星。　五岳：指东岳泰山（在山东省）、西岳华山（在陕西省）、南岳衡山（在湖南省）、北岳恒山（在山西省）中岳嵩山（在河南省）五座名山。这里的"三光""五岳"有天地的意思。　分（fèn）：这里有受到局限，裂为几份而非浑然一体的意思。
⑨ 大音：这里指雄伟雅正的文章。　完：完全，完整。
⑩ 混一：统一。　振：兴起。
⑪ 贞元：唐德宗李适（kuò）的年号。
⑫ 上：古时臣下称君主叫"上"。这里指唐德宗。　向：朝着，对着。这里有爱好的意思。（唐德宗在贞元年间，每逢令节大典，常召集百官赐宴，并亲自赋诗，自炫才华，粉饰太平。）
⑬ 昭回：原谓日月星辰的光辉日夜回转，后来借指日月。这里又用来称美唐德宗。　饰：装饰，这里有照耀的意思。
⑭ 这几句说：天下的文士，争先恐后地凭着自己的长处，乘着当时的风尚而奋起。
⑮ 粲（càn）：鲜明。丽，附着。　五行：指金、木、水、火、土。五星，古代称五星为五行之精。　这几句说：光辉灿烂，如繁星布满天空，而光芒逼人、色彩雅正，人们望之而敬爱的，只是五星罢了。
⑯ 这句说：河东柳子厚这人是人们望而敬重的吧！子厚，柳宗元，字子厚，称字表示尊敬。
⑰ 童子：这里指青年。

⑱ 这几句说：（柳宗元）到贞元九年（793）成为有名的进士，贞元十九年做了有才能的御史，贞元二十一年以文章称第一，进入尚书省做礼部员外郎。有（yòu），同"又"。
⑲ 是岁：这一年，指贞元二十一年。 以疏隽（jùn）少检获讪（shàn）：因为疏放奇特缺少检点而得到讥谤。这是作者对自己也参与的政治革新失败而受到打击的委婉说法。
⑳ 出牧：贬出朝廷去做州刺史。
㉑ 又谪佐永州：柳宗元尚未到邵州刺史任，又贬为永州司马。佐，这里指州司马为刺史的辅佐。
㉒ 居十年，诏书征不用：柳宗元从永贞元年（805）贬到永州，住了十年，元和十年（815）才奉诏回长安，但不被重用。
㉓ 五岁不得召：五年没有得到征召回京。柳宗元从元和十年至十四年，任柳州刺史，死在任上。唐朝制度，地方官一般任期三年，期满迁官。柳宗元做了五年柳州刺史而不得征召升迁，说明他那时仍然受到排挤打击。
㉔ 革（jí）：急，病危。
㉕ 书：信。 抵：送到。 中山：刘禹锡郡望为中山（今河北省定县）。
㉖ 这几句说：我不幸，到底在贬谪生活中死去了，拿我遗留下来的文稿劳累老友。
㉗ 编次：按次序编排。 三十通：三十卷。
㉘ 行于世：流行在当世。

㉙ 韩退之：韩愈，字退之。 志其墓：为他的墓作志。
㉚ 吊：哀悼。
㉛ 若人：此人，指柳宗元。 不淑：不幸，遭遇不好。
㉜ 雄深雅健：雄浑、精深、雅正、刚健，这是形容柳宗元的作品风格。 司马子长：西汉司马迁，字子长，《史记》的作者。 崔、蔡：东汉崔骃和蔡邕，都以善于写文章著名。 多：推许。 这几句说：我曾经评论他的文章，雄深雅健像司马子长，崔骃、蔡邕（与柳宗元相比）就不足以推崇赞许了。
㉝ 安定：郡名，在今甘肃省。这里是称皇甫湜的郡望，并非籍贯。 皇甫湜（shí）：字持正，睦州新安（今浙江省淳安县一带）人，从韩愈学古文，文章奇僻而很自负。 于文章少所推让：在写文章方面很少推崇别人。
㉞ 这句说：（皇甫湜）也以为退之的话是对的。
㉟ 名氏：名和姓氏。 仕：指官职经历。 年：指年龄。 暨：以及。 行己，这里是"行为、活动"的意思。 大方：根本原则。 退之之志：指韩愈写的《柳子厚墓志铭》。 若：或。 祭文：指韩愈作的《祭柳子厚文》。 这两句说：有关柳宗元的名氏、官职、行年、事迹等详于韩愈写的墓志铭或祭文中，在这篇序文中就从略了。

【简析】

　　这篇文章是刘禹锡把柳宗元的遗著编辑成集后写的序文，当时他在夔州刺史任上。

　　本篇先从文章与政治的关系写起，写出柳宗元的文章在当时就被重视。接着用极其概括而婉转的笔墨叙述柳的生平，点出他临死时把遗著的编集工作托给自己，从而显示了两人深挚的友情。最后引用韩愈推崇柳宗元的话和皇甫湜的看法，充分地肯定了柳在文学上的重要地位。全文写得清峻雅洁，含蓄地表达了对死去的知己的深厚感情。

白居易

　　白居易（772—846），字乐天，下邽（guī，今陕西省渭南市）人。早年生活贫寒，住在农村，所以能了解劳动人民生活的艰苦。唐宪宗元和三年（808），他任左拾遗（谏官），同当时的太监和顽固官僚进行斗争，写了《新乐府》《秦中吟》等讽刺统治阶级的诗。他的诗通俗易懂，流传非常广泛。后来受到排挤和打击，降职做江州（今江西省九江市）司马，以后又做过杭州刺史（地方官）、苏州刺史。他在刺史任上，做了一些对人民有益的事情。晚年退居洛阳。著作有《白氏长庆集》。

庐山草堂记

　　匡庐①奇秀，甲天下山。山北峰曰香炉峰，北寺曰遗爱寺。介峰寺间②，其境胜绝③，又甲庐山。

　　元和十一年秋，太原人白乐天，见而爱之，若远行客④过故乡，恋恋不能去⑤。因面峰腋寺⑥，作为草堂。明年春，草堂成。三间两柱，二室四牖⑦，广袤丰杀⑧，一称心力⑨。洞北户⑩，来阴风⑪，防徂暑⑫也；敞南甍⑬，纳阳日⑭，虞祁寒⑮也。木斫⑯而已，不加丹⑰；墙圬⑱而已，不加白⑲。砌⑳阶用石，幂窗㉑用纸，竹帘纻帏㉒，率称是焉㉓。堂中设木榻四，素屏㉔二，漆琴一张，儒、道、佛书各两三卷。

乐天既来为主㉕，仰观山，俯听泉，旁睨㉖竹树云石。自辰及酉㉗，应接不暇。俄而物诱气随㉘，外适内和㉙，一宿体宁，再宿心恬㉚，三宿后颓然嗒然㉛，不知其然而然㉜。

自问其故，答曰：是居也，前有平地，轮广㉝十丈，中有平台，半平地；台南有方池，倍平台。环池多山竹野卉㉞，池中生白莲白鱼。又南，抵石涧㉟，夹涧㊱有古松老杉，大仅十人围㊲，高不知几百尺，修柯戛㊳云，低枝拂潭，如幢㊴竖，如盖㊵张，如龙蛇走㊶。松下多灌丛，萝茑㊷叶蔓，骈织承翳㊸，日月光不到地，盛夏风气㊹，如八九月时。下铺白石，为出入道。堂北五步，据层崖积石㊺，嵌空垤块㊻，杂木异草，盖覆其上，绿阴蒙蒙㊼，朱实离离㊽，不识其名，四时一色㊾。又有飞泉植茗，就以烹燀㊿，好事者见㉛，可以永日㉜。堂东有瀑布，水悬三尺，泻阶隅㉝，落石渠，昏晓如练色㉞，夜中如环佩琴筑声㉟。堂西倚北崖右趾㊱，以剖竹架空㊲，引崖上泉，脉分线悬㊳，自檐至砌㊴，累累如贯珠㊵，霏微㊶如雨露，滴沥㊷飘洒，随风远去。其四旁耳目杖屦㊸可及者，春有锦绣谷㊹花，夏有石门涧㊺云，秋有虎豀月，冬有炉峰㊻雪。阴晴显晦㊼，昏旦含吐㊽，千变万状，不可殚记㊾、觑缕⑦⁰而言，故云甲庐山者。噫！凡人丰一屋⑦¹，华一簀⑦²，而起居其间，尚不免有骄稳⑦³之态，今我为是物主，物至致知⑦⁴，各以类至⑦⁵，又安得⑦⁶不外适内和、体宁心恬战！昔永、远、宗、雷辈十八人⑦⁷，同入此山，老死不返，去我千载⑦⁸，我知其心以是哉⑦⁹！

矧⑧⁰余自思，从幼迨⑧¹老，若白屋⑧²，若朱门⑧³，凡所止⑧⁴，虽一日二日，聊复簀土为台⑧⁵，聚拳石为山，环斗水为池，其喜山水病癖⑧⁶如此。一旦塞剥⑧⁷，来佐江郡⑧⁸，郡守以优容抚我⑧⁹，庐山以灵胜待我⑨⁰，是天与我时⑨¹，地与我所⑨²，卒获所好⑨³，又何求焉！尚以冗员所羁⑨⁴，余累⑨⁵未尽，或往或来，未遑宁处⑨⁶。待余异日⑨⁷，弟妹婚嫁毕，司马岁秩满⑨⁸，出处行止⑨⁹，可以自遂⑩⁰，则必左手引妻子，右手抱琴书，终老于斯，以成就我平生之志。清泉白石，实闻此言⑩¹。

时三月二十七日，始居新堂。四月九日，与河南元集虚、范阳张允中、南阳张深之、东西二林长老⑩²凑公、朗满、晦坚等，凡十有二人。具斋施⑩³茶果以乐之，因为《草堂记》。

【注释】
① 匡庐：庐山，在江西省北部。
② 介峰寺间：处在峰寺之间的地方。
③ 胜绝：好到极点。
④ 远行客：出远门的旅客。
⑤ 不能去：不肯离去。
⑥ 因面峰腋寺：就在面对香炉峰、紧靠遗爱寺的地方。
⑦ 牖（yǒu）：窗。
⑧ 广袤（mào）：宽度和长度。 丰杀（shài）：宽大或者窄小。
⑨ 一称（chèn）心力：都跟自己的愿望和财力相称。

⑩ 洞北户：在北面开了门户。洞，开。
⑪ 来阴风：让北风能够吹进来。
⑫ 防徂暑：防备天热。
⑬ 敞南甍（méng）：把南屋造得很高敞。甍，屋脊。
⑭ 纳阳日：让太阳光照进来。
⑮ 虞：防范。　祁寒：大冷。
⑯ 斲（zhuó）：砍削。
⑰ 加丹：涂上红色的油漆。
⑱ 圬（wū）：涂泥。
⑲ 加白：粉饰。
⑳ 碱（qì）：同“砌”，垒积。
㉑ 幂（mì）窗：糊窗。
㉒ 纻（zhù）帏：粗麻布的帷幕。
㉓ 率：大致。　称（chèn）是：跟这些相称。
㉔ 素屏：没有雕绘的屏风。
㉕ 既来为主：既然来做了草堂的主人。
㉖ 睨（nì）：斜看。
㉗ 自辰及酉：从早晨到黄昏。辰时是上午七时到九时，酉时是下午五时到七时。
㉘ 俄而：一会儿。　物诱气随：因外界景物的招引，自己感受与景物相应。
㉙ 外适：身体舒适。　内和：精神和畅。
㉚ 心恬（tián）：心神安静。
㉛ 颓（tuí）然：舒坦而自己不能约束的样子。　嗒（tà）然：自己遗忘了自己的样子。
㉜ 这句说：不知道为什么如此而竟然如此。
㉝ 轮广：南北叫“轮”，东西叫“广”。
㉞ 卉：草的总称。
㉟ 石涧：石山上的水沟。
㊱ 夹涧：涧的两岸。
㊲ 十人围：十人围抱，形容粗大。
㊳ 修：长。　柯：树枝。　戛（jiá）：轻击。
㊴ 幢（chuáng）：旌幡之类。
㊵ 盖：伞。
㊶ 如龙蛇走：像龙蛇游动。
㊷ 萝、茑：都是寄生草。
㊸ 骈（pián）：并列。　织：交织。　承：托着。　翳（yì）：遮盖。
㊹ 风气：气候。
㊺ 据：凭着。　层崖积石：层层山崖和堆起来的石块。
㊻ 嵌空垤（dié）块：有的开张玲珑，有的是高高的土墩。
㊼ 蒙蒙：形容树荫茂密。
㊽ 离离：形容果实很多。
㊾ 四时一色：不论季节，看上去都是一样颜色。
(50) 植茗：种了茶树。　以：用（飞泉之水）。　烨（chǎn）：烧煮。
(51) 好事者见：有好事的客人来访。
(52) 可以永日：可供终日消遣。
(53) 泻阶隅：冲到阶台的角落里。
(54) 这句说：黄昏和拂晓的时候，瀑布就像洁白的绸子。昏晓，黄昏和早晨。练，白绸。
(55) 这句说：晚上幽静的时候，瀑布的声音就像环佩琴筑。环佩，古人衣带上系的玉环和玉佩（行动时轻轻地互相碰撞，会发出和谐的声音）。筑（zhú），一种乐器。
(56) 北崖右趾：北山的右边山根。
(57) 这句说：用竹子剖开架起来，做水管。
(58) 这句说：泉水流进竹管，像血液在脉管中流动；细流从上而下，好比悬空的线。
(59) 砌：阶石。
(60) 累（lěi）累：连贯成串的形状。　贯珠：成串的珍珠。
(61) 霏微：细雨飘散的样子。
(62) 滴沥：一点一滴落下来。
(63) 其：指的是草堂。　杖屦（jù）：手杖和鞋子，这里指的是步行。
(64) 锦绣谷：锦绣峰下面的山谷。
(65) 石门涧：马耳峰旁石门前面的山涧。
(66) 炉峰：香炉峰。
(67) 显晦（huì）：明亮和昏暗。
(68) 含吐：出现和隐没。

⑥⑨ 殚（dān）记：完全记下来。
⑦⑩ 觏缕（luó lǚ）：语言详尽而有次序。
⑦① 丰一屋：造了一所好的屋子。
⑦② 华一箦（zé）：备了一条华丽的席子。
⑦③ 骄稳：骄傲安乐。
⑦④ 物至：各种景物来到当前。 致知：开发智慧，得到感受。
⑦⑤ 这句说：思想情绪是由于自然界影响的不同而起变化。
⑦⑥ 安得：怎么会。
⑦⑦ 永、远、宗、雷辈十八人：慧永，东晋高僧，在庐山建西林寺；慧远，慧永的兄弟，在山中建东林寺。跟他们往来的有十八人，其中有十个和尚、八个居士（信佛而不出家的），包括宗炳和雷次宗。
⑦⑧ 去我：离开我。 千载：夸张时间的久远。其实慧永等人居庐山在东晋末、刘宋初，约当公元五世纪初，离白居易写这篇文章时，只约四百年左右。
⑦⑨ 以是哉：就是由于这个缘故（自然景物的吸引）吧。
⑧⑩ 矧（shěn）：况且。
⑧① 迨（dài）：等到。
⑧② 白屋：指贫贱人家。
⑧③ 朱门：指富贵人家。
⑧④ 凡所止：凡是住过的地方。
⑧⑤ 聊：姑且。 复簣（kuì）土为台：用一篑土堆成平台。篑，盛土竹器。（和下文用拳头般大小的石头堆假山等等，都是形容规模的小。）
⑧⑥ 病癖：嗜好很深。
⑧⑦ 蹇（jiǎn）：不得意。 剥：时运不利。
⑧⑧ 这句说：来做江州刺史的辅佐，即任司马。佐，辅助。江郡，江州。
⑧⑨ 这句说：江州刺史对我很宽厚。
⑨⑩ 以灵胜待我：用天生的美景接待我。
⑨① 天与我时：天给我好机会。
⑨② 地与我所：地给我好所在。
⑨③ 卒获所好（hào）：（我）毕竟得到了喜爱的东西。
⑨④ 尚：还。 冗（rǒng）员：可有可无的闲散官员。 羁（jī）：束缚。
⑨⑤ 余累：留下来的牵累。
⑨⑥ 未遑（huáng）宁处：没有工夫安居。
⑨⑦ 异日：将来。
⑨⑧ 这句说：司马的任期终了。秩，指任官年限。唐朝的地方官一般任期三年，任满迁官。
⑨⑨ 出处行止：出去或者不出去做官。
⑩⑩ 自遂：自己任意。
⑩① 这句是发誓的话，说要请清泉白石作证。
⑩② 二林：东林寺和西林寺。 长老：对年高有德的和尚的尊称。
⑩③ 具斋：备了素斋。 施：设。

【简析】

　　唐宪宗元和十年（815），割据的地方藩镇勾结朝中太监，派人刺杀了主张削平藩镇的宰相武元衡，刺伤了御史中丞裴度。白居易当时任左赞善大夫（东宫太子的属官），按规定不准过问朝政，但是他迫于义愤，上了奏本请求捉拿刺客。统治集团借口他越职，又诬陷他有"不孝"的罪名，把他贬为江州司马。唐朝的官制，州司马是州刺史下面的助理官员，实际上无事可干。元和十一年（816），他开始在庐山香炉峰营造草堂，第二年落成，写了这篇《庐山草堂记》。

　　这篇文章先描写草堂的房屋建筑以及堂中因陋就简的陈设，又细致地描写了草堂周围的美好景色。最后转入议论，从景物说到自己安适宁静的心情，表达了自己要在这里隐居终老的愿望。文中写草堂周围的自然景物，观察细密，语言清丽，表现了较高的散文技巧。文章里有人生无常的感慨和乐天安命的思想，但也反映了一个有政治抱负的士大夫受到打击时的思想矛盾，在宁静闲适的词句里蕴藏着抑郁不平之气。

冷泉亭记

东南山水，余杭郡①为最；就郡言，灵隐寺为尤②；由寺观言，冷泉亭为甲。亭在山③下，水④中央，寺西南隅⑤。高不倍寻⑥，广不累丈⑦，而撮奇得要⑧，地搜胜概⑨，物无遁形⑩。春之日，我爱其草熏熏⑪，木欣欣⑫，可以导和纳粹⑬，畅人血气。夏之夜，我爱其泉渟渟⑭，风泠泠⑮，可以蠲烦析酲⑯，起人心情。山树为盖，岩石为屏，云从栋生⑰，水与阶平，坐而玩之者可濯足于床⑱下，卧而狎⑲之者可垂钓于枕上。矧又潺湲⑳洁沏，粹冷柔滑㉑，若俗士，若道人㉒，眼耳之尘，心舌之垢㉓，不待盥涤㉔，见辄除去，潜利阴益㉕，可胜言哉㉖！斯所以最余杭而甲灵隐也。

杭自郡城抵四封㉗，丛山复湖，易为形胜。先是领郡者㉘，有相里君㉙造虚白亭，有韩仆射皋㉚作候仙亭，有裴庶子棠棣㉛作观风亭，有卢给事元辅㉜作见山亭，及右司郎中河南元藇㉝最后作此亭。于是五亭相望，如指之列㉞，可谓佳境殚㉟矣，能事毕矣。后来者虽有敏心巧目，无所加焉㊱，故吾继之，述而不作㊲。长庆三年八月十三日记。

【注释】

① 余杭郡：杭州。
② 灵隐寺：杭州著名的佛寺，在灵隐山旁。晋成帝咸和元年（326）创建。尤：突出的。
③ 山：指灵隐山。
④ 水：指石门涧。
⑤ 寺：指灵隐寺。　隅（yú）：角。
⑥ 高不倍寻：高度不到两寻。寻是古代长度单位，一寻相当八尺。
⑦ 累丈：两丈。
⑧ 撮（cuō）奇得要：抓住事物的精华要领。
⑨ 地搜胜概：地势包罗了一切优美的景物。
⑩ 物无遁形：景物的形状毫无遗漏。
⑪ 薰（xūn）薰：花草芳香。
⑫ 欣欣：茂盛的样子。
⑬ 导和纳粹：纳入新鲜的空气，使人心情和畅。
⑭ 渟（tíng）渟：形容泉水流得轻而且缓。
⑮ 泠（líng）泠：清凉的样子。
⑯ 蠲（juān）烦析酲（chéng）：解除烦恼，免掉困倦。
⑰ 云从栋生：山地云低，好像从房屋的栋梁上生出来的。
⑱ 濯（zhuó）：洗。　床：坐具。
⑲ 狎（xiá）：亲近。
⑳ 矧（shěn）：何况。　潺湲（chán yuán）：水缓缓流动的状态。
㉑ 粹冷柔滑：形容涧水的清洁和缓。
㉒ 这两句说：不论是不出家的人或是出家修道的人。
㉓ 垢（gòu）：污秽。
㉔ 盥（guàn）涤（dí）：洗。
㉕ 潜利阴益：无形中的好处。
㉖ 可胜言哉：哪里说得完呢！
㉗ 四封：四郊。
㉘ 这句说：以前做郡太守的人。
㉙ 相里君：不详。
㉚ 韩皋：字仲闻，在德宗时做过杭州刺史，穆宗长庆年间做到左仆射。　仆射（yè）：唐朝中央政府尚书省的长官。
㉛ 裴棠棣：不详。　庶子：皇太子东宫的从官。
㉜ 卢元辅：字子望，曾经做过杭州、常州、华州刺史和兵部侍郎等官。　给事：给事中，属于门下省，管理奏章文书档案。
㉝ 右司郎中：尚书省的助理官员。　元藇（xù）：唐宪宗元和十五年（820）左右，曾任杭州刺史。
㉞ 如指之列：好像五个手指排列起来。
㉟ 殚（dān）：尽。
㊱ 无所加焉：不能再添上什么了。
㊲ 述而不作：只能整修旧有的各个亭子，不能添造新的。

【简析】

　　冷泉在杭州灵隐飞来峰下，泉水从一个深潭底下的岩石缝中喷涌而出，在山脚下环绕奔流，是西湖旁边的胜迹。它曾经湮没过许多年，新中国成立后才被重新发掘出来，冷泉亭也经整修，焕然一新。唐朝时，冷泉流过的石门涧（又叫灵隐浦）水道深广，可以通船。冷泉亭筑在水中，是观赏风景的好地方。到明朝因水道阻塞，冷泉亭靠着涧边，就和本文写的情况不同了。白居易从穆宗长庆二年（822）起，做了三年杭州刺史。他曾兴修湖堤，利用湖水灌溉了一千多顷田地。这条湖堤后来坍塌了，后人为了纪念他，便把湖上原来的白沙堤改叫白堤。

荔枝图序

荔枝生巴峡间①,树形团团如帷盖②,叶如桂,冬青;华③如桔,春荣④;实⑤如丹,夏熟;朵⑥如葡萄,核如枇杷,壳如红缯⑦,膜如紫绡⑧,瓤肉莹白⑨如冰雪,浆液甘酸如醴酪⑩,大略如彼⑪,其实过之。若离本枝,一日而色变,二日而香变,三日而味变,四五日外,色香味尽去矣。元和十五年⑫夏,南宾守⑬乐天,命工吏图而书之⑭,盖为不识者与识而不及一二三日者⑮云。

【注释】

① 巴峡(xiá)间:长江三峡一带。巴,今四川省东部。
② 帷(wéi)盖:车篷的帷幕。
③ 华:花。
④ 荣:开花。
⑤ 实:果实。
⑥ 朵:颗粒。
⑦ 缯(zēng):绸。
⑧ 绡(xiāo):生丝的织物。
⑨ 瓤(ráng):果肉。 莹(yíng)白:洁白。
⑩ 醴(lǐ):甜酒。 酪:用奶汁做的糊状食品。
⑪ 大略如彼:大体上像那些东西。
⑫ 元和十五年:公元820年。元和,唐宪宗的年号。
⑬ 南宾:唐朝山南道忠州又名南宾郡,在今重庆丰都附近。 守:太守。白居易做过忠州刺史。
⑭ 这句说:使画工绘了图、题上字。
⑮ 这句说:目的是为了没有见过荔枝,和见过荔枝可是不是在采下后三天之内见到的人们。

【简析】

　　荔枝出产在广东、福建等省，唐朝时候在长江三峡一带也有出产。荔枝不耐久藏。当时北方人只听得有这样一种珍奇的水果，所以白居易在产地见到，就绘图加以说明。全文着重说明荔枝的形态，尤其是用了好多比喻形象地描绘了果实的外形、核、壳、膜、瓤肉和浆液的味道。

柳宗元

柳宗元(773—819),字子厚,河东(今山西省永济县)人。出身于中小官僚家庭,二十一岁中进士,二十六岁考取博学鸿词科,任集贤殿正字、监察御史里行(见习御史的意思)等官职。他参与了以王叔文集团的政治革新活动,反对宦官专权,反对藩镇割据和横征暴敛。唐德宗死,顺宗接位,王叔文一派掌握了政权,柳宗元任尚书礼部员外郎。不久即失败,被贬为永州(今湖南省零陵县)司马。十年后召回长安,又外任柳州(今广西壮族自治区柳州市)刺史,病逝于任所。

柳宗元和韩愈都是唐代古文运动的主将,并称"韩柳"。柳宗元重视文学的社会功用,主张文体和文风的革新。他写的散文,有论说文,有寓言,有传记,有游记等,有的阐述朴素唯物主义思想,有的谴责当时黑暗的朝政,有的反映当时百姓的痛苦,有的描绘南方的秀丽山水。许多作品在艺术上都有很高的成就。他在政治上受到打击时,作品中也往往流露出孤独伤感的情绪。著作有《柳河东集》。

送宁国范明府诗序[①]

近制[②],凡得仕于王者[③],岁登名于吏部[④]。吏部则必参其等列[⑤],分而合之[⑥],率三十人以为曹[⑦],

谓之甲⑧。名书为三⑨，其一藏之有司⑩，其二藏之中书及门下⑪。每大选置大考绩⑫，必关决会验而视其成⑬。有不合⑭者，下有司罢去甚众⑮。由是吏得为奸以立威⑯，贼知以弄权⑰，诡窃窜易⑱，而莫示其实⑲。必求端悫而习于事⑳，辩达㉑而勤其务者，命之官而掌之㉒。居三年㉓，则又益其官㉔，而后去其职㉕。有范氏传真者，始来京师，近臣多言其美㉖。宰相闻之，用以为是职。在门下，甚获休问㉗。初命京兆武功尉㉘。既有成绩，复㉙于有司，为宣州宁国令㉚。咸曰㉛：由邦畿㉜而调者，命东西部尉以为美仕㉝。范生㉞曰："不然㉟。夫仕之为美，利乎人之谓也㊱。与其给于供备，孰若安于化导㊲。故求发吾所学者㊳，施于物㊴而已矣。夫为吏者人役也㊵，役于人而食其力㊶，可无报耶㊷？今吾将致其㊸慈爱礼节，而去其欺伪凌暴㊹，以惠斯人㊺，而后有其禄㊻。庶可平吾心而不愧于色㊼，苟获是焉足矣㊽。"季弟为殿中侍御史㊾，以是言也告于其僚㊿，咸悦而尚之㉛。故为诗以重其去㉜，而使余为序。

【注释】

① 宁国：今安徽省宁国市。当时范传真被任命为宁国县令。 明府：原来是对州郡刺史、太守的尊称，唐朝人用为对县令的尊称。 诗序：范传真由长安出发到宁国去上任，送行的亲朋写诗赠别，柳宗元为这些赠别诗写了这篇序。

② 近制：近日的制度。

③ 得仕：可以做官，就是具有做官的资格。 王：王家，朝廷。

④ 岁：每年。 登名：登记名字。 吏部：唐朝尚书省下设六部，吏部是其

中之一。掌管全国官吏的任免、考课、升降、调动等事务。
⑤ 参：检验。 等列：等级、年资的意思。
⑥ 分：分别。 合之：把等级、年资等条件一样的归为一类。
⑦ 率（shuài）：大致。 曹：群，组。
⑧ 谓之甲：（三十人一组）叫做甲。
⑨ 名书为三：名单写成三份。
⑩ 有司：主管官吏，这里指吏部。
⑪ 中书：中书省，唐朝最高政权机关之一，决定政策，起草诏书，长官称中书令。 门下：门下省，唐朝最高政权机关之一，与中书省共议国政，审核诏令，有封驳之权，长官称侍中。
⑫ 大选置：大规模选拔官吏。 大考绩：大规模考核现任官吏的政绩。
⑬ 关决：当时官场用语，指"通过"。 会验：共同考核。 视其成：看他们的成绩。唐朝吏部选拔六品以下的官吏要举行一次考试，考试内容是写判决词，根据所写判决词的文理和书法的优劣评定成绩，再考察应试者的容貌和言辞，然后决定任用与否。
⑭ 不合：考试不合格，或者与登记的名单不符合。
⑮ 罢去：取消候选的资格。 甚众：很多。
⑯ 由是：因此。 吏：指吏部的办事官吏。 为奸：舞弊，做坏事。 立威：逞威风。
⑰ 贼知：出坏主意。 弄权：滥用权力。
⑱ 诡窃窜易：暗地里偷换或改动文书。
⑲ 莫示其实：没有显示出真实情况。
⑳ 端悫（què）：正直忠厚。 习：熟练。
㉑ 辩达：明白通晓。
㉒ 命之官：任命他做官。 掌之：掌管（选拔官吏的）工作。
㉓ 居三年：指任职三年。
㉔ 益：增加，这里指提升。
㉕ 去其职：离开原来的官职。
㉖ 近臣：指中书门下的朝廷官吏。 美：

好，指上文"端悫""辩达"等。
㉗ 获：得到。 休问：好名声。
㉘ 初命：初次任命，指范传真调离门下省后的第一次任命。 京兆武功：京兆府武功县（今陕西省武功县）。 尉：县尉，县令的辅佐。
㉙ 复：上报。
㉚ 宣州：唐朝州名，治所在今安徽省宣城市。宁国县属宣州。 令：县令。
㉛ 咸曰：（人们）都说。
㉜ 邦畿（jī）：靠近京都的州县。范传真原任武功县尉，武功在当时称为畿县。
㉝ 东西部尉：指唐朝京都长安城内的万年、长安两县。城里朱雀街东为万年县，西为长安县，当时称为赤县。 美仕：美好的官职。唐朝官场中以任赤县县令为美职。
㉞ 范生：指范传真。生，先生的省称。
㉟ 不然：不是这样。
㊱ 这两句说：做官之所以说好，是说有利于百姓。人，即"民"，唐朝人避唐太宗李世民的名讳，用"人"代"民"。
㊲ 这两句说：与其满足于财物供应充分，不如安心于施行教化。给（jǐ），丰富。化导，教化引导。
㊳ 发：发挥。 所学者：所学到的东西。
㊴ 施于物：施行于事物。
㊵ 这句说：做官就是做百姓的仆役啊。
㊶ 役于人：做百姓的仆役。 食其力：吃他们费了力气种出来的粮食。
㊷ 可无报耶：可以没有报答吗？
㊸ 致其：使他们达到。
㊹ 去：除去。 凌暴：侵凌粗暴。
㊺ 惠：给予好处。
㊻ 有其禄：享有那些俸禄。
㊼ 庶：庶几，差不多。 平吾心：安我的心。 不愧于色：脸上不感到羞愧。
㊽ 苟：假如。 获是：得到这些。 足：满足。
㊾ 季弟：排行最小的弟弟，指范传真的

弟弟范传正。　殿中侍御史：官名。
⑩ 这句说：拿这些话告诉他的同僚。
(51) 悦：高兴。　尚：推崇。
(52) 重：看重。　去：离开。指范传真离开长安到宁国去上任。

【简析】

本篇是柳宗元任监察御史时所作。为送范传真的赠别诗作序，借此揭露了唐朝中期朝政的腐败，并借范传真所说的话提出了“为吏者人役也”的观点，类似于当今“人民的公仆”的意思。在当时的社会里持这种观点，比起把官看作“治人者”“牧民者”的主张，具有进步意义。“为吏者人役也”，可以说是柳宗元参与当时政治革新活动的政治思想基础。

驳复仇议

臣伏见天后①时,有同州下邽②人徐元庆者,父爽为县吏赵师韫③所杀,卒能手刃④父仇,束身归罪⑤。当时谏臣陈子昂建议诛之而旌其闾⑥;且请"编之于令⑦,永为国典⑧"。臣窃独过之⑨。

臣闻礼之大本⑩,以防乱也。若曰无为贼虐⑪,凡为子者杀无赦⑫。刑之大本,亦以防乱也。若曰无为贼虐,凡为理者杀无赦⑬。其本则合,其用则异,旌与诛莫得而并焉⑭。诛其可旌⑮,兹谓滥⑯;黩⑰刑甚矣。旌其可诛,兹谓僭⑱;坏礼甚矣。果以是示于天下,传于后代,趋义者⑲不知所向,违害者⑳不知所立,以是为典可乎?盖圣人之制㉑,穷理㉒以定赏罚,本情以正褒贬㉓,统于一㉔而已矣。

向使刺谳其诚伪㉕,考正其曲直㉖,原始而求其端㉗,则刑礼之用,判然离矣㉘。何者?若元庆之父,不陷于公罪㉙,师韫之诛,独以其私怨,奋其吏气㉚,虐于非辜㉛,州牧不知罪㉜,刑官不知问㉝,上下蒙冒㉞,吁号不闻㉟;而元庆能以戴天㊱为大耻,枕戈㊲为得礼,处心积虑,以冲仇人之胸,介然自克㊳,即死无憾㊴，是守礼而行义也。执事者㊵宜有惭色，将谢之㊶不暇，而又何诛焉？

其或元庆之父，不免于罪，师韫之诛，不愆㊷于法，是非死于吏也，是死于法也。法其可仇乎？仇天子之法，而戕㊸奉法之吏，是悖骜而凌㊹上也。执而诛之，所以正邦典㊺，而又何旌焉？

且其议曰："人必有子，子必有亲，亲亲相仇，其乱谁救？"是惑于礼也甚矣。礼之所谓仇者，盖其冤抑沉痛而号无告㊻也；非谓抵罪触法㊼，陷于大戮㊽。而曰彼杀之，我乃杀之。不议曲直，暴寡胁弱㊾而已。其非经背圣㊿，不亦甚哉！

《周礼》(51)："调人(52)，掌司万人之仇(53)。凡杀人而义者，令勿仇；仇之则死。有反杀(54)者，邦国交仇之(55)。"又安得亲亲相仇也？《春秋·公羊传》(56)曰："父不受诛(57)，子复仇可也。父受诛，子复仇，此推刃(58)之道，复仇不除害(59)。"今若取此以断两下相杀(60)，则合于礼矣。且夫不忘仇，孝也。不爱死(61)，义也。元庆能不越于礼，服孝死义(62)，是必达理而闻道(63)者也。夫达理闻道之人，岂其以王法为敌仇者哉？议者反以为戮，黩刑坏礼，其不可以为典，明矣。

请下臣议附于令(64)。有断斯狱(65)者，不宜以前议从事(66)。谨议。

【注释】

① 伏见：看到。伏，和下文"窃"一样，是旧时下对上用来表示敬意的。 天后：武曌（zhào）（624—705），并州文水（今属山西省）人。唐高宗李治永徽六年（655）被立为皇后，此后就参预国政。后来废去睿（ruì）宗李旦，自称"神圣皇帝"，改国号为周，在位十六年。中宗李哲复位后，她才退位，但被上尊号为"则天大圣皇帝"，所以后人也称为武则天。
② 同州：唐朝同州的范围包括今陕西省渭水以北、洛水以东、黄梁河以南地区。 下邽（guī）：今陕西省渭南市。
③ 县吏赵师韫（yùn）：当时的下邽县尉。
④ 卒：到底。 手刃：亲手杀掉。
⑤ 束身归罪：自己捆绑起来投案认罪。
⑥ 谏臣陈子昂（661—702）：字伯玉，梓州射洪（今属四川省）人。武则天时，曾任右拾遗，属于谏净之官。 旌（jīng）其间：在徐元庆家所在的里巷用立牌坊或赐匾额等方式来表扬。
⑦ 编之于令：把处置这案件的办法编为法令。唐朝的法律条文有律、令、格、式四种，令是定下来作为制度的条文。
⑧ 国典：国法的典范。
⑨ 窃独过之：个人意见认为陈子昂的建议是错误的。窃，私下，表示自谦。过，错失，这里用作动词。
⑩ 大本：根本作用。
⑪ 无为贼虐：不让杀人逞凶。
⑫ 凡为子者杀无赦：凡是做儿子的为报亲仇而杀人都不可以赦免。
⑬ 凡为理者杀无赦：凡是治理人民的官吏，无故杀人也不可赦免。
⑭ 莫得而并焉：没有能同时并用的。
⑮ 诛其可旌：杀死那可以表扬的。
⑯ 兹谓滥：这叫滥杀。
⑰ 黩（dú）：轻率。
⑱ 僭（jiàn）：超越本分。
⑲ 趋义者：寻求正义的人。
⑳ 违害者：躲避邪恶的人。
㉑ 制：规定。
㉒ 穷理：据理。
㉓ 本情：根据人情。 褒（bāo）：奖。 贬：惩。
㉔ 统于一：归于一致（指礼和刑的目的与效果）。
㉕ 向使：假使。 刺谳（yàn）：审讯议罪。 诚伪：真假。
㉖ 考正其曲直：推求清楚案件的是非对错。
㉗ 原：推究。 端：原因。
㉘ 判然离矣：明显地区别开了。
㉙ 陷于公罪：陷入在国法规定的罪刑中。
㉚ 奋：发作。 吏气：官吏的气焰。
㉛ 虐：害。 非辜：无罪的人。
㉜ 州牧：州的长官。 罪：加罪，这里指办枉法官吏的罪。
㉝ 刑官：执法的官。 问：过问。
㉞ 蒙冒：蒙蔽，包庇。
㉟ 呼（yù）号：呼冤叫屈。 闻：被听见。
㊱ 戴天：和仇人共同生活在一个天地里。
㊲ 枕戈：连睡觉时也头枕着兵器。
㊳ 介然：坚贞。 自克：下定决心。
㊴ 憾：恨。
㊵ 执事者：负责的官吏。
㊶ 谢之：向他认错。
㊷ 愆（qiān）：失误，过错。
㊸ 戕（qiāng）：杀害。
㊹ 悖骜（bèi ào）：桀傲不驯。 凌：冒犯。
㊺ 正邦典：正国法。
㊻ 冤抑：冤屈。 号（háo）无告：呼号无处申诉。
㊼ 抵罪：按罪处罚。 触法：犯法。
㊽ 大戮（lù）：死刑。

㊾ 暴寡：侵害孤寡。　胁弱：威胁弱者。
㊿ 非经背圣：违背圣贤经传的教导。
㉛ 《周礼》：书名，儒家经典之一。内容是汇编周朝的官制和战国时代各国制度等。
㉜ 调人：周朝官名。
㉝ 掌司万人之仇：负责调解百姓的仇怨。
㉞ 反杀：重杀。
㉟ 邦国交仇之：举国共同惩处他。
㊱ 《春秋·公羊传》：书名，儒家经典之一。旧题子夏弟子公羊高作，一说是他的玄孙公羊寿写的，是解释《春秋》的书。
㊲ 不受诛：罪不当死。
㊳ 推刃：往来相杀。
㊴ 复仇不除害：这样的报复行为并不能除去祸害。
㊵ 取此：根据这个标准。　两下相杀：指师韫杀元庆的父亲，元庆又杀师韫。
㊶ 爱死：怕死。爱，吝惜。
㊷ 服孝：克尽孝道。　死义：为义而死。
㊸ 达理：明晓事理。　闻道：懂得圣贤之道。
㊹ 请下臣议：请求发下我这篇驳议。　附于令：附在法令之后。
㊺ 斯狱：这类案子。
㊻ 从事：处理。

【简析】

　　这篇文章是柳宗元任礼部员外郎时驳陈子昂《复仇议状》的。徐元庆为父报仇、杀了仇人又去自首。按照当时刑法：杀人者死；按照封建礼教：徐元庆的行为是合乎孝义的。陈子昂认为"礼"和"法"不能偏废，主张处徐元庆以死罪，但又要表扬他。

　　唐朝社会中，为报仇而杀人的案件很多，单是《新唐书·孝友·张琇传》里记载的就有七起。怎样处理这些案件，就成为当时统治者要考虑的问题。柳宗元这篇文章不同意陈子昂建议的上述处理办法。他认为如果徐元庆的父亲徐爽是没有罪而被杀的，官府又不为他伸冤，徐元庆为父报仇，杀掉县尉而去自首，就应该表扬而不该处以死罪；如果徐爽是犯罪被杀，徐元庆却去报仇，杀掉执法的县尉，这就该办死罪而不该表扬。这就指出了陈子昂的主张是自相矛盾的。文章的逻辑性比较强，道理也说得清楚。柳宗元的主张，也是从维护朝廷统治这一基本思想出发的。他强调赏罚分明，但立足点是当时伦理道德中的"孝"和"义"。

送薛存义序①

河东②薛存义将行,柳子载肉于俎③,崇酒于觞④,追而送之江之浒⑤,饮食之⑥。

且告曰:凡吏于土⑦者,若⑧知其职乎?盖民之役⑨,非以役民⑩而已也。凡民之食于土⑪者,出其什一⑫,佣乎吏⑬,使司平于我也⑭。今我受其值⑮,怠其事⑯者,天下皆然。岂唯⑰怠之,又从而盗之⑱。向使⑲佣一夫于家,受若值,怠若事,又盗若货器,则必甚怒而黜⑳罚之矣。以今天下多类此,而民莫敢肆㉑其怒与黜罚者,何哉?势㉒不同也。势不同而理同,如吾民何㉓?有达于理㉔者,得不㉕恐而畏乎!

存义假令㉖零陵二年矣。早作而夜思㉗,勤力而劳心,讼者平㉘,赋者均㉙,老弱无怀诈暴憎㉚。其为不虚取值也的㉛矣,其知恐而畏也审㉜矣。

吾贱且辱㉝,不得与考绩幽明之说㉞;于其往也,故赏以酒肉而重之以辞㉟。

【注释】

① 薛存义:作者同乡,在永州零陵做县令,离职时,柳宗元送他这篇序。

② 河东：今山西省永济市。
③ 柳子：作者自称。　载肉于俎（zǔ）：把肉放在俎里。俎，古代放肉的器物。
④ 崇酒：满斟了酒。　觞（shāng）：酒杯。
⑤ 浒（hǔ）：水边。
⑥ 饮食（yìn sì）之：请他喝酒吃饭。
⑦ 吏于土：在地方上做官。
⑧ 若：你。
⑨ 盖：原来。　民之役：人民的仆役。
⑩ 役民：役使人民。
⑪ 食于土：靠种田过活。
⑫ 出其什一：拿出他们收入的十分之一。指向官府缴纳赋税。
⑬ 佣乎吏：雇用官吏。乎，助词。
⑭ 使司平于我也：要那些当官的为我们（指百姓）办事。司，掌管。平，治理。
⑮ 我：指当官的。　值：薪俸报酬。
⑯ 怠其事：不认真做事。
⑰ 岂唯：哪里只是。
⑱ 盗之：窃取民财。指贪污和敲诈勒索。
⑲ 向使：假若。
⑳ 黜（chù）：驱逐。
㉑ 肆：完全表露。
㉒ 势：情势。指主仆和官民之间的关系不同，人民没有办法黜罚官吏。
㉓ 如吾民何：对待百姓该怎么样呢？
㉔ 达于理：明晓事理。
㉕ 得不：能不。
㉖ 假令：代理县令。
㉗ 早作而夜思：昼夜辛勤。作，起身。
㉘ 讼者：打官司的。　平：得到公平处理。
㉙ 赋者：缴纳赋税的。　均：得到合理负担。
㉚ 老弱无怀诈暴憎：无论老少，都没有（对薛存义）内怀欺诈或外露憎恨的。
㉛ 不虚取值：不白拿报酬。　的：确实。
㉜ 审：明确。
㉝ 贱：地位低微。　辱：指被贬官。
㉞ 与：参预。　考绩幽明：考核官吏的成绩，斥退不贤，提升贤良。　说：意见。
㉟ 赏：送给。　重（chóng）之以辞：再加上这些话。

【简析】

　　作者在这篇送行的序里，继续发挥《送宁国范明府诗序》中提出的"为吏者人役也"的思想，斥责当时一般官吏残害人民，虚受人民的供养。作者认为做官的人是给人民办事的，应当"早作而夜思，勤力而劳心"，做到"讼者平，赋者均"；如果搜刮民财，就有理由受到黜罚。但在当时社会里，这只是像柳宗元这样的进步思想家的美好愿望。然而，作者在从事政治革新活动而遭到贬谪以后，看到当时吏治的腐败和人民的痛苦，仍然坚持自己的进步主张，是难能可贵的。

捕蛇者说

永州①之野产异蛇，黑质而白章②；触草木，尽死；以啮③人，无御之者④。然得而腊之以为饵⑤，可以已大风、挛踠、瘘、疠⑥，去死肌⑦，杀三虫⑧。其始⑨，太医以王命聚之⑩，岁赋其二⑪。募有能捕之者，当其租入⑫。永之人争奔走焉⑬。

有蒋氏者，专其利三世矣⑭。问之，则曰："吾祖死于是，吾父死于是。今吾嗣⑮为之十二年，几死者数⑯矣。"言之貌若甚戚⑰者。

余悲之，且曰："若毒之乎⑱？余将告于莅事者⑲，更若役⑳，复若赋㉑，则何如？"

蒋氏大戚，汪然出涕㉒曰："君将哀而生之乎㉓？则吾斯役㉔之不幸，未若复吾赋不幸之甚㉕也。向㉖吾不为斯役，则久已病㉗矣。自吾氏三世居是乡，积于今六十岁矣，而乡邻之生日蹙㉘。殚其地之出㉙，竭其庐之入㉚，号呼而转徙㉛，饥渴而顿踣㉜，触风雨，犯㉝寒暑，呼嘘毒疠㉞，往往而死者相藉㉟也。曩㊱与吾祖居者，今其室十无一焉；与吾父居者，今其室十无二三焉；与吾居十二年者，今其室十无四五焉。非死则徙尔，而吾以捕蛇独存。悍吏㊲之来吾乡，叫嚣乎东西㊳，隳突乎南北㊴，哗然而骇者，虽鸡狗不得宁焉。吾恂恂而起㊵，视其缶㊶，而吾蛇尚存，则弛然㊷而卧。谨食之㊸，时而献焉㊹。退而甘食其土之有㊺，以尽吾齿㊻。盖一岁之犯死者二焉㊼；其余，则熙熙㊽而乐。岂若吾乡邻之旦旦有是哉㊾！今虽死乎此，比吾乡邻之死则已后矣，又安敢毒耶？"

余闻而愈悲。孔子曰："苛政猛于虎㊿也。"吾尝疑乎是。今以蒋氏观之，犹信。呜呼！孰知赋敛之毒，有甚是蛇者乎㉛！故为之说㉜，以俟夫观人风者㉝得焉。

【注释】

① 永州：今湖南省零陵县。
② 黑质而白章：黑底上白的花纹。
③ 啮（niè）：咬。
④ 无御之者：没有人能抵挡这种蛇毒。就是人被毒蛇咬伤，即无药可救。御，抵挡。
⑤ 腊（xī）：做成干肉。 饵：药物。
⑥ 已：治疗。 大风：麻风病。 挛踠（luán wǎn）：手脚弯曲不能伸展的病。 瘘（lòu）：脖子肿。 疠（lì）：恶疮。
⑦ 死肌：腐烂的肌肉。
⑧ 三虫：使人生病的虫，说法不一，一般指寄生虫。
⑨ 其始：当初。
⑩ 太医：给皇帝治病的医师。 以王命聚之：拿皇帝的命令来征集这种蛇。
⑪ 岁赋其二：一年征缴两次。赋，征取。
⑫ 当（dàng）其租入：抵充他应完纳的租税。
⑬ 争奔走焉：抢着做这件事。奔走，忙着做某件事。
⑭ 专其利：独享这种（捕蛇而不纳租税的）好处。 三世：三代人。
⑮ 嗣：接下去。
⑯ 数（shuò）：好多次。
⑰ 戚：悲痛。
⑱ 若：你。 毒之乎：怨恨这件事吗？
⑲ 莅（lì）事者：指地方官。莅，临，视。
⑳ 役：差役，给官府出劳力。
㉑ 赋：赋税，给官府出财物。
㉒ 汪然：眼泪满眶的样子。 涕：眼泪。
㉓ 这句说：你这是哀怜我，让我生存下去吗？
㉔ 斯役：这种劳役。
㉕ 未若：比不上。 不幸之甚：更为痛苦。
㉖ 向：假使。

㉗ 病：这里指困苦非常。
㉘ 生：生活。 日蹙（cù）：一天比一天困苦。
㉙ 殚（dān）其地之出：完全缴出他们土地的全部出产。
㉚ 竭其庐之入：用尽他们家庭的全部收入。
㉛ 转徙：辗转流亡。
㉜ 顿踣（bó）：劳累得倒下去。
㉝ 犯：冒。
㉞ 呼嘘毒疠：呼吸毒气。
㉟ 相藉（jiè）：横一个竖一个地压着。极言死人之多。
㊱ 曩（nǎng）：从前。
㊲ 悍（hàn）吏：凶狠的小官。
㊳ 叫嚣（xiāo）乎东西：到处吵闹。乎，于。
㊴ 隳（huī）突乎南北：到处骚扰。
㊵ 恂恂（xún）而起：恐惧地起来。
㊶ 视其缶（fǒu）：看看那瓦罐。
㊷ 弛然：放心的样子。
㊸ 谨食（sì）之：小心地喂养它。
㊹ 时而献焉：到时候把蛇献上去。
㊺ 退而甘食其土之有：回家就很有味地吃着田地上产的东西。
㊻ 以尽吾齿：过完我的余年。齿，指年龄。
㊼ 盖一岁之犯死者二焉：原来一年中冒死亡危险只有两次。
㊽ 熙熙：和乐的样子。
㊾ 这句说：哪里像我的乡邻那样天天有死亡的威胁呢？
㊿ 苛政猛于虎：苛酷的政治比老虎还凶猛。
(51) 这两句说：谁知道（向人民）搜括钱粮的毒害，竟比这毒蛇更厉害呢！
(52) 故为之说：因此写这篇“说”。
(53) 俟：等待。 观人风者：视察民情的人。唐朝人避唐太宗李世民讳，用“人”代“民”。

【简析】

中唐时期，朝政腐败，苛捐杂税名目繁多，贪官污吏横征暴敛，大地主阶级兼并土地，把沉重的赋税负担全部压在劳动人民身上，使人民陷于家破人亡、流离失所的悲惨境地。柳宗元谪居永州，选取了蒋氏三代宁可死于毒蛇却忍受不了苛政的事件，写出了当时劳动人民在残酷剥削下的痛苦生活。

文章用曲折而波澜起伏的笔调，通过蒋氏捕蛇人叙述悲惨身世，记述了当时民不聊生的境况，刻划了悍吏的凶狠横暴，描绘了捕蛇人的心理状态，最后点出“赋敛之毒，有甚是蛇者”的主题思想，有着深厚的感染力量。

永州龙兴寺息壤记①

　　永州龙兴寺东北陬有堂②。堂之地隆然负砖甓而起者③，广四步④，高一尺五寸。始之为堂也，夷之而又高⑤，凡持锸者尽死⑥。永州居楚、越间⑦，其人鬼且礼⑧，由是寺之人皆神之⑨，人莫敢夷⑩。

　　《史记·天官书》及《汉志》有地长之占⑪，而亡其说⑫。甘茂盟息壤⑬，盖其地有是类也⑭。昔之异书⑮，有记洪水滔天，鲧窃帝之息壤，以湮洪水。帝乃令祝融杀鲧于羽郊⑯。其言不经见⑰。今是土也，夷之者不幸而死，岂帝之所爱耶⑱？南方多疫，劳者先死。则彼持锸者，其死于劳且疫也⑲。土乌能神⑳？余恐学者之至于斯，徵是言㉑，而唯异书之信㉒，故记于堂上。

【注释】

① 息壤：古代传说中能自己增长而永不减损的土壤。息，生长。
② 陬（zōu）：角。　堂：殿堂。
③ 隆然：鼓起来的样子。　砖甓（pì）：砖。　这句说：殿堂的地面，有一块顶着铺在地上的砖而鼓起来的。
④ 广：宽度。　步：古代长度单位，历代不一致：秦制以六尺为步，旧制以营造尺五尺为步。
⑤ 这两句说：开始造堂的时候，把鼓起的土铲平以后又长高起来。夷，平，铲平。

⑥ 锸（chā）：铁锹。 这句说：凡是拿着铁锹（铲土）的人全都死了。
⑦ 楚：指今湖南、湖北一带。 越：这里指今广东、广西一带。 这句说：永州处于湖、广交界的地方。
⑧ 其人：那里的人。 鬼：用作动词，迷信鬼神。 机（jī）：吉凶征兆，这里用作动词，相信吉凶征兆。
⑨ 由是：从此。 神之：把它看作神。
⑩ 这句说：再没有人敢去铲平（这块鼓起的土）。
⑪《史记·天官书》：《史记》里的一篇，是我国现存最早的天文文献资料。《汉志》：指《汉书·天文志》。 地长（zhǎng）：土地长高。 占：占验，指天人感应的迷信说法。《史记·天官书》和《汉书·天文志》中都有"地动"、"山崩"、"水澹"（水晃动）、"地长"、"泽竭"（水干涸）等现象的记载，其实这些现象都是地壳运动造成的。
⑫ 而亡其说：但没有解说。亡，同"无"。
⑬ 甘茂：战国时秦武王的丞相。 盟：订盟。 息壤：这里指秦国地名。
⑭ 盖：大概。 有是类也：有这种自己增长的土吧。
⑮ 异书：记载怪异事物的书。
⑯ 这几句说：有的记载洪水滔天，鲧偷了天帝的息壤，用来堵塞洪水。天帝就命令火神祝融把鲧杀死在羽山之郊。鲧（gǔn），相传是禹的父亲，奉尧的命令负责治水。
⑰ 不经见：不常见，含有荒诞而没有根据的意思。
⑱ 这两句说：铲平这块土的人不幸而死，难道这土是天帝所珍爱的东西吗？
⑲ 这两句说：而那些拿铁锹（铲土）的人，他们死于劳累过度而又传染疫病啊。
⑳ 这句说：泥土哪里能是什么神。乌，哪里，怎么。
㉑ 徵：引证。 是言：这些话，指铲土的人因铲平息壤而死的迷信说法。
㉒ 唯异书之信：只相信记述怪异的书。

【简析】

永州龙兴寺一所殿堂始建时，许多铲土的人都死掉了，于是有了"息壤"的迷信传说。作者指出这是铲土的人因劳累过度和传染疫病而死，并不是因为铲了"息壤"而受到什么天的惩罚，驳斥了鬼神迷信。

三　戒

吾恒恶①世之人，不知推己之本②，而乘物以逞③。或依势以干非其类④，出技以怒强⑤，窃时以肆暴⑥，然卒迨⑦于祸。有客谈麋⑧、驴、鼠三物，似其事，作《三戒》。

临江⑨之麋

临江之人畋得麋麑⑩，畜之。入门，群犬垂涎，扬尾皆来。其人怒，怛之⑪。自是日抱就⑫犬，习示之⑬，使勿动。稍⑭使与之戏。积久，犬皆如人意。麋麑稍大，忘己之麋也，以为犬良我友⑮，抵触偃仆⑯，益狎⑰。犬畏主人，与之俯仰⑱甚善。然时啖⑲其舌。

三年，麋出门，见外犬在道甚众，走欲与为戏。外犬见而喜且怒，共杀食之，狼藉⑳道上。麋至死不悟。

黔㉑之驴

黔无驴，有好事者㉒船载以入。至则无可用，放之山下。虎见之，庞然㉓大物也，以为神。蔽林间窥㉔

柳宗元《三戒》 《河东先生集》书影（明刻本）

之，稍出近之，憖憖然莫相知㉕。

他日，驴一鸣，虎大骇，远遁，以为且噬㉖己也，甚恐。然往来视之，觉无异能者。益习㉗其声，又近出前后，终不敢搏㉘。稍近，益狎，荡倚冲冒㉙，驴不胜怒，蹄之。虎因喜，计㉚之曰："技止此耳㉛！"因跳踉大㘎㉜，断其喉，尽其肉，乃去。

噫！形之庞也类㉝有德，声之宏也类有能。向不出㉞其技，虎虽猛，疑畏卒不敢取㉟；今若是焉，悲夫！

永㊱某氏之鼠

永有某氏者，畏日㊲，拘忌异甚㊳。以为己生岁值子㊴。鼠，子神㊵也，因爱鼠，不畜猫。又禁僮㊶勿击鼠。仓廪庖厨㊷，悉以恣鼠㊸不问。

由是鼠相告，皆来某氏，饱食而无祸。某氏室无完器，椸㊹无完衣，饮食大率鼠之余也。昼累累与人兼行㊺，夜则窃啮斗暴㊻，其声万状，不可以寝，终不厌。

数岁，某氏徙㊼居他州，后人来居，鼠为态如故。其人曰："是阴类恶物㊽也，盗暴㊾尤甚，且何以至是乎哉？"假㊿五六猫，阖[51]门，撤瓦灌穴，购僮罗捕[52]之。杀鼠如丘[53]，弃之隐处，臭数月乃已。

呜呼，彼以其饱食无祸为可恒也哉[54]！

155

【注释】

① 恒：常常。 恶（wù）：厌恶。
② 推己之本：从自己实际情况出发来考虑。
③ 乘物以逞：倚仗外力来逞强。
④ 干：干求。 非其类：不是他的同类。
⑤ 出技：使出技巧。 怒强：激怒强者。
⑥ 窃时：利用时机。 肆暴：任意猖狂。
⑦ 卒：结果。 迨（dài）：遭到。
⑧ 麋（mí）：鹿类。
⑨ 临江：今江西省清江县。
⑩ 畋（tián）：打猎。 麂（ní）：小鹿。
⑪ 怛（dá）：恐吓。
⑫ 日：天天。 就：接近。
⑬ 习示之：让它看惯了。
⑭ 稍：渐渐地。
⑮ 犬良我友：狗真正是我的朋友。
⑯ 抵触：互相碰撞。 偃仆（pū）：翻滚。
⑰ 狎（xiá）：亲昵。
⑱ 俯仰：上下起伏（形容做游戏）。
⑲ 唊（dàn）：这里是舔的意思。狗舔舔舌头，表示仍想吃小鹿的情态。
⑳ 狼藉：散乱的样子。这里指小鹿被吃后，皮毛骨头乱丢一地。
㉑ 黔（qián）：唐朝黔中道辖境，在今重庆市彭水、酉阳、秀山一带以及贵州省北部部分地区。后来贵州省简称为黔。
㉒ 好（hào）事者：喜欢多事的人。
㉓ 庞然：高大的样子。
㉔ 蔽：躲藏。 窥：偷看。
㉕ 憖（yìn）憖然：谨慎小心的样子。 莫相知：不知道是什么。
㉖ 且：将要。 噬（shì）：咬。
㉗ 益：更加。 习：习惯于。
㉘ 搏（bó）：扑击。
㉙ 荡倚冲冒：冲撞、挨近、触犯。
㉚ 计：心里盘算。
㉛ 技止此耳：本领不过如此罢了。

㉜ 跳踉（láng）：腾跃。 大㘚（hǎn）：大声吼叫。
㉝ 类：好像。
㉞ 向：假使。 出：使出。
㉟ 疑畏：疑虑和惧怕。 取：捕获，攻取。
㊱ 永：永州，今湖南省零陵县。
㊲ 畏日：怕犯日忌。旧时迷信，说日子有好坏，坏日子就禁忌做某些事情。
㊳ 拘忌异甚：拘执避忌特别厉害。
㊴ 生岁值子：出生这一年正当农历的子年。
㊵ 子神：子年的生肖。古时用子、丑、寅、卯、辰、巳、午、未、申、酉、戌、亥十二个地支纪年，又以鼠、牛、虎、兔、龙、蛇、马、羊、猴、鸡、狗、猪十二种动物为生肖，与地支相配。以人的生年，定他所属的生肖，如生于子年，属鼠，生于丑年，属牛，依此类推。
㊶ 僮：童仆。
㊷ 仓廪（lǐn）：谷仓、米仓。 庖（páo）厨：厨房。
㊸ 悉：全都。 恣鼠：听凭老鼠要怎样就怎样。
㊹ 椸（yí）：衣架。
㊺ 累累：一个接一个。 兼行：一起走。
㊻ 窃啮（niè）：偷咬东西。 斗暴：争斗打闹。
㊼ 徙（xǐ）：迁移。
㊽ 阴类恶物：在阴暗地方活动的坏东西。
㊾ 盗暴：偷盗吵闹。
㊿ 假：借。
(51) 阖（hé）：关闭。
(52) 购僮：奖励仆人。 罗捕：四面兜捕。
(53) 丘：小山。
(54) 这句说：那些老鼠以为吃得饱饱的没有灾祸是可以长久的吗！

【简析】

　　这一组三篇寓言，是柳宗元贬职后在永州时写的。前面有一段小序，也就是《三戒》的主题思想。文中的小鹿、驴子、老鼠三种动物的活动，象征了那些恃宠骄傲、虚有其表、擅作威福的人物的行为。柳宗元从那些自命高贵的豪门贵族，倚仗皇帝宠信而作恶的宦官，虚有其表的大官僚以及受反动统治者养活的奴才等人身上，概括出典型来，予以辛辣的讽刺，指出它们自取灭亡的下场。寓言所讽刺的对象非常广泛，具有典型的社会意义。

　　这三篇寓言语言非常精炼，故事性很强，形象也很生动。每篇末了用很少的话点明主题，有的只有一句，却非常耐人寻味。

蝜蝂①传

蝜蝂者,善负小虫也。行遇物,辄持取,昂其首负之。背愈重,虽困剧②不止也。其背甚涩③,物积因不散,卒踬仆④不能起。人或怜之,为去其负;苟⑤能行,又持取如故。又好上高,极其力不已⑥,至坠地死。

今世之嗜取者⑦,遇货⑧不避,以厚其室⑨,不知为己累也,唯恐其不积。及其怠⑩而踬也,黜弃⑪之,迁徙之⑫,亦已病⑬矣。苟能起,又不艾⑭。日思高其位,大其禄,而贪取滋甚⑮,以近于危坠,观前之死亡不知戒!虽其形魁然大者也,其名,人也,而智则小虫也⑯。亦足哀夫!

【注释】

① 蝜蝂(fù bǎn):一种黑色的虫,背上有隆起部分,背上东西就不能放下。
② 困剧:疲累非常。
③ 涩:不光滑。
④ 卒:结果。 踬仆(zhì pū):失足跌倒。
⑤ 苟:如果。
⑥ 极其力不已:用尽力气,不停止。
⑦ 嗜取者:贪得无厌的人。
⑧ 货:财物。
⑨ 厚其室:充裕他的家产。
⑩ 及:等到。 怠:疏忽大意。
⑪ 黜(chù)弃:被罢免不用。
⑫ 迁徙:被降职放逐。
⑬ 病:受害。
⑭ 艾(yì):悔改。
⑮ 滋甚:更加厉害。

⑯ 这几句说：虽然那些外形魁梧高大的，他们的名称是人，但是（他们的）智慧就如同蝜蝂这样的小虫啊。魁然，强壮高大的样子。

【简析】

　　本篇借一个善于负重而好爬高的小虫，加以十分生动而又深刻的描写，辛辣地揭露那些达官贵人唯利是图、贪婪成性的丑恶本质。这是柳宗元对当时吏治腐败的抨击。

　　这篇寓言只有一百多字，但是它不仅讽刺嘲笑得很尖锐，而且具有深刻的社会意义。在写法上，它又和《三戒》不同。《三戒》先用比较多的文字记事，最后用一两句话点明主题。这篇从蝜蝂直接写到那些贪污人物，最后则用"其名，人也，而智则小虫也"来作正面批评，这就显得更尖锐。

罴① 说

鹿畏䝙②，䝙畏虎，虎畏罴。罴之状，被发人立③，绝有力，而甚害人焉④。

楚之南有猎者⑤，能吹竹为百兽之音⑥。寂寂持弓矢罂火，而即之山⑦。为鹿鸣以感其类⑧，伺其至，发火而射之⑨。䝙闻其鹿也，趋而至⑩。其人恐⑪，因为虎而骇之⑫。䝙走而虎至，愈恐，则又为罴。虎亦亡去⑬。罴闻而求其类，至则人也，捽搏挽裂而食之⑭。

今夫不善内而恃外者，未有不为罴之食也⑮。

【注释】

① 罴（pí）：人熊，比熊大，能直立行动。
② 䝙（chū）：兽名，似狸（野猫）而大。
③ 被（pī）发人立：头上披着长毛，能像人那样站立着。
④ 这两句说：极其有力，而且对人危害很大。
⑤ 楚：指今湖南、湖北一带，春秋、战国时属楚国。 猎者：打猎的人。
⑥ 这句说：能够用竹管吹出许多野兽的叫声。
⑦ 寂寂：静悄悄。 弓矢：弓和箭。 罂（yīng）：瓦罐，腹大口小。这里用来装灯火。 即：走近，到。 之：往。 这两句说：（猎人）静悄悄地拿着弓箭和装在瓦罐中的灯火，走到山里去。
⑧ 为鹿鸣：（用竹管）吹出鹿的叫声。 感：感召，招引。 类：指鹿的同类。
⑨ 伺（sì）：守候。 其：它，指鹿。 发火：亮出灯火。这里指去掉掩蔽灯火的东西，以便照明射箭。
⑩ 趋：快跑。 这两句说：䝙听到那鹿

的叫声，快快跑到（猎人这边）来了。
⑪ 其人：那个人，指猎人。 恐：害怕。
⑫ 为虎：（用竹管）吹出老虎的叫声。骇（hài）之：使它（指貙）惊惧。
⑬ 亡去：逃掉。
⑭ 捽（zuó）：揪。 搏（bó）：扑上去抓。 挽裂：撕开。
⑮ 这两句说：现在那些不善于壮大自己的力量而依靠外力的人，没有不成为罴的食物的。恃，依靠。

【简析】

　　这是一篇优秀的寓言，含义深刻，文字精炼。文中写一个猎人吹竹管引野兽，最后引来了凶猛的罴把他吃掉了，由此指出"不善内而恃外者，未有不为罴之食也"的教训。

种树郭橐驼传

郭橐驼①，不知始何名。病偻②，隆然伏行③，有类橐驼者，故乡人号之"驼"。驼闻之曰："甚善，名我固当④。"因舍其名，亦自谓"橐驼"云。

其乡曰丰乐乡，在长安⑤西。驼业种树，凡长安豪富人为观游⑥及卖果者，皆争迎取养⑦。视驼所种树，或移徙⑧，无不活；且硕茂早实以蕃⑨。他植者虽窥伺效慕⑩，莫能如也。

有问之，对曰："橐驼非能使木寿且孳⑪也，能顺木之天以致其性焉尔⑫。凡植木之性：其本欲舒⑬，其培欲平⑭，其土欲故⑮，其筑⑯欲密。既然已⑰，勿动、勿虑，去不复顾。其莳⑱也若子，其置⑲也若弃，则其天者全，而其性得矣。故吾不害其长⑳而已，非有能硕茂之㉑也；不抑耗其实㉒而已，非有能早而蕃之㉓也。他植者则不然。根拳而土易㉔。其培之也，若不过焉则不及㉕。苟㉖有能反是者，则又爱之太恩㉗，忧之太勤，旦视而暮抚，已去而复顾。甚者㉘，爪其肤㉙以验其生枯，摇其本以观其疏密，而木之性日以离㉚矣。虽曰爱之，其实害之；虽曰忧之，其实仇之：故不我若㉛也。吾又何能为哉？"

问者曰："以子之道㉜，移之官理㉝，可乎？"驼曰："我知种树而已，理㉞，非吾业也。然吾居乡，见长人者好烦其令㉟，若甚怜焉㊱，而卒以祸㊲。旦暮，吏来而呼曰：'官命促尔耕㊳，勖㊴尔植，督尔获，早缫尔绪㊵，早织尔缕㊶，字㊷尔幼孩，遂㊸尔鸡豚。'鸣鼓而聚之，击木而召之。吾小人辍飧饔以劳㊹吏者，且不得暇，又何以蕃吾生而安吾性耶？故病且怠㊺若是。则与吾业者其亦有类乎㊻？"

问者嘻㊼曰："不亦善夫㊽！吾问养树，得养人术。"传其事以为官戒。

【注释】

① 橐（tuó）驼：骆驼。
② 偻（lóu）：曲背。
③ 隆然：高耸着（指的是脊背）。 伏行：身体俯下去走路。
④ 名我固当：这样叫我实在很确当。
⑤ 长安：唐朝的都城，今陕西省西安市。
⑥ 观游：观赏游玩的场所。
⑦ 争迎取养：争着（把郭橐驼）迎来，养在家中。
⑧ 移徙：移植迁动。
⑨ 硕（shuò）茂：高大茂盛。 早实：早结果实。 蕃：繁多。
⑩ 窥伺：偷看。 效慕：模仿。
⑪ 寿：活得长久。 孳：滋生得快。
⑫ 天：自然生长的道理。 致其性：让它尽性发展。
⑬ 本：树根。 舒：伸展。
⑭ 培：培土。 平：平匀。
⑮ 故：旧。这里指移栽树木时要保留树根周围的旧土。
⑯ 筑：捣土。
⑰ 既然已：这样做了以后。
⑱ 莳（shì）：移栽或分种。
⑲ 置：搁，放。
⑳ 害其长（zhǎng）：妨害它生长。
㉑ 硕茂之：使它高大茂盛。
㉒ 抑耗其实：遏止、减少它结实。
㉓ 早而蕃之：使它早结实而且繁多。
㉔ 根拳：树根拳曲不能伸展。 土易：泥土被更换。
㉕ 若不过焉则不及：不是太过分，便是不够格。
㉖ 苟：如果。
㉗ 恩：情深。
㉘ 甚者：更过分的。
㉙ 爪：用指爪划破。 肤：树皮。

㉚ 日以离：一天比一天差。
㉛ 不我若：不如我。
㉜ 道：种树的道理。
㉝ 官理：做官治理政事。
㉞ 理：治理。
㉟ 长（zhǎng）人者：当官长的人。好（hào）烦其令：喜欢不断向百姓发命令。
㊱ 若甚怜焉：好像很哀怜百姓。
㊲ 卒以祸：结果是给人以灾难。
㊳ 官命促尔耕：官长命令催促你们耕田。
㊴ 勖（xù）：勉励。
㊵ 缫（sāo）：抽茧出丝。 绪：丝头。
㊶ 缕（lǚ）：线。
㊷ 字：养育。
㊸ 遂：生长，引申为喂大的意思。
㊹ 辍（chuò）：停止。 飧（sūn）：晚饭。 饔（yōng）：早饭。 劳：慰劳。
㊺ 怠：疲乏。
㊻ 吾业者：我的同行（上文中的"他植者"）。 其：大概。 亦有类乎：也相类似吧。
㊼ 嘻：悲叹声。
㊽ 不亦善夫：这不是很好吗！

【简析】

　　郭橐驼是一个善于种树的工匠，他的办法是顺着树木的天性，使它合乎规律地生长。他反对"爪其肤以验其生枯，摇其本以观其疏密"的那种方法，认为那反而会把树木戕伤了。作者把这个道理加以引申，指出当时执政的人口头上尽管说要安民，而实际上却处处在扰民。这篇文章作于贞元末，柳宗元正积极参与以王叔文为首的一派的政治革新活动。

　　这篇文章通过浅显明白的对话来说明深刻的道理，笔调活泼生动。直到篇末的"吾问养树，得养人术"两句，才点明了中心思想；最末一句"传其事以为官戒"则表明作者写作的目的。

童区寄传

柳先生曰：越①人少恩，生男女，必货视之②。自毁齿③以上，父兄鬻卖以觊④其利。不足，则盗取他室⑤，束缚钳梏⑥之。至有须鬣者⑦，力不胜，皆屈为僮。当道相贼杀⑧以为俗。幸得壮大，则缚取幺弱者⑨。汉官因以为己利⑩，苟⑪得僮，恣⑫所为，不问。以是越中户口滋耗⑬。少得自脱，惟童区寄以十一岁胜⑭，斯亦奇矣。桂部从事杜周士⑮为余言之。

童寄者，郴州荛牧儿⑯也。行牧且荛⑰，二豪贼劫持反接⑱，布囊⑲其口，去逾四十里之墟所⑳卖之。寄伪儿啼，恐栗为儿恒状㉑。贼易㉒之，对饮，酒醉。一人去为市㉓，一人卧，植㉔刃道上。童微伺㉕其睡，以缚背刃，力下上，得绝㉖；因取刃杀之。逃未及远，市者还，得童，大骇，将杀僮。遽㉗曰："为两郎㉘僮，孰若㉙为一郎僮耶？彼不我恩㉚也。郎诚见完与恩㉛，无所不可。"市者良久计曰："与其杀是僮，孰若卖之？与其卖而分，孰若吾得专焉？幸而杀彼，甚善。"即藏其尸，持童抵主人所。愈束缚，牢甚。夜半，童自转，以缚即㉜炉火烧绝之，虽疮手勿惮㉝；复取刃杀市者。因大号，一墟皆惊。童曰："我区氏儿也，不当为僮。贼二人得我，我幸皆杀之矣！愿以闻于官㉞。"

墟吏白州㉟，州白大府㊱。大府召视儿，幼愿㊲耳。刺史颜证㊳奇之，留为小吏，不肯。与衣裳，吏护还之乡㊴。乡之行劫缚者㊵，侧目㊶莫敢过其门，皆曰："是儿少秦武阳㊷二岁，而讨㊸杀二豪，岂可近耶！"

【注释】

① 越：指浙江到广东、广西一带地区。
② 货视之：把他们看作可以买卖的货物。
③ 毁齿：换去乳牙（八岁）。
④ 鬻（yù）卖：出卖。 觊（jì）：贪图。
⑤ 他室：别家（的孩子）。
⑥ 钳：用铁箍束颈。 梏（gù）：用手械铐手。
⑦ 至有须鬣（liè）者：甚至也有（绑捉了）长了胡须的成年人。鬣，长须。
⑧ 当道：在大路上。 贼杀：伤残杀害。
⑨ 则缚取幺（yāo）弱者：又去劫夺别的幼童。幺弱者，幼稚弱小的。
⑩ 汉官：汉人官吏。在少数民族聚居的地区，唐朝统治者用汉官管理他们。因以为己利：借此为自己谋利。
⑪ 苟：如果。
⑫ 恣：放纵。
⑬ 滋耗：更加减少。
⑭ 这两句说：很少能够自己逃脱的，只有十一岁的幼童区寄能胜利脱身。
⑮ 桂部从事杜周士：他在元和（806—820）年间做桂管从事。桂部，桂管，当时的"岭南五管"之一（唐高宗永徽以后，分岭南道为广州、桂州、容州、邕州、交州五都督府，总称岭南五管。桂管即桂州都督府）。从事，官名，州刺史的助手。
⑯ 郴（chēn）州：今湖南省郴县。荛（ráo）牧儿：打柴放牛的孩子。
⑰ 行牧且荛：正在边放牛边打柴。
⑱ 豪贼：强盗。 劫持：绑架。 反接：倒背双手捆绑起来。
⑲ 囊：用布蒙住。
⑳ 墟所：集市。
㉑ 恐栗：恐惧战抖。 恒状：常态。
㉒ 易：轻视。
㉓ 为市：谈买卖，指找买主。
㉔ 植：插。
㉕ 微伺：偷偷地等候着。
㉖ 以缚背刃，力下上，得绝：把捆他的绳子靠在刀口上，用力一下一上的，弄断了绳子。
㉗ 遽（jù）：急忙。
㉘ 郎：指主人。

㉙ 孰若：何如。
㉚ 彼不我恩：他不以恩德待我。
㉛ 诚见完与恩：果真能加以保全并施以恩德。
㉜ 即：靠近。
㉝ 疮：通"创"，伤。 惮（dàn）：怕。
㉞ 以闻于官：把这件事报告给官府。
㉟ 白州：报告州里。
㊱ 大府：唐朝的节度使或观察使管几个州，称为大府。

㊲ 幼愿：幼稚老实。
㊳ 颜证：人名。唐德宗贞元二十年（804），任桂州刺史、桂管观察使。
㊴ 护还之乡：护送回到家乡。
㊵ 行劫缚者：做劫掠财物绑架幼童勾当的人。
㊶ 侧目：不敢正视，这里有敬畏之意。
㊷ 少：年纪小于。 秦武阳：战国时燕国的勇士。
㊸ 讨：惩罚。

【简析】

　　唐朝中期后，连年战争，强迫百姓当兵和服劳役，加以名目繁多的苛捐杂税，压榨得百姓喘不过气来，死亡很多，全国人口大为减少。能够生存的也经常感到生活的威胁，边远地区竟有人专门以贩卖人口牟利的。而当时岭南五管和福建、黔中等道的"汉官"，竟也掠买当地的幼童，称为"南口"，去献给朝廷或送给权贵。这种罪恶行为，更助长了当地掠夺和买卖人口的陋俗。这篇文章便是揭露出这种掠卖人口以致户口减少的情况，并且指出"汉官因以为己利"，反映了当时人民在苛税、暴政下的又一苦难。文章歌颂一个十一岁儿童区（ōu）寄，机智勇敢地杀死了两个暴徒，救出了自己，刻画了一个英勇的少年形象。

段太尉逸事状①

太尉始为泾州刺史②时，汾阳王以副元帅居蒲③，王子晞为尚书④，领行营节度使⑤，寓军邠州⑥，纵士卒无赖⑦。邠人偷嗜暴恶者⑧，卒以货窜名⑨军伍中，则肆志⑩，吏不得问。日群行丐取⑪于市，不嗛⑫，辄⑬奋击折人手足，椎釜鬲瓮盎⑭盈道上，把臂徐去；至撞杀孕妇人。邠宁节度使白孝德以王故⑮，戚⑯不敢言。太尉自州以状白府⑰，愿计事。至则曰："天子以生人付公理⑱，公见人被暴害，因恬然⑲，且⑳大乱，若何？"孝德曰："愿奉教。"太尉曰："某为泾州，甚适，少事，今不忍人无寇暴死，以乱天子边事。公诚以都虞候命某者㉑，能为公已㉒乱，使公之人不得害。"孝德曰："幸甚。"如太尉请。

既署㉓一月，晞军士十七人入市取酒，又以刃刺酒翁，坏酿器，酒流沟中。太尉列卒取㉔十七人，皆断头注槊㉕上，植㉖市门外。晞一营大噪，尽甲㉗。孝德震恐，召太尉曰："将奈何？"太尉曰："无伤㉘也，请辞于军㉙。"孝德使数十人从太尉，太尉尽辞去，解佩刀，选老躄者一人持马㉚，至晞门下。甲者出，太尉笑且入，曰："杀一老卒㉛，何甲也㉜？吾戴吾头来矣。"甲者愕㉝。因谕曰："尚书固负若属耶㉞？副元帅固负若属耶？奈何欲以乱败郭氏？为白尚书，出听我言。"晞出见太尉。太尉曰："副元帅勋塞天地㉟，当务始终㊱；今尚书恣卒为暴㊲，暴且乱，乱天子边，欲谁归罪㊳？罪且及副元帅。今邠人恶子弟以货窜名军籍中，杀害人，如是不止，几日不大乱？大乱由尚书出，人皆曰尚书倚副元帅不戢㊴士，然则郭氏功名其与存者几何？"言未毕，晞再拜曰："公幸教晞以道，恩甚大，愿奉军以从。"顾叱㊵左右曰："皆解甲，散还火伍㊶中。敢哗者死！"太尉曰："吾未晡食㊷，请假设草具㊸。"既食，曰："吾疾作，愿留宿门下。"命持马者去，旦日来。遂卧军中。晞不解衣，戒候卒击柝㊹卫太尉。旦俱至孝德所，谢不能㊺，请改过。邠州由是无祸。

先是太尉在泾州为营田官㊻，泾大将焦令谌㊼取人田，自占数十顷，给与农曰："且熟，归我半㊽。"是岁大旱，野无草，农以告谌。谌曰："我知入数而已，不知旱也。"督责㊾益急，农且饥死，无以偿，即告太尉。太尉判状，辞甚巽㊿，使人来谕(51)谌。谌盛怒，召农者曰："我畏段某耶？何敢言我！"取判(52)铺背上，以大杖击二十，垂死，舆(53)来庭中。太尉大泣曰："乃我困汝(54)！"即自取水洗去血，裂裳衣(55)疮，手注(56)善药，旦夕自哺(57)农者，然后食。取骑马卖，市⁵⁸谷代偿，使勿知。淮西寓军帅尹少荣，刚直士也。入见谌，大骂曰："汝诚人耶⁵⁹！泾州野如赭⁶⁰，人且饥死，而必得谷；又用大杖击无罪者。段公，仁信大人也，而汝不知敬。今段公唯一马，贱卖市谷入汝，汝又取不耻。凡为人傲天灾，犯大人⁶¹，击无罪者，又取仁者谷，使主人⁶²出无马，汝将何以视天地？尚不愧奴隶耶！"谌虽暴抗⁶³，然闻言则大愧，流汗不能食，曰："吾终不可以见段公。"一夕，自恨死⁶⁴。

及太尉自泾州以司农征⁶⁵，戒其族：过岐⁶⁶，朱泚幸致货币⁶⁷。慎勿纳。及过，朱泚固致大绫三百匹。太尉婿韦晤坚拒，不得命⁶⁸。至都，太尉怒曰："果不用吾言！"晤谢曰："处贱⁶⁹，无以拒也⁷⁰。"太尉曰："然终不以在吾第。"以如司农治事堂⁷¹，栖⁷²之梁木上。泚反，太尉终，吏以告泚。泚取视，其故封识具存⁷³。

太尉逸事如右。

元和九年月日，永州司马员外置同正员⁷⁴柳宗元谨上史馆。今之称太尉大节者，出入⁷⁵以为武人，一时奋不虑死，以取名天下。不知太尉之所立⁷⁶如是。宗元尝出入岐、周、邠、鄜⁷⁷间，过真定，北上马岭⁷⁸历亭鄣堡戍⁷⁹，窃好问老校退卒⁸⁰，能言其事。太尉为人姁姁⁸¹，常低首拱手行步，言气卑弱，未尝以色待物⁸²。人视之，儒者也。遇不可⁸³，必达其志，决非偶然⁸⁴者。会州刺史崔公⁸⁵来，言信行直⁸⁶，备得太尉遗事，复校⁸⁷无疑。或恐尚逸坠⁸⁸，未集太史氏⁸⁹，敢以状私于执事⁹⁰。谨状。

【注释】

① 段太尉：名秀实，字成公，唐汧（qiān）阳（在今陕西省千阳县）人。因为安定边境有功，做到泾（jǐng）原郑颍（yǐng）节度使。军阀朱泚（cǐ）谋反，他在一天议事的时候，猛然用手里的笏（hù）击朱泚的头部，并大骂他是狂贼，因而被害。后来被追封为太尉。 逸事：散佚未经记载的事迹。 状：行状，叙述死者生平事迹的一种文体。
② 泾州：在今甘肃省泾川县北。 刺史：州的长官。段秀实始为泾州刺史在唐代宗广德二年（764）。
③ 汾阳王：唐朝著名大将郭子仪。 副元帅：郭子仪曾以汾阳郡王的身分，任关内河东副元帅、河中节度使。节度使是唐代官名，统领某些州、道的军事、行政、财政等事，用人理财都可以自主，权力很大，历史上称为"藩镇"。 居蒲：驻扎在蒲州（今山西省永济县）。
④ 王子晞：郭子仪的三儿子郭晞。当时他的官衔是御史中丞，不是尚书。后来才任工部尚书，死后赠兵部尚书。
⑤ 领：兼任。 行营：副元帅行营。这时郭子仪自行营入朝，让郭晞兼代河中节度使。
⑥ 寓军：在辖区之外驻军。 邠（bīn）州：今陕西省彬县。
⑦ 纵：放纵。 无赖：强横不法。
⑧ 偷嗜暴恶者：狡猾、贪婪、凶暴、邪恶的坏人。
⑨ 卒（cù）：同"猝"，骤然。 货：钱财，指贿赂。 窜名：藏匿名字，即"混进去"的意思。
⑩ 肆志：放肆妄为。
⑪ 丐取：这里有强讨的意思。
⑫ 慊（qiè）：通"慊"，满足。
⑬ 辄：总是。
⑭ 椎（chuí）：敲击。 釜（fǔ）、鬲（lì）、瓮（wèng）、盎：泛指锅子、瓦瓶、坛子和瓦盆。
⑮ 白孝德：安西（在今新疆维吾尔自治区吐鲁番西）人，当时任邠宁节度使。 以王故：因为汾阳王的缘故。郭子仪功大官高，白孝德当时又受他节制，所以有顾忌。
⑯ 戚：忧虑。
⑰ 这句说：段太尉从泾州以官文书禀报邠宁节度使衙署。白，禀报。府，指的是白孝德官邸。
⑱ 生人：生民，百姓。 付公理：交给您治理。
⑲ 因：仍旧。 恬（tián）然：安适的样子。
⑳ 且：即将。
㉑ 这句说：您如果拿都虞候的职位叫我担任的话。都虞候，官名，主管惩治不守法纪的人。
㉒ 已：止。
㉓ 署：暂代官职。
㉔ 列卒：布置士兵。 取：捉获。
㉕ 注：附着（这里有挂的意思）。 槊（shuò）：长矛，古代的一种兵器。
㉖ 植：（把槊）树立在。
㉗ 尽甲：都披了打仗时防身的甲。

㉘ 无伤：不要紧。
㉙ 请辞于军：请（让我）到军队中进行说服。辞，说，讲话。
㉚ 老躄（bì）者：年老而脚有病的人。持马：牵马。
㉛ 一老卒：一个老兵，这里是段太尉自称。
㉜ 何甲也：何必披上甲呢？
㉝ 愕（è）：猛然一惊。
㉞ 固负若属耶：难道亏负了你们吗？
㉟ 勋塞天地：功勋充满了天地间（强调郭子仪功劳大而且多）。
㊱ 当务始终：应当力求有始有终。
㊲ 恣卒为暴：放纵士兵做坏事。
㊳ 欲谁归罪：要归罪于谁？
㊴ 倚：倚仗。 戢（jí）：约束。
㊵ 顾：回头。 叱（chì）：呵责。
㊶ 火伍：队伍。唐朝制度，十人为火，五人为伍。
㊷ 晡（bū）食：晚餐。晡，下午三点到五点。
㊸ 请假设草具：请容许办点粗劣的食物。这是客气话。
㊹ 戒：严令。 候卒：担任警卫的士兵。 柝（tuò）：打更用的木梆。
㊺ 谢不能：道歉说自己没有（治军的）才能。
㊻ 先是：在这件事情之前。 营田官：官名。白孝德初任邠宁节度使时，任命段秀实做度支营田副使。
㊼ 谌：音 chén。
㊽ 且熟：将来（庄稼）成熟了。
㊾ 督责：催逼。
㊿ 巽（xùn）：委婉。
(51) 谕：劝解。
(52) 判：判的状辞。
(53) 舆：抬。
(54) 乃我困汝：是我害你。
(55) 衣：裹。
(56) 注：敷上。
(57) 哺（bǔ）：喂。
(58) 市：买。
(59) 汝诚人耶：你当真是人吗！
(60) 赭（zhě）：赤土。原野像赤土，形容旱灾严重。
(61) 傲：轻慢。 大人：有德的人。
(62) 主人：指段秀实，因为他是当地的地方官。
(63) 暴抗：凶暴高傲。
(64) 一夕，自恨死：按《旧唐书》大历八年（773），焦令谌还做泾原兵马使。这里是作者误记。
(65) 司农：司农卿，主管储粮和供应国家用粮的官。段秀实被征召为司农卿是在泾原节度使任上，时间是唐德宗建中元年（780）。 征：升调。
(66) 岐：在今陕西省凤翔县，朱泚当时就驻军在那一带地方。
(67) 朱泚：当时任凤翔尹，后来背叛唐朝。 幸致货币：幸蒙（朱泚）赠送财物。
(68) 不得命：没有能推辞掉。
(69) 处贱：处在低微的地位。
(70) 无以拒也：没法拒绝。
(71) 如：送到。 治事堂：办公大堂。
(72) 栖：安放。
(73) 这句说：原先包装的标记完全存在。识（zhì），记号。
(74) 元和：唐宪宗年号（806—820）。 永州司马员外置同正员：这是柳宗元当时的官职。员外置，在规定员额以外设置的官。同正员，地位待遇相同于正员。
(75) 出入：不外乎。有不出某个范围的意思。
(76) 所立：指太尉的律己和处事。
(77) 出入：往来。 岐、周、邠、斄（tái）：这些地方都在今陕西省内。
(78) 真定：治所在今河北省正定县。 马岭：马岭山，在今甘肃省庆阳市西北。
(79) 亭鄣：设在边塞上险要地方的岗亭和小城。 堡戍：守卫的掩蔽物。
(80) 窃：私下。 老校：老军官。 退卒：

⑧ 退伍的士兵。
⑧ 姁（xǔ）姁：和气而容易接近的样子。
⑧ 以色待物：用疾言厉色对待人。
⑧ 不可：不合理的事。
⑧ 偶然：随便附和。
⑧ 会：恰巧，适逢。 崔公：崔能。元和九年（814）任永州刺史。
⑧ 言信行直：语言信实，行为正直。指崔公。
⑧ 复校：反复核对。
⑧ 逸坠：散失遗漏。
⑧ 太史氏：史官。
⑨ 私于执事：私下送给您。执事，尊敬对方的称呼，这里实际是指韩愈，时任职史馆。

【简析】

这篇逸事状是搜集有关段秀实的事迹，用"行状"这一文体写出来，供给写历史传记的人作为依据。后来《新唐书》的《段秀实传》，就将这些事实写了进去。

这篇文章写的逸事共三件：段秀实勇于任事，不怕郭晞部下的横暴，整饬军纪；卖马代农民偿还租谷；拒绝朱泚赠送的礼物。这些事实都突出了一个刚正、厚道、有节操的人物形象。柳宗元把段秀实当作他的政治理想人物来写，同时也反映了当时将帅士卒的暴横，阶级剥削惨重，人民陷于苦难之中的社会情况。在写法上，材料的剪裁，记事记言的细密生动，都有可以取法的地方。

始得西山宴游记

　　自余为僇人①，居是州②，恒惴栗③。其隟④也，则施施⑤而行，漫漫⑥而游。日与其徒⑦上高山，入深林，穷回溪⑧；幽泉怪石，无远不到。到则披草而坐，倾壶而醉，醉则更相枕⑨以卧。卧而梦，意有所极，梦亦同趣⑩。觉而起，起而归。以为凡是州之山水有异态⑪者，皆我有也，而未始知西山之怪特⑫。

　　今年九月二十八日，因坐法华西亭⑬，望西山，始指异之⑭。遂命仆人过湘江⑮，缘染溪⑯，斫榛莽⑰，焚茅茷⑱，穷山之高而止。攀援而登，箕踞而遨⑲，则凡数州之土壤⑳，皆在衽席之下㉑。其高下之势，岈然洼然㉒，若垤㉓若穴，尺寸千里㉔，攒蹙累积㉕，莫得遁隐㉖。萦青缭白㉗，外与天际㉘，四望如一。然后知是山之特立，不与培塿㉙为类。悠悠乎与颢气俱而莫得其涯㉚，洋洋乎与造物者游而不知其所穷㉛。

　　引觞满酌㉜，颓然㉝就醉，不知日之入。苍然暮色，自远而至㉞。至无所见，而犹不欲归。心凝形释㉟，与万化冥合㊱。然后知吾向㊲之未始游，游于是乎始，故为之文以志㊳。是岁元和四年㊴也。

【注释】

① 僇（lù）人：即僇民，遭到刑辱的罪人。柳宗元贬官永州，所以这样自称。
② 是州：指永州。
③ 惴（zhuì）栗：忧惧不安。
④ 隙：空闲的时候。
⑤ 施施：徐行的样子。
⑥ 漫漫：随意地，没有目的地。
⑦ 徒：指跟随着自己的一些人，这里就是同游者。
⑧ 穷：尽。 回溪：回环曲折的溪流。
⑨ 相枕：互相靠着。
⑩ 意有所极，梦亦同趣：意中所能想到的，做梦也做到一块儿去。
⑪ 异态：奇异特殊的样子。
⑫ 未始：不曾。 怪特：奇怪独特。
⑬ 法华西亭：法华寺西边的亭子。
⑭ 指异之：指看（西山）以为奇特。
⑮ 湘江：又名湘水，发源于广西壮族自治区兴安县海阳山，最后流入湖南省洞庭湖，长八百多公里。
⑯ 缘：沿着。 染溪：零陵县西潇水的支流。
⑰ 榛（zhēn）莽：丛生的草木。
⑱ 茅茷（fá）：茅草。茷，草叶茂盛。
⑲ 箕踞：坐时两腿伸开，形似簸箕。这在古人是一种不大有礼貌的坐法，常表示倨傲或适意忘形。 遨：游览。
⑳ 土壤：土地。
㉑ 衽（rèn）席：席子。
㉒ 岈（xiā）然：山深的样子。 洼（wā）然：山谷低洼的样子。
㉓ 垤（dié）：蚂蚁做窝时所堆的小土堆。也泛指小土堆。
㉔ 尺寸千里：从西山上望出去，眼前景物虽只有尺寸一般大小，但可能有千里远近。
㉕ 攒（zǎn）蹙（cù）累积：这里是说将景物聚集收拢在一道。攒，聚集。蹙，收缩。
㉖ 遁隐：隐藏。
㉗ 萦（yíng）青缭白：围绕着青白色的色彩。萦、缭，都是围绕的意思。
㉘ 际：连接。
㉙ 培塿（lóu）：小土堆。
㉚ 悠悠乎：悠闲的样子。 颢气：大自然之气。 俱：同在一起。 涯：边际。
㉛ 洋洋乎：完美的样子。 造物者：指创造万物的天地。 游：交游，来往。 穷：尽期，尽头。
㉜ 引觞（shāng）满酌：拿起酒杯来倒了满满的一杯酒。觞，酒杯。
㉝ 颓然：醉倒的样子。
㉞ 这两句说：灰白青苍的傍晚时的天色，从远远的地方渐渐来到。苍然，白而带青灰色，形容傍晚天色。
㉟ 心凝形释：形神都忘的意思。
㊱ 与万化冥合：好像自己融化在万物里，跟万物合而为一。万化，万物。冥合，暗合。
㊲ 向：从前。
㊳ 志：记。
㊴ 是岁：这一年。 元和四年：公元809年。元和，唐宪宗年号。

【简析】

柳宗元是刻画山水的能手，他的游记有鲜明的特色。他不是客观地描绘大自然，而是把自己的生活遭遇和在政治上受迫害的悲愤心情渗透进去。每篇游记中，都可以或隐或显地看出作者的身影。游记中固然有在政治上受到打击后孤独伤感的情绪，但同样也寄托着作者讽刺时弊、抒发抱负的情怀。他在山水的描写上，有细微的观察与深切的体验，语言清丽，形象鲜明，在描写山水的技巧方面，很值得取法。

柳宗元被贬到永州，写了著名的"永州八记"。这八篇游记各自成篇，但前后联贯，构成一个整体。《始得西山宴游记》是第一篇，一开头写他贬官后的忧惧心情，结尾写出山水之美，使他忘记一切思虑。这就很明显地使我们看出他是借描写山水来寄托悲愤抑郁的情绪。这篇文章主要是写西山的美，但他没有写西山上的景物，却用力来写在山顶上看到的景物，写出登高望远的开阔境界，使人神往。

钴鉧潭西小丘记

得西山后八日，寻山口西北道二百步①，又得钴鉧潭。潭西二十五步，当湍而浚者为鱼梁②。梁之上有丘焉，生竹树。其石之突怒偃蹇③，负土④而出，争为奇状者，殆不可数⑤：其嵚然相累而下者⑥，若牛马之饮于溪；其冲然角列而上者⑦，若熊罴之登于山⑧。

丘之小不能⑨一亩，可以笼而有之⑩。问其主，曰："唐氏之弃地，货而不售⑪。"问其价，曰："止四百⑫。"余怜而售之⑬。李深源、元克己⑭时同游，皆大喜，出自意外⑮。即更取器用⑯，铲刈秽草⑰，伐去恶木，烈火而焚之。嘉木立，美竹露，奇石显。由其中以望，则山之高，云之浮，溪之流，鸟兽鱼之遨游⑱，举熙熙然回巧献技⑲，以效兹丘之下⑳。枕席而卧㉑，则清泠之状与目谋㉒，瀯瀯之声与耳谋㉓，悠然㉔而虚者与神谋，渊然㉕而静者与心谋。不匝旬而得异地者二㉖，虽古好事之士，或未能至焉。

噫！以兹丘之胜，致之沣、镐、鄠、杜㉗，则贵游之士㉘争买者，日增千金而愈不可得㉙。今弃是州也，农夫渔父过而陋之㉚。价四百，连岁不能售㉛。而我与深源、克己独喜得之，是其果有遭㉜乎？书于石，所以贺兹丘之遭也。

【注释】

① 寻：顺着。 道：在道上走。 步：古代长度单位，历代不一，秦制以六尺为步，旧制以营造尺五尺为步。
② 当湍（tuān）而浚者：正当水流急而深的地方。 鱼梁：阻水的堰，用石头垒成，中间留有空洞，把捕鱼的竹笱（gǒu）放在空洞处，可以捕鱼。
③ 突怒：突起似怒，形容石头耸起。 偃蹇（yǎn jiǎn）：形容石头屈曲起伏。
④ 负土：背着土。
⑤ 殆不可数：多得几乎数不清。
⑥ 嵚（qīn）然：石头耸立的形状。 相累：重叠。 下：其势向下。
⑦ 冲然：向前进的样子。 角列：斜列。 上：其势向上。
⑧ 这句说：（石头）像熊罴向山上爬。
⑨ 不能：不足，不到。
⑩ 笼而有之：把山装在笼子里而占有它，形容其小。
⑪ 货：出卖。 不售：卖不出去。
⑫ 止：仅仅。 四百：当是四百文。
⑬ 怜：爱。 售之：这里是买下它的意思。
⑭ 李深源、元克己：都是柳宗元的友人。
⑮ 出自意外：（用低廉的价钱买下这个小丘）出于意料之外。
⑯ 更（gēng）取：轮流更替地拿着。 器用：器物，这里指锄头、镰刀等工具。
⑰ 铲：削，平。 刈（yì）：割。 秽草：荒草。
⑱ 遨游：自由自在地游荡。指鸟飞、兽走、鱼游。
⑲ 举：全，都。 熙熙然：和乐的样子。 回巧献技：呈献出种种巧妙的技艺。
⑳ 效：呈献。 兹：此。
㉑ 枕席而卧：（在小丘上）铺席设枕而躺下。
㉒ 清泠（líng）：形容水色清凉。 与目谋：同眼睛接触。
㉓ 潆（yíng）潆：形容水回流的声韵。
㉔ 悠然：形容遥远空虚。
㉕ 渊然：形容静默。
㉖ 不匝（zā）旬：没有超过十天。 异地者二：奇特的地方两处，一指西山，一指钴鉧潭及小丘。
㉗ 致之：把它放在。 沣、镐（hào）、鄠（hù）、杜：地名，都在长安附近，唐朝时候是豪门贵族居住的地方。
㉘ 贵游之士：这里泛指一般豪门贵族。
㉙ 这句说：每日增添千金的重价而更加不能买到手。
㉚ 过而陋之：走过而看不起它。
㉛ 连岁：连年。
㉜ 遭：际遇，遭遇。

【简析】

　　钴𬭁潭西的小丘，有嘉木、美竹、奇石、流水等种种胜景，由于秽草、恶木的包围遮蔽，成为"唐氏之弃地"。柳宗元借以自喻受到排挤，贬谪远方，成为唐朝的"僇人"，像小丘一样受人轻视。最后祝贺小丘得到自己和友人的赏识，暗衬出自己有抱负有才能而沦落至此，抒发了被贬谪的愤懑。

　　在这篇游记中，把小丘上的奇石，比作"牛马饮于溪"，"熊罴登于山"，就把死的石头写活了。这种状貌而又传神的写法，把景色写得像一幅浮雕，引人入胜。

小石潭记

从小丘西行百二十步，隔篁竹①，闻水声，如鸣佩环②，心乐之。伐竹取道，下见小潭，水尤清冽③。全石以为底④，近岸，卷石底以出⑤，为坻，为屿，为嵁，为岩⑥。青树翠蔓⑦，蒙络摇缀⑧，参差披拂⑨。

潭中鱼可百许头，皆若空游无所依。日光下澈⑩，影布石上⑪，佁然⑫不动；俶尔远逝⑬，往来翕忽⑭，似与游者相乐。

潭西南而望，斗折蛇行，明灭可见⑮。其岸势犬牙差互⑯，不可知其源。

坐潭上，四面竹树环合，寂寥无人，凄神寒骨⑰，悄怆幽邃⑱。以其境过清⑲，不可久居，乃记之而去。

同游者：吴武陵，龚古，余弟宗玄。隶而从者⑳，崔氏二小生㉑：曰恕己，曰奉壹。

【注释】

① 篁竹：成林的竹子。
② 如鸣佩环：好像人身上佩带的玉佩、玉环相碰撞发出的声音。佩、环，都是玉做的装饰品。
③ 清冽（liè）：清凉。
④ 全石以为底：（潭）以整块石头为底。
⑤ 近岸，卷石底以出：靠近岸的地方，石底有些部分翻卷过来，露出水面。
⑥ 为坻（chí），为屿（yǔ），为嵁（kān），为岩：成为坻、屿、嵁、岩各种不同

的形状。坻、屿都高出水面；屿，小岛，比坻大。嵁，不平的岩石。岩，岩石。
⑦ 翠蔓：绿色的茎蔓。
⑧ 蒙络摇缀（zhuì）：（茎蔓）覆盖缠绕，摇动下垂。
⑨ 参差披拂：参差不齐地随风飘荡。
⑩ 下澈：照到水底。
⑪ 影布石上：鱼的影子布满在石头上。
⑫ 怡（yí）然：呆呆的样子。
⑬ 俶（chù）尔远逝：忽然远远地游开了。
⑭ 翕（xī）忽：形容轻快。
⑮ 斗折蛇行，明灭可见：溪水弯弯曲曲，像北斗星那样曲折，像蛇爬行那样弯曲，或显或隐，一段看得见，一段看不见。
⑯ 犬牙差互：像狗的牙齿那样互相交错。
⑰ 凄神寒骨：感到心神凄凉，寒气透骨。
⑱ 悄怆（qiǎo chuàng）幽邃（suì）：幽深寂静的境界，使人感到忧伤。悄怆，忧伤。邃，深。
⑲ 过清：太凄清，太冷寂。
⑳ 隶而从者：作为随从的人跟着来的。
㉑ 崔氏二小生：姓崔的两个青年人。

【简析】

　　《小石潭记》是"永州八记"里的第四篇。原题为《至小丘西小石潭记》。文章抓住小石潭的特色，分两部分来写：一是写潭；二是写潭上景物。写潭，着重写潭水游鱼，没有一笔写到水，但是他写鱼的静态和动态，使人感到明净澄澈的潭水，如在目前。写潭上景物，先写小溪，后写幽静的境界，在写景中抒写了作者当时的心情。

与李翰林建①书

杓直足下：州传遽至②，得足下书，又于梦得③处得足下前次一书，意皆勤厚④。庄周⑤言，逃蓬藋者⑥，闻人足音，则跫然喜⑦。仆在蛮夷中⑧，比⑨得足下二书，及致药饵⑩，喜复何言。仆自去年八月来，痞疾稍已⑪，往时间一二日作⑫，今一月乃二三作。用南人槟榔余甘⑬，破决壅隔⑭太过，阴邪⑮虽败，已伤正气，行则膝颤，坐则髀痹⑯。所欲者补气丰血，强筋骨，辅心力⑰。有与此宜者，更致数物，忽得良方偕至益善⑱。

永州于楚⑲为最南，状与越⑳相类。仆闷即出游，游复多恐。涉野则有蝮虺㉑、大蜂，仰空视地，寸步劳倦。近水即畏射工、沙虱㉒，含怒窃发㉓，中人形影，动成疮痏㉔。时到幽树好石，暂得一笑，已复不乐。何者？譬如囚拘圜土㉕，一遇和景㉖，负墙搔摩㉗，伸展肢体，当此之时，亦以为适㉘。然顾地窥天，不过寻㉙丈，终不得出，岂复能久为舒畅哉？明时㉚百姓，皆获欢乐，仆士人，颇识古今理道㉛，独怆怆㉜如此！诚不足为理世下执事㉝，至比愚夫愚妇，又不可得，窃自悼也㉞！

仆曩时㉟所犯，足下适在禁中㊱，备观本末，不复一一言之。今仆癃残顽鄙㊲，不死幸甚！苟为尧人㊳，不必立事程功㊴，唯欲为量移官㊵，差轻罪累㊶；即便耕田艺麻㊷，取老农女为妻，生男育孙，以供力役；时时作文，以咏太平。摧伤㊸之余，气力可想。假令病尽已，身复壮，悠悠人世，越不过为三十年客耳㊹！前过三十七年，与瞬息无异，复所得者㊺，其不足把玩，亦已审㊻矣。杓直以为诚然㊼乎？

仆近求得经史诸子㊽数百卷，当候战悸㊾稍定，时即伏读㊿，颇见圣人用心，贤士君子立志之分㊽。著书亦数十篇，心病，言少次第㊽，不足远寄，但用自释㊽。贫者，士之常，今仆虽羸馁㊽，亦甘如饴㊽矣。足下言：已白常州煦㊽仆，仆岂敢众人待常州㊽耶？若众人，即不复煦仆矣；然常州未尝有书遗㊽仆，仆安敢先㊽焉？裴应叔、萧思谦㊽，仆各有书，足下求取观之，相戒勿示人。敦诗㊽在近地，简人事㊽，今不能致书，足下默㊽以此书见之。勉尽志虑㊽，辅成一王之法㊽，以宥罪戾㊽。不悉㊽。宗元白。

【注释】

① 李翰林建：李建，字杓（biāo）直，曾任翰林学士。
② 州传（zhuàn）：州里的传车（古代驿站的专用车辆，也可以带信）。 遽（jù）至：忽然来到。
③ 梦得：刘禹锡，他与柳宗元一同参加王叔文政治集团，这时也被贬了官。
④ 勤厚：殷勤深厚。
⑤ 庄周：庄子，名周。战国时期唯心主义哲学家，道家的代表人物。

⑥ 逃蓬藋（diào）者：逃身于草莽荒僻之地的。
⑦ 则跫（qióng）然喜：自己走路时脚也踏地作声地高兴起来。
⑧ 仆：古时对人的一种谦称。 蛮夷中：这里指有少数民族居住的永州。
⑨ 比（bì）：近来。
⑩ 药饵：药物。
⑪ 痞（pǐ）疾：胸腹间气机阻塞不舒的病症。 已：停止。
⑫ 间（jiàn）：隔开。 作：发作。
⑬ 南人：南方人。 槟榔：中药名，主治虫积、食滞、水肿、脚气等病。 余甘：中药名，主治风虚热气，上气咳嗽。
⑭ 壅（yōng）隔：体内气血不通。
⑮ 阴邪：指寒、湿等邪气。寒、湿致病，易伤阳气，阻滞气化活动，所以叫阴邪。
⑯ 髀（bì）：大腿及股部。 痹（bì）：指由风、寒、湿三种邪气侵犯经络骨节而引起的肢体肿痛或麻木的病症。
⑰ 辅心力：增强心脏的力量。
⑱ 偕至：同来。 益善：更好。
⑲ 楚：泛指长江中下游以南的地区。
⑳ 越：这里指两广地区。
㉑ 涉野：到野地里。 蝮虺（fù huǐ）：蝮蛇。
㉒ 射（yè）工：一种虫，据说它喷气射人，射中的地方就生毒疮，射中人影也能致病。 沙虱：一种水中小虫，据说在雨后，人从沙上走过，它像毛发一样粘着在人身上，深刺到人的皮里。
㉓ 窃发：不知不觉地发作。
㉔ 疮痏（wěi）：疮伤。
㉕ 圜（yuán）土：牢狱。
㉖ 和景：风和日暖。
㉗ 负墙：背靠着墙。 搔摩：摩擦搔痒。
㉘ 适：舒适。
㉙ 寻：八尺长。

㉚ 明时：治平之世（对当时社会的称美之辞）。
㉛ 理道：治天下的道理。唐朝人避唐高宗李治讳，用"理"代"治"。
㉜ 怆怆：失意貌。
㉝ 理世：治平之世。 下执事：小官。
㉞ 窃自悼也：私下自己哀叹。
㉟ 曩（nǎng）时：过去。
㊱ 适在禁中：刚巧在宫廷中（做翰林学士）。
㊲ 癃（lóng）残顽鄙：弯腰曲背，身体衰残。
㊳ 尧人：唐尧时代的百姓。尧，传说中上古贤明的君主。
㊴ 立事程功：对事业有成就，从而考核劳绩。程，计量。
㊵ 量移官：调一近职。量移，唐代被贬到远方的官吏遇赦调到近处任职。
㊶ 差轻罪累：稍微减轻一点罪罚和劳累。
㊷ 艺麻：种麻。
㊸ 摧伤：身体受到摧残毁伤。
㊹ 这句说：不过再做三十年世间的客人罢了。越，语助词。
㊺ 复所得者：以后还能得到的（年岁）。
㊻ 审：明显。
㊼ 诚然：实在是这样。
㊽ 经史诸子：经书、史书及先秦各派学者的著作。
㊾ 战悸（jì）：发抖心跳。
㊿ 伏读：伏案阅读。
㉑ 分（fèn）：本分。
㉒ 言少次第：语言缺少条理。
㉓ 但用：仅用来。 自释：自己解闷。
㉔ 羸（léi）：瘦弱。 馁（něi）：饥饿。
㉕ 饴（yí）：糖浆。
㉖ 白：告诉。 常州：指李建的哥哥李逊，当时做常州刺史。 煦（xǔ）：温暖，这里是照顾的意思。
㉗ 众人待常州：把李逊当作一般人看待。
㉘ 遗（wèi）：致送。

(59) 先：先写信去。
(60) 裴应叔、萧思谦：裴埙、萧俛。
(61) 敦诗：崔群。这时崔群任翰林学士。唐朝任翰林学士的人，因职务上接近皇帝，照例不与人来往。
(62) 简人事：跟人少往来。
(63) 默：背地里。
(64) 勉尽志虑：尽心尽力。
(65) 这句说：辅佐推行帝王的政令。
(66) 以宥（yòu）罪戾：使自己的罪过得到赦免。
(67) 不悉：不累赘多写了。悉，详细。

【简析】

柳宗元初贬永州司马是三十三岁，写这封信的时候是三十七岁。他在政治上受到打击，心中郁闷，健康情况也很不好，非常希望能够回到中原去。这封信是向知心朋友谈谈谪居生活，倾诉忧郁的心情，语言精炼，意味深远。好像是追怀往事，实际上是揭露朝廷中的黑暗，并希望得到援助，说得很沉痛，也很含蓄。

李 翱

李翱(772—841),字习之,陇西成纪(今甘肃省秦安县一带)人。唐德宗贞元十四年(798)中进士。曾任国子博士、史馆修撰,后来做到山南东道节度使。他是韩愈的学生,参加了古文运动,写的文章平正谨严。著作有《李文公集》。

杨烈妇传

建中四年,李希烈陷汴州,既又将盗陈州①,分其兵数千人,抵项城县②。盖将掠其玉帛③,俘缧④其男女,以会⑤于陈州。县令李侃不知所为⑥。其妻杨氏曰:"君,县令,寇至当守;力不足,死焉,职也⑦。君如逃,则谁守?"侃曰:"兵与财皆无,将若何⑧?"杨氏曰:"如不守,县为贼所得矣!仓廪皆其积也⑨,府库皆其财也,百姓皆其战士也,国家何有⑩?夺贼之财而食其食⑪,重赏以令死士⑫,其必济⑬!"

于是召胥吏⑭百姓于庭。杨氏言曰:"县令,诚主也⑮,虽然⑯,岁满则罢去⑰,非若吏人百姓然。

吏人百姓，邑人⑱也，坟墓⑲在焉，宜相与致死以守其邑⑳，忍失其身而为贼之人耶？！"众皆泣许之。乃徇㉑曰："以瓦石中㉒贼者，与之千钱；以刀矢兵刃之物中贼者，与之万钱。"得数百人，侃率之以乘城㉓。杨氏亲为之爨以食㉔之，无长少，必周而均㉕。使侃与贼言曰："项城父老，义不为贼矣，皆悉力守死㉖。得吾城不足以威㉗，不如亟去㉘，徒㉙失利，无益也。"贼皆笑。有飞箭集㉚于侃，侃伤而归。杨氏责之曰："君不在，则人谁肯固㉛矣！与其死于城上，不犹愈于家乎㉜？"侃遂忍之，复登陴㉝。

项城小邑也，无长戟劲弩、高城深沟之固㉞。贼气吞焉㉟，率其徒将超城而下㊱。有以弱弓射贼者㊲，中其帅，坠马死。其帅，希烈之婿也。贼失势，遂相与散走。项城之人无伤㊳焉。刺史上侃之功㊴，诏迁绛州太平㊵县令。杨氏至兹犹存。

妇人女子之德，奉父母舅姑㊶尽恭顺，和于姊姒㊷，于卑幼有慈爱，而能不失其贞者，则贤矣㊸。辨行列㊹，明攻守，勇烈之道，此固公卿大臣之所难。厥自兵兴㊺，朝廷宠旌㊻守御之臣。凭坚城深池之险，储蓄山积，货财自若㊼，冠胄服甲㊽，负弓矢而驰者，不知几人。其勇不能战，其智不能守，其忠不能死，弃其城而走者，有矣㊾！彼何人哉㊿！若杨氏者，妇人也。孔子曰："仁者必有勇㉕1。"杨氏当之矣㉕2。

赞曰：凡人之情，皆谓后来者不及于古之人，贤者自古亦稀，独㊼后代耶？及其有之，与古人不殊㊾也。若高愍女㊿、杨烈妇者，虽古烈女，其何加焉㊀！予惧其行事堙灭㊁而不传，故皆序之㊂，将告于史官。

【注释】

① 既：后来。　盗：掠夺。　陈州：今河南省淮阳县。
② 项城县：在今河南省项城市东北。
③ 玉帛：指财富。
④ 缧（léi）：用绳索捆绑。
⑤ 会：会师。
⑥ 不知所为：不知道该怎么办。
⑦ 这几句说：力量不够的话，牺牲在这儿，是应尽的本分。
⑧ 将若何：如何是好？
⑨ 仓廪（lǐn）皆其积也：粮仓里储藏的都变成他们的积蓄。
⑩ 国家何有：国家还有什么呢？
⑪ 这句说：夺取贼兵的财物，吃他们的粮食。意思是把要落到叛军手中的财物粮食，用来守城。
⑫ 令死士：鼓励敢于死战的士兵。
⑬ 其必济：那一定成功。其，表示推测的语气。
⑭ 胥吏：衙门中的下级人员。
⑮ 诚主也：确实是一城之主。
⑯ 虽然：虽则如此。
⑰ 岁满：任期满了。　罢去：离职而去。
⑱ 邑人：本地人。
⑲ 坟墓：祖坟。
⑳ 这句说：应该各自出力死战，守住这个城市。
㉑ 徇（xùn）：宣布命令。
㉒ 中（zhòng）：打中。下面"以刀矢兵刃之物中贼者"的"中"相同。
㉓ 乘城：上城守御。乘，登。
㉔ 爨（cuàn）：烧饭。　食（sì）：拿食物给人吃。
㉕ 必周而均：一定做到没有遗漏、没有偏多偏少。
㉖ 义不为贼：守义而决不从贼。为贼，供贼驱使。　悉力守死：尽力防守，不怕牺牲。
㉗ 不足以威：并不能显示兵威。
㉘ 亟（jí）去：赶快离开。
㉙ 徒：白白地。
㉚ 集：这里是射中。
㉛ 固：死守。
㉜ 这两句说：如果死在城上，岂不比死在家里好些吗？与其，如果。愈，更好。
㉝ 陴（pí）：城墙上的小墙，这里就指城墙。
㉞ 长戟（jǐ）劲弩：精良的武器。　高城深沟：坚固的防御工事。　固：牢固的防守条件。
㉟ 贼气吞焉：贼兵骄气十足，以为这种小城一下就可打破。
㊱ 超城：跳过城墙。　下：把它打下。
㊲ 有以弱弓射贼者：有（指守兵）用普通的弓射贼的。
㊳ 无伤：没有受到损失。
㊴ 上侃之功：把李侃的功劳报上去。
㊵ 诏迁：下诏升迁。　绛（jiàng）州太平：今山西临汾。唐朝把全国的县分为赤、畿、望、紧、上、中、下七等。项城是上县，太平是紧县（冲要的县），所以从项城令调任太平令是升了官。
㊶ 舅姑：女子称丈夫的父母为舅姑。
㊷ 姊姒（sì）：泛指姊妹和妯娌。
㊸ 则贤矣：就算贤德的了。

㊹ 辨行（háng）列：懂得军事。
㊺ 厥：用在句子开头的助词，没有意义。自兵兴：从用兵以来。
㊻ 宠旌（jīng）：优待表扬。
㊼ 自若：像那个样子，意思说跟平时一样。
㊽ 冠胄（zhòu）：头上戴盔。 服甲：身上穿甲。
㊾ 这几句说：（但是）那种勇气不足，不能作战，智慧不足，不能守土，忠心不足，不能为国而死，抛弃城市而逃走的，大有其人。这句用有责任守、有条件守而逃跑的官吏来反衬杨氏。
㊿ 彼何人哉：那些人是何等样人呢！
㈤ 仁者必有勇：见《论语·宪问》。
㈥ 当之矣：当得起这话了。
㈦ 独：何况的意思。
㈧ 不殊：没有区别。
㈨ 高愍（mǐn）女：高彦昭的女儿高妹妹。建中二年（781），她全家遭到叛军的屠杀，妹妹年仅七岁，从容就义。唐德宗知道后，给她个称号，叫做愍女。李翱为她写了一篇《高愍女碑》。
㈩ 其何加焉：还有什么胜过她们的地方呢？
㊼ 堙（yīn）灭：埋没。
㊽ 序之：记录下来。

【简析】

唐德宗建中三年（782），淮宁节度使李希烈拥兵割据，自称建兴王、天下都元帅。第二年四出略地，于十二月间攻陷汴州（今河南省开封市）等地，自称楚帝。

这篇文章写一个县令的妻子，在叛军兵临城下的时候，毫不畏怯，发动胥吏和百姓起来抵抗，以弱敌强，击退叛军，守住了县城。文章末段给予她很高的评价，并认为这样的妇女，史官应当为她立传。文章写杨氏的言语和行动，相当生动。

舒元舆

舒元舆,婺州东阳(今属浙江省)人,也有说是江州(今江西省九江市)人的。出身低微,宪宗元和年间(806—820)中进士,善于文辞。做过监察御史,弹劾奸恶,没有顾忌。文宗大和九年(835),拜同中书门下平章事,和李训、郑注等合谋铲除专权的宦官,事败被杀害。

贻诸弟砥石命[①]

昔岁吾行吴江[②]上,得亭长[③]所贻剑,心知其不莽卤[④],匦藏爱重,未曾亵视[⑤]。今秋在秦[⑥],无何发开[⑦],见惨翳积蚀,仅成死铁[⑧]。意惭身将[⑨]利器,而使其不光明之如此,常缄求淬[⑩]磨之心于胸中。数月后,因过岐山[⑪]下,得片石,如渌[⑫]水色,长不满尺,阔厚半之[⑬],试以手磨,理甚腻[⑭],纹甚密[⑮]。吾意[⑯]其异石,遂携入城,问于切磋工[⑰],工以为可为砥[⑱]。吾遂取剑发[⑲]之,初数日,浮埃薄落[⑳],未见快意[㉑],意工者相绐[㉒],复就问之[㉓]。工曰:"此石至细,故不能速利坚铁,但积渐发之[㉔],未一月当见真貌㉕。"归，如其言㉖，果睹变化，苍惨剥落㉗，若青蛇退鳞㉘，光劲一水，泳涵星斗㉙，持之切金钱三十枚，皆无声而断，愈始得之利数十百倍㉚。

吾因叹以为金刚首五材㉛，及为工人铸为㉜器，复得首出利物㉝。以质刚铓利㉞，苟暂不砥砺㉟，尚与铁无以异㊱；况质柔铓钝，而又不能砥砺，当化为粪土耳，又安得与死铁伦齿㊲耶？以此益知人之生于代㊳，苟不病盲聋瘖㊴哑，则五常㊵之性全；性全，则豺狼燕雀亦示异矣㊶。而或公然忘弃砺名砥行㊷之道，反用狂言放情㊸为事，蒙蒙外埃㊹，积成垢恶，日不觉悟㊺，以至于戕㊻正性，贼㊼天理，生前为造化剩物㊽，殁复与灰土俱委㊾，此岂不为辜负日月之光景㊿耶！

吾常睹汝辈趣向㉛，尔诚全得天性者㉜，况夙能承顺严训㉝，皆解甘心服食古圣人道㉞，知其必非雕缺㉟道义，自埋于偷薄之伦㊱者。然吾自干名㊲在京城，兔魄已十九晦矣㊳，知尔辈惧旨甘不继㊴，困于薪粟㊵，日丐㊶于他人之门。吾闻此，益悲此身使尔辈承顺供养至此㊷，亦益忧尔辈为穷窭而斯须㊸忘其节，为苟得眩惑而容易徇于人㊹，为投刺牵役而造次惰其业㊺。日夜忆念，心力全耗。且㊻欲书此为戒，又虑尔辈年未甚长成，不深谕解㊼。今会鄂骑㊽归去，遂置石于书函㊾中，乃笔用砥之功㊿，以寓往意㊱。欲尔辈定持刚质㊲，昼夜淬厉，使尘埃不得间发㊳而入。

为吾守固穷⁷⁴之节,慎临财之苟⁷⁵,积习肄之业⁷⁶;上不贻庭闱⁷⁷忧,次不贻手足病⁷⁸,下不贻心意愧⁷⁹。欲三者不贻,只在尔砥之而已,不关他人。若砥之不已,则向之所谓切金涵星之用,又甚琐屑,安足以谕之⁸⁰。然吾固欲尔辈常置砥于左右,造次颠沛⁸¹,必于是思之⁸²,亦古人韦弦铭座⁸³之义也。因书为砥石命,以警尔辈,兼刻辞于其侧曰:

剑之锷⁸⁴,砥之而光;人之名,砥之而扬。砥乎砥乎⁸⁵,为吾之师乎!仲兮季兮⁸⁶,无坠⁸⁷吾命乎!

【注释】

① 贻(yí):给。 命:表示作者以长兄的身分写信做家训。
② 昔岁:往年。 吴江:吴淞江(在今江苏省)。
③ 亭长:秦、汉时十里一亭,设有亭长,唐朝没有这名称,这里大约是借来称呼驿站的主管人员。
④ 莽卤(lǔ):粗劣。
⑤ 亵(xiè)视:轻慢随便地看待。
⑥ 秦:指今陕西省。
⑦ 无何:不久。 发开:打开。
⑧ 惨翳(yì)积蚀:颜色暗淡,积了厚厚的锈。 仅成死铁:几乎成了烂铁。仅,几乎。
⑨ 意惭:想来很惭愧。 将:携带。
⑩ 缄(jiān):藏着。 淬(cuì):把刀剑烧红浸入水中,使它坚硬。
⑪ 岐山:在今陕西省岐山县。
⑫ 渌(lù):清。
⑬ 半之:相当于长度的一半。之,指的是上文的"长"。
⑭ 理:纹理。 腻:细。
⑮ 密:细腻。
⑯ 意:估计。
⑰ 切磋(cuō)工:磨工。
⑱ 砥(dǐ):细的磨刀石。
⑲ 发:磨。
⑳ 浮埃薄落:表面上的铁锈落掉一些。
㉑ 快意:满意。
㉒ 意工者相绐(dài):以为磨工骗我。
㉓ 复就问之:又去问他。
㉔ 但:只要。 积渐发之:经常慢慢地磨它。
㉕ 真貌:本来的面貌。
㉖ 如其言:照他的话做。
㉗ 苍惨剥落:暗淡的铁锈落下来了。
㉘ 若青蛇退鳞:像青蛇脱去了一层蜕。
㉙ 光劲一水,泳涵星斗:相传晋朝张华看见天上斗、牛之间有股紫气,原来是丰城(在今江西省南昌市)地下埋藏的宝剑的剑气直冲上天("泳涵星斗"),后来在那里掘出"龙泉""太阿"两剑,把剑搁在水盆中,水光和剑光相照,十分耀眼("光劲一水")。

泳涵，沉浸。

㉚ 愈：超过。　始得之利：刚得到时的锋利程度。　数十百倍：近一百倍。

㉛ 金刚首五材：金属的硬度在五材中是第一。五材，金、木、水、火、土。

㉜ 为工人铸为器：前一个“为”是“被”的意思，后一个“为”是“做成”的意思。

㉝ 这句说：又能首先用来有利于人。

㉞ 质刚铓利：质地坚硬，锋口锐利。

㉟ 砥砺：磨炼。

㊱ 与铁无以异：和寻常的铁没有什么区别。

㊲ 安得：怎能。　伦齿：相提并论。

㊳ 益知：更加明白。　代：世间。唐朝人避唐太宗李世民的名讳，用“代”字来代替“世”字。

㊴ 瘖（yīn）：哑。

㊵ 五常：五伦，旧称五种伦理关系，即君臣、父子、兄弟、夫妇、朋友。作者认为五常是人的本性，表现了他思想上的局限性。

㊶ 这句说：那么和豺狼燕雀等走兽飞禽也就不同了。

㊷ 砺名砥行：像在磨刀石上磨刀那样不断提高名节品德。

㊸ 放情：放纵情欲。

㊹ 蒙蒙：模糊不明的样子。　外埃：外来的脏东西。

㊺ 日不觉悟：一天天下去，不知觉悟。

㊻ 戕（qiāng）：害。

㊼ 贼：伤害。

㊽ 造化剩物：天地间一个废物。造化，天地。

㊾ 殁：死。　委：丢弃。

㊿ 辜负日月之光景：白白地做了一世人的意思。

(51) 汝辈：你们。　趣向：志趣方向。

(52) 尔：你们。　诚：确实是。　全得天性者：具备“五常之性”的人。

(53) 夙（sù）：向来。　承顺：顺从地接受。　严训：父亲的教导。

(54) 解：明白。　甘心服食：愉快地接受消化。　古圣人道：古时圣人传下来的道理。

(55) 雕缺：剥损。

(56) 埋：借用做堕落的意思。　偷薄之伦：苟且浮薄的一类人。

(57) 干名：求取功名。

(58) 兔魄已十九晦（huì）矣：已经有十九个月了。兔魄，月亮的别称。古代神话说月中有兔。晦，暗。阴历月底，看不到月光，所以说“兔魄晦”。

(59) 旨甘不继：不能继续奉养父母。旨甘，美食。

(60) 困于薪粟：为柴米劳累。

(61) 丐：乞求。　以上几句说：舒家几个兄弟不能不设法弄钱养家。

(62) 这句说：自己在外，把供养父母的担子完全放在兄弟们肩上，所以格外觉得可悲。

(63) 窭（jù）：穷苦。　斯须：一会儿。

(64) 为苟得：为了贪财。　眩惑：迷惑了心志。　徇（xún）于人：违背道理，听从别人。

(65) 投刺：投送名帖（拜访求见）。　牵役：牵累。　造次：轻率。　惰其业：荒废学业。

(66) 且：将要。

(67) 不深谕解：体会不深。

(68) 会：恰逢。　鄂骑：鄂州（今湖北武汉）驿站的便人。

(69) 书函：信封。

(70) 笔：写下。　用砥之功：用砥石磨剑的好处。

(71) 以寓往意：来说明向来的心意。

(72) 定持：坚定地保持。　刚质：刚正的品质。

(73) 间发：从像头发那样细小的空隙。

(74) 固穷：安于贫困。

⑦⑤ 慎临财之苟：遇到财物，必须十分小心，不能随便贪取。
⑦⑥ 积：积累。　习肄（yì）之业：学习得来的道理。
⑦⑦ 庭闱（wéi）：父母住的房屋，借指父母。
⑦⑧ 手足：弟兄。　病：担忧。
⑦⑨ 心意愧：内心惭愧。
⑧⑩ 安足以谕之：又怎样足够来说明它呢？　以上几句说：剑的锋利足以断金，气能直冲斗牛，还不过是小事；人的进德修业，精进不止，才是大事，又不是区区的剑能够比喻的。
⑧① 造次颠沛：不论遇到什么急迫和艰难的情况。造次，急迫。颠沛，流离失所。
⑧② 必于是思之：必须从这块磨刀石考虑问题。
⑧③ 韦：熟皮。相传战国时西门豹性子急躁，时常随身佩韦，每逢考虑问题，想到了皮的柔韧的特性，便警戒自己不可性急。　弦：春秋时董安于性子很慢，时常佩带弓弦，弦不紧张便没有用，想到了弦，便警诫自己不能松懈。　铭座：把格言刻在座旁，让自己随时警惕。
⑧④ 锷（è）：刀口。
⑧⑤ 砥乎：磨刀石啊。
⑧⑥ 仲：二弟。　季：最小的弟弟。
⑧⑦ 坠：忘掉的意思。

【简析】

　　作者有一口宝剑，很久不曾拔出来看，就生了锈，险些变成废物；后来经过磨砺，才恢复了本来面目。作者从剑推想到人的品德学问，也是一样，不努力就要后退，经常努力才会不断进步。因此他把磨剑的砥（dǐ）石托人带给兄弟们，要他们认真地学习和磨炼。这篇文章就是他送砥石时写的信。

录桃源画记

　　四明山①道士叶沈，囊出②古画。画有桃源图。图上有溪③，溪名武陵之源④。按仙记⑤，分灵洞三十六之一支⑥。其水趣流⑦，势与江河同⑧。有深而渌⑨，浅而白，白者激石⑩，渌者落镜⑪。溪南北有山。山如屏形，接连而去，峰竖不险⑫，翠秾不浮⑬。其夹岸有树木千万本⑭，列立如揖⑮，丹色鲜如霞⑯，攉举欲动⑰，灿若舒颜⑱。山铺水底⑲，草散茵毯⑳。有鸾青其衿㉑，有鹤丹其顶㉒，有鸡玉其羽㉓，有狗金其色，毛佽佽亭亭㉔，闲而立者十有八九㉕。岸而北㉖，有曲深岩门㉗，细露屋宇㉘，霞槛缭转㉙，云磴五色㉚，雪冰肌颜㉛，服身衣裳皆负星月文章㉜。岸而南，有五人，服貌肖虹玉㉝，左右有书童玉女，角发㉞而侍立者十二。视其意况㉟，皆逍遥飞动，若云十许片，油焉而生，忽焉而往㊱。其坦处有坛，层级沓玉冰㊲。坛面俄起㊳炉灶，灶口含火，上有云气，具备五色㊴。中有溪，艇泛㊵，上一人雪华鬓眉㊶，身着秦时衣服，手鼓短枻㊷，意状深远。

合而视之㊸：大略山势高，水容深，人貌魁奇㊹，鹤情闲暇，烟岚㊺草木，如带香气。熟得详玩㊻，自觉骨夏清玉㊼，如身入镜中，不似在人寰间㊽，眇然有高谢之志㊾从中来。

坐少选㊿，道士卷画而藏之。若身形却51落尘土中，视向所张52壁上，又疑有顽石化出，塞断道路53。某见画物不甚寡54，如此图，未尝到眼，是知工55之精而有如是者耶？叶君且自珍重。无路得请56，遂染笔录其名数57，将所以备异日写画之不谬58也。

【注释】

① 四明山：在今浙江省宁波市西南。
② 囊出：从囊中取出。
③ 溪：山沟。
④ 武陵之源：《桃花源记》说桃花源在武陵（今湖南省桃源县）。
⑤ 仙记：道教的书籍。
⑥ 分灵洞三十六之一支：道书上记载着三十六处灵洞，桃花源是其中之一。
⑦ 趣（cù）流：急流。
⑧ 势与江河同：水势和江河相同。
⑨ 渌（lù）：清。
⑩ 白者激石：白色的是水冲在石上激起的浪花。
⑪ 渌者落镜：清得像落到深处的镜子，可以照出面貌。
⑫ 峰竖不险：山峰直立，但是形势并不险恶。
⑬ 翠秾（nóng）不浮：青绿的色彩很浓重而不觉得浮动。
⑭ 其夹岸：它的两岸。 本：棵。
⑮ 列立如揖：排列着像人作揖行礼的样子。
⑯ 丹：红。 鲜如霞：鲜艳得像霞光。
⑰ 擢（zhuó）举欲动：向上耸起，看上去似乎会动。
⑱ 灿：颜色鲜明。 舒颜：开颜欢笑的样子。
⑲ 山铺水底：山的影子像是铺在水底。
⑳ 草散茵（yīn）毯：草地铺开像一大片毯子。茵，褥子。
㉑ 鸾：凤凰之类的鸟。 青其衿（jīn）：胸毛是青色的。衿，衣服的胸前部分。
㉒ 丹其顶：头顶是红色的。
㉓ 玉其羽：羽毛是玉色的。
㉔ 傞（suō）傞：参差不齐。 亭亭：直立的样子。
㉕ 这句说：鸾、鹤、鸡、犬，优闲自得地立着的有十八九头。
㉖ 岸而北：从岸往北。
㉗ 岩门：山洞。
㉘ 细露屋宇：略为露出一点房屋。宇，屋檐。
㉙ 霞槛（jiàn）缭转：栏杆曲曲折折。写的

是仙境，所以用“霞”来形容“槛”。
㉚ 云磴（dèng）五色：石级五颜六色。
㉛ 雪冰肌颜：（画中人物的）肌肤容貌，洁白得像冰雪。
㉜ 皆负星月文章：都绣着星月等文采。文章，花纹。
㉝ 肖：像。　虹玉：形容有光彩。
㉞ 角发：古时孩子在头的两边挽的发髻，像角的样子。
㉟ 视其意况：看他们的神情态度。
㊱ 这几句用云的变幻做比喻，形容仙人“逍遥飞动”的样子。　油焉：自然而然地。　忽焉：不知不觉地。
㊲ 沓（tà）玉冰：重重叠叠的玉和冰。
㊳ 俄起：突起。
㊴ 这句写炼丹的炉灶，所以上面有五色的云气。
㊵ 艇泛：一条小船浮着。
㊶ 雪华鬓眉：雪白的头发眉毛。华，花。
㊷ 枻（yì）：桨。
㊸ 合而视之：上文分别描写画上各个部分，现在总写一笔，所以说“合而视之”。
㊹ 魁奇：魁梧清奇。
㊺ 岚（lán）：山林中的雾气。
㊻ 熟得详玩：能够细细地详加赏玩。
㊼ 骨戛（jiá）清玉：骨头像玉相触击一样的清脆。意思是看画的人仿佛也变成仙人，骨骼都发生了变化。
㊽ 人寰（huán）间：人世间。
㊾ 眇然：高远的样子。　高谢之志：高尚的出世的心情。谢，谢绝。
㊿ 少选：一会儿。
(51) 却：退。
(52) 向：刚才。　张：挂。
(53) 这两句说：《桃花源记》说渔人后来再去，便寻不到入口了。这儿说疑惑真是仙境，此刻像是变出了顽石，塞没了进入仙境的道路。
(54) 某：自称。　寡：少。
(55) 工：画工。
(56) 无路得请：将来没法再请求观赏。
(57) 染笔：把笔蘸了墨。　录其名数：把画上事物的名目、数字记下来。
(58) 不谬（miù）：不致错误。

【简析】

《桃花源记》是东晋陶渊明写的一篇名文。文中说一个渔人偶尔在隐秘的“桃花源”里发现了秦朝避难人的村落，那里的居民世世代代都安居乐业，不知道世间的战乱祸害。陶渊明虚构一个“世外桃源”，是表现他不满当时政治腐败、追求理想社会的思想，同时也流露了逃避现实的情绪。

这篇名文流传以后，许多文人把它作为写诗、绘画的题材。道教徒又为它添上一层神秘的色彩，说避乱人成了仙，桃花源是仙境。本文中道士叶沈的古画，就是根据这种观念画的。

记画的文章必须做到形象鲜明,使人读了文章,可以想见原画。本文能做到这点,不仅仅因为作者有高明的文学技巧,主要由于他对于原画确能心领神会。文中说他看画直看到觉得此身"不似在人寰间",把画收掉后,又有回到尘世的感觉,就是很好的证明。

杜 牧

杜牧（803—852），字牧之，京兆万年（今陕西省西安市）人。做过湖州刺史、中书舍人等官。诗文都很有名，后人称"小杜"（杜甫称"老杜"）。他曾注《孙子兵法》，对藩镇割据的局面不满，写了一些有现实意义的诗文。著作有《樊川集》。

阿房宫赋①

六王毕②，四海一③。蜀山兀，阿房出④。覆压⑤三百余里，隔离天日⑥。骊山北构而西折⑦，直走咸阳⑧。二川溶溶⑨，流入宫墙。五步一楼，十步一阁；廊腰缦回⑩，檐牙高啄⑪。各抱地势，钩心斗角⑫。盘盘焉⑬，囷囷焉⑭，蜂房水涡⑮，矗不知其几千万落⑯。长桥卧波⑰，未云何龙⑱？复道⑲行空，不霁何虹⑳？高低冥迷㉑，不知西东。歌台暖响，春光融融㉒；舞殿冷袖，风雨凄凄㉓。一日之内，一宫之间，而气候不齐㉔。

妃嫔媵嫱㉕，王子皇孙，辞楼下殿㉖，辇来于秦㉗，朝歌夜弦㉘，为秦宫人。明星荧荧，开妆镜也㉙；绿云扰扰，梳晓鬟也㉚；渭流涨腻，弃脂水也㉛；烟斜雾横，焚椒兰也㉜。雷霆乍惊，宫车过也㉝，辘辘远听㉞，杳不知其所之也㉟。一肌一容，尽态极妍㊱，缦立远视㊲，而望幸㊳焉。有不得见者，三十六年㊴。燕、赵之收藏，韩、魏之经营，齐、楚之精英，几世几年㊵，剽掠其人㊶，倚叠㊷如山。一旦不能有，输来其间㊸。鼎铛玉石㊹，金块珠砾㊺，弃掷逦迤㊻，秦人视之，亦不甚惜。

嗟乎！一人之心，千万人之心也。秦爱纷奢㊼，人亦念其家。奈何取之尽锱铢㊽，用之如泥沙？使负栋之柱㊾，多于南亩㊿之农夫；架梁之椽(51)，多于机上之工女；钉头磷磷(52)，多于在庾(53)之粟粒；瓦缝参差(54)，多于周身之帛缕(55)；直栏横槛，多于九土(56)之城郭；管弦呕哑(57)，多于市人之言语。使天下之人，不敢言而敢怒。独夫(58)之心，日益骄固(59)。戍卒叫(60)，函谷举(61)，楚人一炬(62)，可怜焦土！

呜呼！灭六国者，六国也，非秦也。族(63)秦者，秦也，非天下也。嗟夫！使六国各爱其人(64)，则足以拒秦。使秦复爱六国之人，则递三世(65)可至万世而为君，谁得而族灭也(66)？秦人不暇自哀(67)，而后人哀之；后人哀之而不鉴之(68)，亦使后人而复哀后人也！

【注释】

① 赋：一种讲究铺陈、对仗、声调和谐而押韵的文体。

② 六王：战国时期（前475—前221）韩、魏、燕、赵、齐、楚六个诸侯国。

毕：不存在了。
③ 四海一：天下统一。
④ 蜀山：泛指四川一带的山。 兀（wù）：高而平。是说树木伐光了。
阿房（ē páng，一说读 ē fáng）：阿是近的意思，因为这个宫离咸阳近，故称阿房宫。
⑤ 覆压：掩盖。
⑥ 隔离天日：（宫殿高得）把天空和太阳都遮掉了。
⑦ 骊（lí）山北构而西折：从骊山的北面开始建造，曲折向西。骊山在陕西省临潼县东南。
⑧ 直走咸阳：直通咸阳。走，趋。咸阳是秦朝的首都，在今陕西省咸阳市东北。
⑨ 二川：渭水和樊川。川，河流。 溶溶：水平稳地流动的样子。
⑩ 廊腰缦回：走廊回环曲折。廊腰，走廊的转折处。缦，像丝织品那样柔软。
⑪ 檐（yán）牙：屋檐的尖角。 高啄：像鸟向空中啄物。
⑫ 钩心斗角：廊腰互相连结，纡曲如钩，檐牙彼此相向，像螭龙斗角。形容宫殿建筑的错综精密。
⑬ 盘盘焉：形容盘结的样子。
⑭ 囷（qūn）囷焉：形容屈曲的样子。
⑮ 蜂房水涡（wō）：房屋密集，像蜂房、漩涡一样。
⑯ 矗（chù）：高耸。 落：这里作为建筑物的单位词，座。
⑰ 长桥卧波：长桥躺在水面上。
⑱ 未云何龙：没有云，哪儿来的龙？用龙来比喻桥，写出长桥壮丽的形象。
⑲ 复道：在空中架木筑成的走道。
⑳ 不霁（jì）何虹：不是雨后新晴的时光，怎么会出现虹？用虹来比喻涂上了鲜艳油漆的复道。
㉑ 高低冥（míng）迷：没法辨别高低。冥迷，迷惑不明白。
㉒ 这两句说：歌台上传出柔和的歌声，带来了温暖的感觉，使人仿佛沉醉在阳春天气之中。
㉓ 这两句说：殿上舞女的飘飘的袖子，带来了寒意，使人仿佛处在凄凉的风雨之中。
㉔ 不齐：不同。
㉕ 妃嫔媵嫱（yìng qiáng）：指的是六国的妃嫔宫人。嫔和嫱都是宫中的女官。妃的等级比嫔、嫱高。媵是陪嫁的女子，多为后妃的妹妹或侄女，也可能成为嫔、嫱。
㉖ 辞楼下殿：辞别本国的宫殿。
㉗ 辇（niǎn）来于秦：乘车来到秦国。辇，帝王或皇后坐的车。
㉘ 朝歌夜弦：日夜唱歌奏乐。
㉙ 这两句说：天上万点明星闪闪发光，原来是她们打开梳妆用的镜子。荧（yíng）荧，形容闪动的光。
㉚ 这两句说：一堆堆绿云在浮动，原来是她们早晨在梳头。鬟（huán），发髻。
㉛ 这两句说：渭水上浮起一层油腻，是她们在泼掉那洗去脂粉的脸水。
㉜ 这两句说：烟雾弥漫，是她们点燃椒兰来熏香。椒（jiāo）兰，香料。
㉝ 这两句说：一阵雷声令人突然一惊，是秦皇的宫车经过那儿。
㉞ 辘（lù）辘远听：辘辘车声，听去越走越远了。
㉟ 杳（yǎo）不知其所之也：远远的，不知它到哪儿去了。之，往，到。 这句写宫人们心情的苦闷，她们巴望宫车停在自己的门口，可是结果呢，希望跟着那逝去的车声幻灭了。
㊱ 尽态极妍（yán）：各种姿态都极其娇美。
㊲ 缦立远视：久久站着等候，向远处望君王来到。缦，通"慢"，舒缓。
㊳ 望幸：希望得到宠爱。
㊴ 三十六年：秦始皇在位共计三十六年。
㊵ 几世几年：不知经过了多少代、多少年。
㊶ 剽掠其人：从它们（六国）的百姓那

儿抢劫掠夺得来。
㊷ 倚叠：堆积。
㊸ 输来其间：运到这里（指的是阿房宫）。
㊹ 鼎铛玉石：把鼎看得像平常的锅子，把玉看得像石头。铛，锅子。
㊺ 金块珠砾（lì）：把金珠看得像土块瓦砾。砾，碎石子。
㊻ 弃掷逦迤（lǐ yí）：丢得到处都是。逦迤，旁行连绵的样子。
㊼ 纷奢：繁华奢侈。
㊽ 取之尽锱（zī）铢：对百姓掠夺起来，一点点也不肯放松。十粒黍的重量叫铢，六铢为一锱，这里比喻细微之量。
㊾ 负栋之柱：承担大梁的柱。
㊿ 南亩：农田。
(51) 椽（chuán）：放在梁上支架屋面和瓦片的木条。
(52) 磷磷：形客钉头突出的样子。
(53) 庾（yú）：粮仓。
(54) 参差（cēn cī）：不齐，形容瓦缝一层一层的样子。
(55) 周身之帛缕：全身衣服上的丝缕。
(56) 九土：九州。古书《禹贡》上把全中国分为九州。
(57) 管弦呕（ǒu）哑：乐器呜呜哇哇的声音。管，箫笛之类；弦，琴瑟之类。
(58) 独夫：皇帝。这是贬斥的说法，表示暴虐的皇帝，众叛亲离。
(59) 日益骄固：越来越骄傲、自以为是。
(60) 戍卒叫：指的是陈胜、吴广发动起义。
(61) 函谷举：函谷关（在今陕西省）被攻下了。
(62) 楚人一炬（jù）：楚国人（指的是项羽）一把火。公元前 206 年，项羽攻入咸阳，放火焚烧宫殿，大火三月不灭。
(63) 族：灭族。
(64) 其人：那些百姓。
(65) 递：传。　三世：秦始皇、秦二世和孺子婴三代。
(66) 谁得而族灭也：谁能杀死秦始皇全家族、灭掉秦朝呢？
(67) 秦人不暇自哀：秦的统治者来不及为自己哀叹。
(68) 鉴之：从它吸取教训。鉴，镜子。

【简析】

阿房宫是秦朝有名的建筑物。秦始皇三十五年（前 212）开始营造，征用劳动力七十余万人。前殿东西五百步，南北五十丈，庭院中可以坐上万人。秦朝灭亡后，宫殿被项羽烧毁。遗址在今陕西省西安市三桥镇南。

作者在具体描写阿房宫的形势、规模、气魄和内部的楼阁盛况的同时，也表达了对这种骄奢淫逸的统治者的愤怒。后半篇阐述秦朝暴取民财终致覆亡的道理。这篇短赋表面上是写秦始皇，实际是讽刺唐敬宗的大修宫室。作者在《上知己文章启》中说：“宝历（唐敬宗年号）大起宫室，广声色，故作《阿房宫赋》。”

李商隐

李商隐(812—约858),字义山,号玉溪生,怀州河内(今河南省沁阳县)人。做过工部郎中等官。诗歌写得文采华美,抒情细致深刻,在艺术上很有特色。但使用典故太多,诗意往往不够明白晓畅。文章也别有风格。著作有《李义山诗集》《李义山文集》。

李贺①小传

京兆杜牧②为李长吉集序,状长吉之奇甚尽③,世传之④。长吉姊嫁王氏者,语长吉之事尤备⑤。

长吉细瘦,通眉⑥,长指爪,能苦吟疾书⑦。最先为昌黎韩愈⑧所知。所与游者⑨:王参元、杨敬之、权璩、崔植为密⑩。每旦日⑪出与诸公游,未尝得题然后为诗⑫,如他人思量牵合⑬,以及程限为意⑭。恒从小奚奴⑮,骑距驉⑯,背一古破锦囊,遇有所得,即书投囊中。及暮归,太夫人使婢受囊出之⑰,见所书多,辄曰:"是儿要当呕出心始已耳⑱!"上灯与食⑲。长吉从婢取书,研墨叠纸足成之⑳,投他囊中。非大醉及吊丧日,率如此。过亦不复省㉑,王、杨辈时复来㉒探取

李賀小傳

京兆杜牧為長吉集序，〔新書文藝傳李商隱字義山〕狀長吉之奇甚盡，世傳之。長吉姊嫁王氏者，語長吉之事尤備。長吉細瘦，通眉，長指爪，能苦吟疾書。最先為昌黎韓愈所知。〔宰相世系表韓愈字退之〕所與遊者：王參元、〔見新唐書楊〕楊敬之、〔敬之字〕權璩、〔子璠子礦中書舍人〕崔植〔條祐姓新書弟盧〕，每旦日與諸公遊，未嘗得題然後為詩，如他人思量牽合，以及程限為意。恒從小奚奴，騎距驢，背一古破錦囊，遇有所得，即書投囊中。及暮歸，太夫人使婢受囊出之，見所書多，輒曰：「是兒要當嘔出心始巳耳。」上燈，與食。長吉從婢取書，研墨疊紙足成之，投他囊中。非大醉及弔喪日率如此。過亦不復省。王楊輩時復來探取寫去。長吉往往獨騎往還京雒，所至或有著，隨棄之，故沈子明家所餘四卷而巳。長吉將死時，忽畫見一緋衣人，駕赤虬持一版書，若太古篆或霹靂石文者，云當召長吉。長吉了不能讀，欻下榻叩頭言：「阿㜷〔原注長吉母〕老且病，賀不願去。」緋衣人笑曰：「帝成白玉樓，立召君為記。天上差樂，不苦也。」長吉獨泣，邊人盡見之。少之，長吉氣絕。

写去。长吉往往独骑往还京、洛㉓，所至或时有著㉔，随弃之，故沈子明㉕家所余，四卷而已。

长吉将死时，忽昼见一绯㉖衣人，驾赤虬㉗，持一版，书若太古篆或霹雳石文㉘者，云当召长吉。长吉了㉙不能读，欻㉚下榻叩头，言："阿婆㉛老且病，贺不愿去。"绯衣人笑曰："帝成白玉楼，立召君为记㉜，天上差乐㉝，不苦也。"长吉独泣，边人㉞尽见之。少之㉟，长吉气绝。尝所居窗中，勃勃㊱有烟气，闻行车嘒管㊲之声。太夫人急止人哭，待之，如炊五斗黍许时㊳，长吉竟死。王氏姊非能造作㊴谓长吉者，实所见如此。

呜呼！天苍苍而高也，上果有帝耶？果有苑囿㊵宫室观阁之玩耶？苟信然㊶，则天之高邈㊷，帝之尊严，亦宜有人物文彩愈㊸此世者，何独眷眷㊹于长吉而使之不寿耶？噫，又岂世所谓才而奇者，不独地上少，即天上亦不多耶？长吉生二十四年㊺，位不过奉礼太常㊻，当世人亦多排摈㊼毁斥之，又岂才而奇者？帝独重之，而人反不重耶？又岂人见会㊽胜帝耶？

【注释】

① 李贺：字长吉，河南福昌（今河南宜阳）人，家居昌谷（在宜阳境内）。曾经做过奉礼郎。他写诗善于运用神话传说，创造新奇瑰丽的境界，文采也很华美，在艺术上有独到的地方。死在公元816年，只有二十七岁。
② 京兆：在今陕西省西安市一带。 杜牧：见《阿房宫赋》的"作者介绍"。
③ 状：描写。 甚尽：很完备。
④ 世传之：当时人传诵那篇文章。
⑤ 语：谈。 尤备：更加完备。
⑥ 通眉：两眉相连。
⑦ 苦吟：写诗反复推敲。 疾书：写得很快。

⑧ 韩愈：见《师说》的"作者介绍"。
⑨ 所与游者：他往来交游的人。
⑩ 王参元：进士，有才学，和柳宗元是好朋友。　杨敬之：字茂孝，写的文章，曾受韩愈的称赞。　权璩（qú）：字大圭，做过中书舍人等官。　崔植：字公修，博学通经史，做过宰相。　为密：算是最亲密。
⑪ 旦日：白天。
⑫ 得题然后为诗：依照人家出的题目做诗。
⑬ 思量牵合：想出些句子去凑合题意。
⑭ 程限为意：把体裁、韵脚等限制放在心上。
⑮ 恒：常常。　小奚奴：小书僮。
⑯ 距驉（xū）：骡。
⑰ 受囊出之：接过锦囊，把诗稿取出。
⑱ 始已耳：才罢休啊。
⑲ 上灯：点了灯。　与食：给他东西吃。
⑳ 足成之：把它写成完整的作品。
㉑ 过：事后。　复省（xǐng）：再察看。
㉒ 王、杨辈：王参元、杨敬之等人。　时复来：常来。
㉓ 京、洛：长安、洛阳之间。
㉔ 著：写作。
㉕ 沈子明：李贺的朋友，做过集贤殿学士。现在的《李长吉歌诗》四卷，就是沈子明传写保存的。
㉖ 绯（fēi）：红色。
㉗ 驾赤虬（qiú）：骑着赤龙。
㉘ 太古篆：远古的篆字。　霹雳石文：雷击后石上留下的纹痕。
㉙ 了：完全。
㉚ 欻（xū）：忽然。
㉛ 阿婆：同"阿奶"，这里指母亲。
㉜ 立召君为记：立刻请你去写一篇记。
㉝ 差乐：还算快乐。
㉞ 边人：在旁边的人。
㉟ 少之：过了一会。
㊱ 勃勃：旺盛的样子。
㊲ 嘒（huì）管：吹奏乐器。
㊳ 炊五斗黍许时：大约烧熟五斗小米的时间。
㊴ 造作：捏造。
㊵ 苑囿（yòu）：养禽兽、种树木的园子。
㊶ 苟信然：如果当真是这样。
㊷ 邈（miǎo）：远。
㊸ 愈：超过。
㊹ 眷眷：注意。
㊺ 生二十四年：活了二十四年。这和一般所说二十七岁的说法不同。
㊻ 奉礼太常：奉礼郎属于太常寺，是从九品的小官。
㊼ 排摈：排挤。
㊽ 人见：世人的见解。　会：恰巧。

【简析】

　　这是篇别具一格的传记。作者不详写李贺的生平，只选取一两件佚事，从侧面烘托出诗人李贺的身分、性格，所以叫做"小传"。天帝召李贺为白玉楼作记，当然是传说，但是也体现了人们惋惜青年诗人早死的心情，富有浪漫主义的意味。

孙　樵

孙樵（生卒年不详），字可之（又说字隐之），中过进士，曾做中书舍人。黄巢起义军破京城长安（今陕西省西安市）后，他跟唐僖宗出走，做到职方郎中。古文写得很好。著作有《孙樵集》。

书褒城驿壁

褒城①驿号天下第一。及得寓目②，视其沼，则浅混而茅③，视其舟，则离败而胶④，庭除甚芜⑤，堂庑甚残⑥，乌⑦睹其所谓宏丽者？讯于驿吏⑧，则曰："忠穆公尝牧梁州⑨，以褒城控二节度治所⑩，龙节虎旗⑪，驰驿奔轺⑫，以去以来⑬，毂交蹄劘⑭，由是崇侈其驿⑮，以示雄大。盖当时视他驿为壮⑯。且一岁宾至者⑰，不下数百辈⑱，苟夕得其庇⑲，饥得其饱，皆暮至朝去，宁有顾惜心⑳耶？至如棹舟㉑，则必折篙破舷碎鹢㉒而后止；渔钓，则必枯泉汩泥㉓，尽鱼㉔而后止；至有饲马于轩㉕，宿隼㉖于堂，凡所以污败室庐㉗，糜毁器用㉘。官小者，其下虽气猛可制㉙；官大者，其下益暴横难禁。由是日益破碎，不与囊类㉚。某曹㉛八九辈，虽以供馈之隙㉜，一二力治之㉝，其能补数十百人残暴乎㉞？"

语未既㉟，有老氓㊱笑于傍，且曰："举今州县皆驿也㊲！吾闻开元中天下富蕃㊳，号为理平㊴，踵千里者不裹粮㊵，长子孙者不知兵㊶。今天下无金革之声㊷，而户口日益破㊸，疆埸无侵削之虞㊹，而垦田日益寡，生民日益困㊺，财力日益竭，其故何哉？凡与天子共治天下者，刺史县令而已，以其耳目接于民，而政令速于行也㊻。今朝廷命官，既已轻任刺史县令㊼，而又促数于更易㊽。且刺史县令，远者三岁一更，近者一二岁再更㊾。故州县之政，苟有不利于民，可以出意㊿革去其甚者，在刺史则曰：'明日我即去，何用如此！'在县令亦曰：'明日我即去，何用如此！'当愁醉釀㉖，当饥饱鲜㉗，囊帛椟金㉘，笑与秩终㉙。"

呜呼！州县真驿耶？矧更代之隙㉕，黠吏因缘㉖，恣为奸欺㉗，以卖㉘州县者乎？如此而欲望生民不困，财力不竭，户口不破，垦田不寡，难哉！予既挥退㉙老氓，条其言㉚，书于褒城驿屋壁。

【注释】

① 褒（bāo）城：今属陕西省。
② 及：等到。寓目：亲眼看见。
③ 沼：池塘。浅混：又浅又浑。茅：长着许多茅草。
④ 离败：船板破裂。胶：搁浅在泥滩上。
⑤ 庭：天井。除：阶沿。芜：长着许多杂草。
⑥ 堂：堂屋。庑（wǔ）：廊房。残：破旧。
⑦ 乌：哪里。

⑧ 讯：询问。　驿吏：主管驿站的小吏。
⑨ 忠穆公：山南西道节度使严震，忠穆是他死后的谥号。　尝牧梁州：做过梁州的地方长官（就是山南西道节度使）。梁州，唐朝时辖境约相当于今陕西省城固县以西的汉水流域，州治在汉中（今陕西汉中）。
⑩ 控二节度治所：控制着两个节度使驻地的往来要道。二节度，指山南西道节度使和凤翔节度使。
⑪ 龙节：画着龙的符节（古代使者用）。　虎旗：画着虎的旗帜（节度使用）。
⑫ 驰驿奔轺（yáo）：跑着的驿马，奔着的轻车，往来不停。轺，使者的车辆。
⑬ 以去以来：从这儿去，到这儿来。
⑭ 毂（gǔ）交：不断交车而过。　蹄劘（mó）：马蹄相互摩擦。
⑮ 由是：因此。　崇侈其驿：扩大驿站的规模。
⑯ 视他驿为壮：比别的驿站雄伟壮丽。视，比较。
⑰ 且：表示提起议论的虚词。　一岁宾至者：一年中到的宾客。
⑱ 数百辈：好几百人。
⑲ 苟：姑且。　夕得其庇（bì）：晚上有住宿的地方。
⑳ 宁有：哪儿有。　顾惜心：爱惜的心。
㉑ 棹（zhào）舟：摇船。
㉒ 破舷：弄破了船身。　碎鹢（yì）：撞碎了船头。古代船头上画着鹢的形象。
㉓ 枯泉汩（gǔ）泥：把水弄干弄浑。
㉔ 尽鱼：把鱼打光。
㉕ 至：甚至。　轩（xuān）：有窗的廊子。
㉖ 隼（sǔn）：鹰。古代人养鹰，用来帮助打猎。
㉗ 凡所以：都是……的原因。　污败室庐：把房屋弄脏弄破。
㉘ 糜毁：损坏。　器用：器具。
㉙ 其下：他们手下的人。　虽气猛：虽然气势很大。　可制：还管束得住。
㉚ 曩（nǎng）：从前。　类：相同。
㉛ 某曹：我们。
㉜ 供馈（kuì）之隙：在供给膳食的余暇。
㉝ 一二：极言其少，这里是一小部分的意思。　力治之：尽力修理。
㉞ 这句说：怎能补救那由上百个人的破坏造成的损失呢？
㉟ 既：完毕。
㊱ 甿（méng）：农民。
㊲ 这句说：现在所有的州县都是驿站啊。
㊳ 开元：唐玄宗的年号（713—741）。　富蓄：富庶繁盛。
㊴ 号为：号称是。　理平：治平，太平时世。
㊵ 踵（zhǒng）千里者：出门千里的人。　不裹粮：用不着带粮食。
㊶ 长（zhǎng）子孙者：养育子孙的人。　不知兵：不懂得兵器，即没有碰到过战争。
㊷ 金革之声：锣和战鼓的声音，指战争。
㊸ 日益破：越来越减少。
㊹ 疆埸（yì）：边疆。　侵削之虞：受到侵犯的忧虑。
㊺ 生民：百姓。　困：日子不好过。
㊻ 政令速于行：政令（在州县）能迅速推行。
㊼ 命官：任命官员。　轻任：不慎重选择任命。　刺史县令：泛指各级地方长官。
㊽ 促数（shuò）：时间短促而频繁。　更易：调动。
㊾ 远者三岁一更：三年换一任，已经算是任期长的。　近者一二岁再更：任期短的，一两年内更换两次。
㊿ 出意：出主意。
(51) 当愁：在愁闷的时候。　醉醲（nóng）：畅饮美酒。醲，浓厚的酒。
(52) 饱鲜：饱吃鲜美的鱼肉。
(53) 囊帛：囊中装足了帛。　椟（dú）金：柜中装满金银。

(54) 笑与秩终：得意扬扬地做到任期终了。秩，任期。

(55) 矧（shěn）：何况。 更代之隙：新旧官交替的间隙中，指旧官准备离任，新官尚未到职的时候。

(56) 黠（xiá）吏：奸猾的小吏。 因缘：借此机会。

(57) 恣为奸欺：任意做出奸恶欺诈的行为。

(58) 卖：这里是欺蒙舞弊的意思。

(59) 揖退：作揖送别。

(60) 条其言：整理记下他的话。

【简析】

驿（yì）站是古代官吏使者在旅行途中换马和歇宿的地方。作者借一个驿站由雄大而变得残破不堪的例子，揭露出唐朝末年政治的腐败。文章开头是简单的叙事，中间主要是记驿吏和老甿的话。驿吏所说的是驿站残破的情形和原因，老甿的话则进一步指出当时天下的地方官都把州县当驿站。结尾发抒感慨，点出题壁。这是即小见大、由近及远的写法。

书何易于

何易于尝为益昌令①。县距刺史治所②四十里，城嘉陵江南③。刺史崔朴尝乘春④自上游，多从宾客歌酒⑤，泛舟东下，直出益昌旁。至则索民挽舟⑥。易于即自腰笏，引舟上下⑦。刺史惊问状⑧。易于曰："方春⑨，百姓不耕即蚕⑩，隙不可夺⑪。易于为属令⑫，当其无事，可以充役。"刺史与宾客跳出舟，偕骑还去。

益昌民多即山树茶⑬，利私自入⑭。会盐铁官奏重榷管⑮，诏下所在不得为百姓匿⑯。易于视诏曰："益昌不征茶，百姓尚不可活，矧厚其赋⑰以毒民乎！"命吏铲去⑱。吏争曰："天子诏所在不得为百姓匿，今铲去，罪愈重。吏止死⑲，明府公宁免窜海裔⑳耶？"易于曰："吾宁爱一身以毒一邑民乎？亦不使罪蔓尔曹㉑。"即自纵火焚之。观察使㉒闻其状，以易于挺身为民，卒不加劾㉓。

邑民死丧，子弱、业破不能具葬㉔者，易于辄㉕出俸钱，使吏为办㉖。百姓入常赋㉗，有垂白偻杖㉘者，易于必召坐与食㉙，问政得失㉚。庭有竞民㉛，易于皆亲自与语，为指白枉直㉜。罪小者劝㉝，大者杖㉞，悉立遣之㉟，不以付吏。治益昌三年，狱无系民㊱，民不知役。改绵州罗江㊲令，其治视㊳益昌。是时故相国裴公出镇绵州，独能嘉易于治㊴。尝从观其政㊵，导从㊶不过三人，其察易于廉约如此㊷。

会昌五年㊸，樵道出㊹益昌，民有能言何易于治状者，且曰："天子设上下考㊺以勉吏，而易于考止中上，何哉？"樵曰："易于督赋㊻如何？"曰："上请贷期㊼，不欲紧绳㊽百姓，使贱出粟帛㊾。""督役㊿如何？"曰："度支费(51)不足，遂出俸钱，冀优(52)贫民。""馈给往来权势(53)如何？"曰："传符外一无所与(54)。""擒盗如何？"曰："无盗。"樵曰："余居长安，岁闻给事中校考(55)，则曰：'某人为某县，得上下考，由考得某官。'问其政(56)，则曰：'某人能督赋，先期而毕(57)；某人能督役，省度支费；某人当道(58)，能得往来达官为好言(59)；某人能擒若干盗。'县令得上下考者如此。"邑民不对，笑去。

樵以为当世在上位者，皆知求才为切(60)。至于缓急(61)补吏，则曰：吾患无以共治(62)。膺命举贤(63)，则曰：吾患无以塞诏(64)。及其有之，知者(65)何人哉？继而言之，使何易于不有得于生，必有得于死者(66)，有史官在(67)。

【注释】

① 益昌：今四川省广元市的南部一带，以前的昭化县。 令：县令。

② 距刺史治所：离开州郡长官的驻在地。唐时益昌属利州，治所在今广元市。

大略山势高,水容深,人貌魁奇,鹤情闲暇,烟岚草木,如带香气。熟得详玩,自觉骨夏清玉,如身入镜中,不似在人寰间,眇然有高谢之志从中来。

(舒元舆《录桃源画记》,见第一九五页)

(明)仇英 桃源仙境图(局部)

(清)袁江 阿房宫图(局部)

之精义而又以念暴秦之以穷奢极欲已其祚也属余书杜牧阿房宫赋

拈其上既以证斯画且以致其盛衰兴废之感焉

醴泉 宋伯鲁书并识 时年六十有七

阿房宫赋

六王毕，四海一，蜀山兀，阿房出。覆压三百余里，隔离天日。骊山北构而西折，直走咸阳。二川溶溶，流入宫墙。五步一楼，十步一阁；廊腰缦回，檐牙高啄；各抱地势，钩心斗角。盘盘焉，囷囷焉，蜂房水涡，矗不知其几千万落。长桥卧波，未云何龙？复道行空，不霁何虹？高低冥迷，不知西东。歌台暖响，春光融融；舞殿冷袖，风雨凄凄。一日之内，一宫之间，而气候不齐。

妃嫔媵嫱，王子皇孙，辞楼下殿，辇来于秦，朝歌夜弦，为秦宫人。明星荧荧，开妆镜也；绿云扰扰，梳晓鬟也；渭流涨腻，弃脂水也；烟斜雾横，焚椒兰也。雷霆乍惊，宫车过也；辘辘远听，杳不知其所之也。一肌一容，尽态极妍，缦立远视，而望幸焉；有不得见者三十六年。燕赵之收藏，韩魏之经营，齐楚之精英，几世几年，剽掠其人，倚叠如山。一旦不能有，输来其间。鼎铛玉石，金块珠砾，弃掷逦迤，秦人视之，亦不甚惜。

嗟乎！一人之心，千万人之心也。秦爱纷奢，人亦念其家。奈何取之尽锱铢，用之如泥沙？使负栋之柱，多于南亩之农夫；架梁之椽，多于机上之工女；钉头磷磷，多于在庾之粟粒；瓦缝参差，多于周身之帛缕；直栏横槛，多于九土之城郭；管弦呕哑，多于市人之言语。使天下之人，不敢言而敢怒。独夫之心，日益骄固。戍卒叫，函谷举，楚人一炬，可怜焦土！

呜呼！灭六国者六国也，非秦也。族秦者秦也，非天下也。嗟夫！使六国各爱其人，则足以拒秦；复爱六国之人，则递三世可至万世而为君，谁得而族灭也？

六王毕，四海一。
蜀山兀，阿房出。
覆压三百余里，隔离天日。
骊山北构而西折，直走咸阳。
二川溶溶，流入宫墙。
五步一楼，十步一阁；
廊腰缦回，檐牙高啄；
各抱地势，钩心斗角。
盘盘焉，囷囷焉，蜂房水涡，
矗不知其几千万落。
长桥卧波，未云何龙？
复道行空，不霁何虹？
高低冥迷，不知西东。

（杜牧《阿房宫赋》，见第一九九页）

王孤雲阿房宫圖

（元）夏永 阿房宫图（局部）

③ 城嘉陵江南：城在嘉陵江南岸。
④ 尝乘春：曾经乘着春光明媚的时候。
⑤ 多从宾客：带了许多宾客。 歌酒：唱歌饮酒。
⑥ 索民：索取民夫。 挽舟：拉纤。
⑦ 腰笏（hù）：把朝版插在腰里。 引舟上下：拉着船跑上跑下。
⑧ 问状：问他为什么这样。
⑨ 方春：正在春天。
⑩ 不耕即蚕：不是在种田，便是在养蚕。
⑪ 隙不可夺：一点点时间也不好剥夺。
⑫ 属令：属县的县令。
⑬ 即山树茶：在附近山上栽种茶树。
⑭ 利私自入：利益完全归自己收入，不交给官府。
⑮ 会：恰巧。 盐铁官：专管盐铁的官。 榷（què）管：专卖。
⑯ 诏下所在：接到诏书的一切地方。 匿：隐瞒。
⑰ 矧（shěn）：何况。 厚其赋：增加税额。
⑱ 铲去：铲除，这里是指毁掉征收茶税的诏书。
⑲ 止死：不过一死罢了。
⑳ 明府公：唐朝人对县令的敬称，这里指何易于。 宁：岂能。 窜：流放。 海裔：海角天涯。
㉑ 罪蔓尔曹：罪名连累到你们。
㉒ 观察使：监督州县办事好坏的"观察处置使"。
㉓ 卒：终于。 劾（hé）：揭发官员罪状，报告朝廷。
㉔ 业破：家业破败。 不能具葬：没有能力凑齐丧葬费用。
㉕ 辄（zhé）：就。
㉖ 为办：代他办理。
㉗ 入常赋：缴纳规定的租税。
㉘ 垂白：须发花白。 偻（lóu）：弯腰曲背。 杖：拄着拐杖。
㉙ 与食：给他东西吃。
㉚ 问政得失：问他政治上什么事办得对、

什么事不对。
㉛ 竞民：打官司的人。竞，争执。
㉜ 指白枉直：分辨清楚谁是谁非。
㉝ 劝：劝导。
㉞ 杖：用杖责打。
㉟ 立遣之：立时打发回去。
㊱ 系民：被监禁的百姓。
㊲ 绵州罗江：在今四川省绵阳市一带。
㊳ 治：政绩。 视：相当于。
㊴ 故相国：已经死去的宰相。 裴公：指裴度。 嘉易于治：赞赏易于办事的成绩。
㊵ 从观其政：到（罗江）去看他办理公事。
㊶ 导从：随从。
㊷ 其察易于廉约如此：他就是这样明察到何易于的清廉俭约的。裴公因为易于廉约，所以只带三个随从，免得易于为难。
㊸ 会昌五年：公元845年。会昌，唐武宗年号。
㊹ 道出：路过。
㊺ 上下考：唐朝分上、中、下三等九级（上、中、下每一等又分上、中、下三级）考核官吏。
㊻ 督赋：催缴赋税。
㊼ 上请贷期：向上级请求宽放期限。
㊽ 紧绳：严厉勒逼。
㊾ 贱出粟帛：低价卖掉粮食和丝绸。纳税的期限紧了，百姓没钱纳税，就得忍痛低价出卖农产品。
㊿ 督役：催促劳役。
㉛ 度支费：财政经费。
㉜ 冀：希望。 优：宽待。
㉝ 馈（kuì）给：招待饭食。 往来权势：路过的有权有势的大官。
㉞ 传：驿站供应的车马。 符：凭证。 一无所与：一点不供应什么。
㉟ 给事中：官名，属门下省。唐朝制度，吏部对官吏考绩时，给事中参加监考。 校（jiào）考：考核官吏好坏。

(56) 问其政：打听这些得到上等里边的下级考绩的官的政绩。
(57) 先期而毕：在限期以前完成。
(58) 当道：驻地正是交通要道。
(59) 往来达官为好言：路过的大官代他说了好话。
(60) 为切：是最迫切的事情。
(61) 缓急：急须。
(62) 无以共治：没有适当的人才来帮同治理百姓。
(63) 膺（yīng）命举贤：受到命令推荐贤才。
(64) 塞诏：应付诏书上规定的任务。
(65) 知者：能赏识人才的人。
(66) 这两句说：即使何易于活着的时候没有受到朝廷的奖赏，那么他死后一定有美名流传。
(67) 有史官在：意思是史官会记下何易于的好人好事。

【简析】

在古代，像何易于这样的县令，清廉勤政，能为百姓着想，给他们减少一些负担。可是他考绩只得到中上，甚至险些因违抗诏书而得罪。再看另一方面，那些考绩列入上等的，却都是些迎合上司、欺压百姓的瘟官。

这篇文章通过何易于一个人的故事，反映出晚唐政治的实况，隐含着作者对当时政治的愤慨和对人民的同情。在写法上，记何易于在益昌的几件事是实写详写，记在罗江的情况是虚写略写，文笔有变化，写得很生动。

陆龟蒙

陆龟蒙（？—约881），字鲁望，吴郡（今江苏省苏州市）人。做过苏州、湖州两郡的从事（官名），后来隐居松江甫里，自称江湖散人，也叫甫里先生。他和皮日休齐名，写的诗文，对晚唐统治者的腐败无能，作了很多的揭露和批判。著作有《笠泽丛书》《甫里集》等。

野 庙 碑

碑者，悲也①。古者悬而窆②，用木③。后人书之④以表其功德，因留之不忍去⑤，碑之名由是而得。自秦汉以降⑥，生而有功德政事者，亦碑之⑦，而又易之以石，失其称矣⑧。余之碑野庙⑨也，非有政事功德可纪，直悲夫甿⑩竭其力，以奉无名之土木而已矣。

瓯、越间好事鬼⑪，山椒水滨多淫祀⑫。其庙貌有雄而毅、黝而硕者⑬，则曰将军。有温而愿、皙而少者⑭，则曰某郎。有媪⑮而尊严者，则曰姥⑯。有妇而容艳⑰者，则曰姑。其居处则敞之以庭堂⑱，峻之以陛级⑲，左右老木，攒植森拱⑳，萝茑翳㉑于上，鸱鸮室其间㉒。车马徒隶㉓，丛杂怪状。虻作之，虻怖之㉔，走畏恐后，大者椎牛㉕，次者击豕㉖，小不下犬鸡，鱼椒之荐㉗，牲酒之奠㉘，缺于家㉙可也，缺于神不可也。一朝懈怠，祸亦随作㉚，螯孺畜牧栗栗然㉛，疾病死丧，不曰适丁其时也㉜，而自惑其生，悉归之于神㉝。

虽然，若以古言之㉞，则戾㉟；以今言之，则庶乎神之不足过㊱也。何者？岂不以生能御大灾，捍大患㊲，其死也，则血食㊳于生人。无名之土木不当与御灾捍患者为比，是戾于古也明矣。今之雄毅而硕者有之㊴，温愿而少者有之，升阶级㊵，坐堂筵㊶，耳弦匏㊷，口粱肉㊸，载车马㊹，拥徒隶者皆是也。解民之悬㊺，清民之喝㊻，未尝贮于胸中㊼。民之当奉者㊽，一日懈怠，则发悍吏，肆淫刑㊾，驱之以就事㊿，较神之祸福，孰为轻重哉51？！平居无事，指为贤良，一旦有天下之忧52，当报国之日，则恫挠脆怯53，颠踬窜踏54，乞为囚虏55之不暇。此乃缨弁言语之土木尔56，又何责其真土木也！故曰：以今言之，则庶乎神之不足过也。既而为诗，以乱57其末：

土木其形，窃吾民之酒牲，固无以名58；土木其智，窃吾君之禄位，如何可议59？禄位顾顾，酒牲甚微60，神之飨也，孰云其非61！视吾之碑，知斯文之孔悲62！

【注释】

① 碑者，悲也：碑文是为了表示悲哀的。
② 悬而窆（biǎn）：用绳子把棺材吊进墓穴安葬。窆，葬。
③ 用木：下葬时，把棺材放在木板（像石碑）上，用绳子系住木板，从上挂下去，放进墓穴。
④ 书之：在木上书写死者的事迹。
⑤ 不忍去：不忍把它丢掉。
⑥ 以降：以下。
⑦ 亦碑之：也为他立碑。
⑧ 失其称矣：失掉了原来名称的用意了。
⑨ 碑野庙：为野庙立碑。
⑩ 直：只是。 甿（méng）：农民。
⑪ 瓯（ōu）、越间：浙江到广东、广西一带地区。 好（hào）事鬼：喜欢侍奉鬼神。
⑫ 椒（jiāo）：山顶。 淫祀（sì）：不合礼制的祭供，指祭供这些鬼神的庙。
⑬ 庙貌：庙中的神像。 黝而硕：又黑又大。
⑭ 愿（yuàn）：老实。 皙（xī）：白。
⑮ 媪（ǎo）：老妇。
⑯ 姥（mǔ）：老母。
⑰ 容艳：面貌美丽。
⑱ 敞（chǎng）之以庭堂：把厅堂筑得宽敞。
⑲ 峻（jùn）之以陛（bì）级：把台阶筑得很高。
⑳ 攒（zǎn）植森拱：种得密，长得盛。
㉑ 萝茑（niǎo）：女萝和茑，寄生的蔓生植物。 翳（yì）：遮蔽。
㉒ 鸱鸮（chī xiāo）：猫头鹰。 室其间：筑巢在中间。
㉓ 徒隶：随从的差役，指庙中的偶像。
㉔ 甿作之，甿怖之：农民造了那些偶像，农民又害怕这些偶像。
㉕ 椎（zhuī）牛：杀牛。
㉖ 击豕（shǐ）：杀猪。
㉗ 鱼椒：祭品。 荐：呈献。
㉘ 奠（diàn）：祭供。
㉙ 缺于家：家里缺乏这些。
㉚ 祸亦随作：祸事就跟着发作了。
㉛ 耋（dié）：老年人。 孺：小孩。 栗（lì）栗然：害怕的样子。
㉜ 适丁：恰巧碰到。
㉝ 自惑其生，悉归之于神：对自己得以生存是迷惑的，通通归于神的意志。
㉞ 若以古言之：如果在古时来说。
㉟ 戾（lì）：不合道理。
㊱ 庶乎：也许。 神之不足过：神还不值得责怪。
㊲ 捍（hàn）大患：抵抗大祸患。
㊳ 血食：杀牲口来祭供。
㊴ 这句说：当时的统治者，作者将人比鬼神，指责那些害民的官吏。
㊵ 阶级：台阶。
㊶ 坐堂筵：坐在厅堂里的筵席上。
㊷ 耳弦匏（páo）：耳听音乐。弦，有弦的乐器；匏，笙、竽等的总称。
㊸ 口粱肉：吃精美的膳食。
㊹ 载车马：乘车骑马。
㊺ 解民之悬：解除人民的痛苦。悬，倒挂，形容痛苦很重。
㊻ 清民之暍（yē）：解除百姓的痛苦。暍，受暴热。
㊼ 贮于胸中：放在心上。
㊽ 民之当奉者：百姓应当供奉他的东西。
㊾ 肆淫刑：滥用残酷的刑罚。
㊿ 驱之以就事：强迫他们去完成这些事情。
(51) 孰为轻重哉：哪个轻、哪个重呢？意思说贪官污吏对百姓的害处，比鬼神大得多。
(52) 天下之忧：指国家面临灾祸。
(53) 恛挠（huí náo）脆怯：昏乱害怕。
(54) 颠踬（zhì）窜踣（bó）：逃避跌倒。

㊺ 囚房：俘虏。
㊻ 此乃缨弁（biàn）言语之土木尔：这是头戴礼帽而会说话的泥塑木雕的偶像而已。缨，帽带。弁，帽子。
㊼ 乱：古代乐曲诗歌的最后一章叫"乱"。
㊽ 这几句说：（庙里那些神像）用土木做成的形体，窃取了我们百姓的酒食，本来就是没有名堂（即名不正、不合理之意）。
㊾ 这几句说：（那些大小官吏）智慧才能跟泥塑木雕的神像一样，窃取了君主给的俸禄和职位，又是多么应该被非议呢？
㊿ 这两句说：（拿官吏的窃位跟神像的窃酒牲相比）官吏的俸禄那么厚，职位那么高，而神像享用的酒食祭品，只是极为微小的一点点。顾（qí）顾，长，引申为高厚。
㉑ 这两句说：（这样一比较）神像的享受祭品，谁能说他不对。
㉒ 这两句说：看看我立的野庙碑，就知道这篇文章包含着很深的悲痛！孔，很。

【简析】

　　这篇文章从碑的来历和为野庙立碑的用意说起，揭露了当时社会里神权对人民的压迫。又进一步运用映衬类比的写法，讽刺封建统治者，勾勒出了晚唐时期大小官吏的狰狞面目，指责这些官吏比鬼神还要凶恶。

皮日休

皮日休（约834—883），字逸少，后来改叫袭美，襄阳（今属湖北省）人。隐居鹿门山，自称鹿门子。曾任太常博士，黄巢起义军进长安后，他参加起义，做翰林学士。关于他的死有几种说法，大约是黄巢失败后，他被唐朝统治者杀害。他的诗文，对晚唐政治的腐败及社会的黑暗作了很多揭露批判。皮日休和陆龟蒙齐名，合称"皮陆"。著作有《皮子文薮》。

读《司马法》①

古之取天下也以民心，今之取天下也以民命。唐、虞尚仁②，天下之民从而帝之③，不曰④取天下以民心者乎？汉、魏尚权⑤，驱赤子⑥于利刃之下，争寸土于百战之内。由士为诸侯，由诸侯为天子，非兵不能威⑦，非战不能服，不曰取天下以民命者乎？由是编之为术，术愈精而杀人愈多，法益切而害物⑧益甚。呜呼！其亦不仁矣⑨！蚩蚩之类⑩，不敢惜死者，上惧乎刑，次贪乎赏。民之于君，犹子也⑪，何异乎父欲杀其子，先给以威，后啖⑫以利哉！孟子⑬

曰：'我善为阵，我善为战⑭'，大罪也。"使后之士于民有是者，虽不得土，吾以为犹土焉⑮。

【注释】

① 《司马法》：春秋时齐国大夫司马穰苴（ráng jū）深通兵法，战国时齐威王使人追论他的兵法，编成《司马法》这部书。
② 唐：传说中的远古部落，首领是尧。虞：传说中的远古部落，首领是舜。尚仁：提倡仁德。
③ 帝之：拥护他们做皇帝。
④ 不曰：岂不是。
⑤ 权：诈术。
⑥ 赤子：百姓。
⑦ 非兵不能威：不用兵便不能立威。
⑧ 切：切实。 物：大众。
⑨ 其亦不仁矣：这真是不仁啊！
⑩ 蚩（chī）蚩之类：百姓。蚩蚩，敦厚无知的样子。
⑪ 犹子也：好像是儿子。
⑫ 啖（dàn）：这里是"引诱"的意思。
⑬ 孟子：孟轲，战国时儒家的代表人物。他反对用战争统一国家，所以认为善战的应该受到惩罚。
⑭ 我善为阵，我善为战：我善于列阵，我善于作战。
⑮ 这几句说：如果后来的人对于百姓能够做到这样，虽则得不到天下（土），我以为也好像是得到了天下。意思是他虽则没有得到天下，却得到了天下的人心。

【简析】

　　这是一篇对古代兵法书《司马法》的读后感。作者从打仗攻取天下引起了感慨。他用古今对比的写法来指责封建王朝的统治是建立在对人民的屠杀和剥夺的基础上的。这篇文章主要是抨击唐末政治腐败，战祸不休，造成兵荒马乱的局面，并非一般的反对战争。和《原谤》合起来看，可以看出作者的散文中充满了叛逆精神，可以说是他后来参加黄巢起义的思想基础。

原 谤①

天之利下民②，其仁至矣③，未有美于味而民不知者，便于用而民不由④者，厚于生⑤而民不求者。然而，暑雨亦怨之⑥，祁寒⑦亦怨之，己不善而祸及⑧亦怨之，己不俭而贫及亦怨之；是民事天，其不仁至矣。天尚如此⑨，况于君乎？况于鬼神乎？是其怨訾恨讟⑩，蓰倍⑪于天矣。有帝天下、君一国者⑫，可不慎欤？故尧有不慈之毁⑬，舜有不孝之谤⑭。殊不知尧慈被天下⑮而不在子，舜孝及万世而不在于父。呜呼！尧、舜大圣也，民且谤之；后之王天下有不为尧、舜之行者，则民扼其吭⑯，捽⑰其首，辱而逐之，折而族之⑱，不为甚矣⑲！

【注释】

① 原：推论。　谤：毁谤。
② 利下民：给百姓利益。
③ 其仁至矣：仁爱达到极点了。
④ 由：用。
⑤ 厚于生：充裕生活。
⑥ 之：指的是天。
⑦ 祁（qí）寒：大寒。
⑧ 祸及：祸事临头。
⑨ 天尚如此：对于天尚且这样。
⑩ 怨訾（zǐ）恨讟（dú）：怨恨咒骂。訾，毁谤。讟，痛怨。
⑪ 蓰（xǐ）倍：好几倍。
⑫ 这句说：做天下之主、一国之君的人。
⑬ 这句说：尧不把天下传给儿子丹朱，后来有人说他不慈爱。尧和下文的舜都是古代部落联盟的首领，传说中的

"圣人贤君"。
⑭ 这句说：舜因为得不到他父亲的欢心，被后人说是不孝。传说舜的父亲瞽叟喜欢小儿子象，不喜欢舜，使舜去修谷仓，却放火烧仓，使他去淘井，却用土填塞井眼，幸亏都给他逃了出来。他却并不怨恨父母和兄弟。
⑮ 被天下：普遍及到天下人。
⑯ 吭（háng）：咽喉。
⑰ 捽（zú）：揪。
⑱ 折：推翻。　族之：杀掉他的全族。
⑲ 不为甚矣：不算太过分了！

【简析】

　　本文从怨天说到怨皇帝，前者是宾，用来做陪衬的；后者是主，才是全文的中心思想。作者要说的话，主要的是最后几句，通篇文字是用来逼出这几句话的。这几句话充满了强烈的反叛思想，这正是唐末阶级矛盾激化的反映，也是农民大起义的前奏。

罗　隐

罗隐（833—909），原名横，字昭谏，自号江东生，新城（今浙江省富阳县）人。因好讥讽世事，得罪权贵，十次应进士试考不取。晚年依附吴越王钱镠，曾做过钱塘令等官。著作有《罗昭谏集》。

说天鸡

狙氏子不得父术①，而得鸡之性②焉。其畜养者，冠距不举③，毛羽不彰④，兀然若无饮啄意⑤。洎见敌⑥，则他鸡之雄⑦也；伺晨⑧，则他鸡之先⑨也。故谓之天鸡。

狙氏死，传其术于子焉。且反先人之道⑩：非毛羽彩错、嘴距铦利者⑪，不与其栖⑫，无复向时伺晨之俦⑬，见敌之勇⑭，峨冠高步，饮啄而已⑮。吁！道之坏也有是夫⑯！

【注释】

① 狙（jū）氏子：弄猴人家的儿子。狙，古书里指一种猴子，《庄子·齐物论》中称一个养猴子的人为狙公。　不得父术：没有学到其父的本领（弄猴术）。
② 得鸡之性：懂得鸡的习性。
③ 冠：鸡冠。　距：雄鸡腿后突出像脚

趾的尖锐物，斗的时候用来刺对方。 举：耸起，伸起。
④ 彰：鲜明。
⑤ 兀（wù）然：呆木无知的样子。 若无饮啄意：好像没有饮水啄食的愿望。
⑥ 洎（jì）：到，及。 敌：指同这只鸡斗的另外的鸡。
⑦ 他鸡之雄：别的鸡中的强者。
⑧ 伺晨：早上打鸣儿。
⑨ 他鸡之先：比别的鸡叫在前头。
⑩ 先人：指死去的父亲，即上文的"狙氏子"。 道：方法。
⑪ 彩错：彩色错杂，形容羽毛美丽。

铦（xiān）利：锋利。
⑫ 不与其栖（qī）：不能参与在栖宿之中，即不在畜养之列。栖，禽类停宿。
⑬ 向时：从前。 俦（chóu）：等辈，这里指鸡。
⑭ 勇：指凶猛善斗的鸡。
⑮ 这两句说：（只是）昂首阔步，饮水啄食罢了。峨冠，这里是双关语，指高高的鸡冠，又隐指大官们戴着高高的帽子。
⑯ 道：旧指好的政治局面。 有是夫（fú）：就是这样子的。

【简析】

　　这篇短文用寓言的形式针对晚唐统治者以貌取人、不用真才的政治现实表示不满，指斥那些达官贵人不过是一些"峨冠高步，饮啄而已"的无德无能之辈。

殷侔

殷侔,生平事迹不详,从本文可以知道他是个小小的书佐(衙门里管理文书的人员)。

窦建德①碑

云雷方屯②,龙战伊始③。有天命焉④,有豪杰焉,不得受命⑤,而命归圣人⑥,于是玄黄⑦之祸成,而霸图之业废⑧矣。

隋大业⑨末,主昏时乱,四海之内,兵革咸起⑩。夏王建德以耕氓⑪崛兴,河北山东⑫,皆所奄有⑬,筑宫金城,立国布号⑭,岳峙⑮虎踞,赫赫乎⑯当时之雄也。是时李密在黎阳⑰,世充据东都⑱,萧铣王楚⑲,薛举擅秦⑳,然视其创割之迹㉑,观其规模之大,皆未有及建德者也。唯夏氏为国,知义而尚㉒仁,贵忠而爱贤,无暴虐及民㉓,无淫凶于己㉔,故兵所加㉕而胜,令所到㉖而服,与夫世充、铣、密等,甚不同矣。行军有律,而身兼勇武;听谏有道,而人无拒拂㉗,斯盖豪杰所以勃兴而定霸一朝㉘,拓疆㉙

千里者哉!

或以建德方项羽㉚之在前世,窃谓不然㉛。羽暴而嗜杀,建德宽容御众㉜,得其归附,语不可同日㉝。迹其英兮雄兮㉞,指盼备显㉟,庶几孙长沙流亚㊱乎!惟天有所勿属,惟命有所独归㊲,故使失计于救邻㊳,致败于临敌㊴,云散雨复㊵,亡也忽然㊶。嗟夫,此亦莫之为而为者欤㊷!向令运未有统㊸,时仍割分㊹,则太宗龙行乎中原㊺,建德虎视于河北,相持相支㊻,胜负岂须臾㊼辨哉!

自建德亡,距今已久远,山东河北之人,或尚谈其事,且为之祀㊽,知其名不可灭而及人者㊾存也。圣唐大和三年㊿,魏州㉛书佐殷侔过其庙下,见父老群祭,骏奔有仪㉜,夏王之称,犹绍于昔㉝。感豪杰之兴奋,吊经营之勿终㉞,始知天命之莫干㉟,惜霸略之旋陨㊱,激于其文㊲,遂碑㊳。

【注释】

① 窦建德(573—621):清河漳南(在现在山东省武城县东北)人,游侠出身,是隋朝末年河北农民起义军的领袖。618年称夏王,建都乐寿(现在河北省献县),筑金城宫,年号五凤。称王以后,仍旧布衣素食,生活很俭朴,在境内提倡农业生产,受到人民拥护。621年被唐军统帅李世民打败,俘到长安牺牲。
② 屯:聚集。
③ 龙战:争夺统治权的战争。 伊始:开始。
④ 有天命焉:战争的胜败,由天意决定。
⑤ 不得受命:得不到天命的支持。
⑥ 圣人:指的是唐朝开国皇帝。
⑦ 玄黄:争夺统治权的战争的代称。《易经》上有"龙战于野,其血玄黄"的话。
⑧ 霸图之业:争王图霸的事业。 废:失败。
⑨ 大业:隋炀帝年号,605年至617年。
⑩ 兵革咸起:到处都发生战争。兵,兵器。革,皮制的甲。

⑪ 耕氓：农民。
⑫ 河北：黄河下游北岸地区。　山东：太行山以东地区。
⑬ 奄（yǎn）有：占有。
⑭ 立国：建立政权。　布号：发布年号。
⑮ 岳峙：像山岳耸立的样子。
⑯ 赫赫乎：声势盛大。
⑰ 李密（582—618）：字玄邃，长安人，出身贵族，参加瓦岗寨农民起义。瓦岗军是隋朝末年最强大的起义军。因李密重用隋朝的降官降将，又杀害领袖翟让，使得部众离心。618年被隋将王世充打败，李密投降了唐朝。　黎阳：在现在河南省浚县西南，隋朝政府在这里筑有大粮仓。
⑱ 世充：王世充，隋朝将领。他镇压过南方几支起义军，大肆屠杀。后被派到洛阳（现在河南省洛阳市），和瓦岗军对峙。618年打败瓦岗军，自称郑王，不久自称郑帝。621年被李世民打败，投降唐军。　东都：指的是洛阳。
⑲ 萧铣：南朝梁朝皇室的后裔，隋朝末年做罗县（现在湖南省湘阴县东北）县令，乘农民大起义的机会，起兵割据两湖、江西一带，自称梁帝。公元六二一年被唐兵击败而死。　王（wàng）：称王。　楚：指的是现在湖北、湖南一带。
⑳ 薛举：隋朝末年金城（现在甘肃省兰州市）的大地主，乘农民大起义的机会，割据陇西，自称秦帝。后来被唐朝灭掉。　擅：据有。　秦：一般用来称现在的陕西省，薛举占的地方在甘肃省，但是他的国号叫秦。
㉑ 创割之迹：创业割据的经过。
㉒ 尚：注重。
㉓ 及民：对待百姓。
㉔ 无淫凶于己：本身没有淫乱狂暴的行为。
㉕ 兵所加：军队进攻之处。
㉖ 令所到：号令达到的地方。
㉗ 拒拂：反对。
㉘ 斯：这个，指上面讲的窦建德的各种优点。　盖：大概是。
㉙ 拓疆：开拓土地。
㉚ 方：比拟。　项羽（前232—前202）：名籍，出身楚国贵族，秦朝末年农民起义军领袖。秦亡后自称西楚霸王，大封诸侯，与刘邦争夺统治权。终于失败，自刎而死。
㉛ 窃谓不然：我私下以为不对。
㉜ 宽容御众：待人很宽大。
㉝ 语不可同日：不能相提并论。
㉞ 迹：推究。　英兮（xī）雄兮：英雄的精神。
㉟ 指盼备显：指点方向，观察事物，非常清楚周到。
㊱ 庶几：差不多是。　孙长沙：汉朝末年孙坚（孙策、孙权的父亲），曾任长沙太守，很有才略，为东吴立国打下了基础。　流亚：同一类的人。
㊲ 这两句说：只是天命不归属于他，另有归属的对象。
㊳ 救邻：窦建德是发兵救王世充时被唐军打败的。
㊴ 致败于临敌：窦建德在战场上轻敌遭败。李世民和窦建德相持四十多天，故意示弱，引诱夏军出击；临时又按兵不动，等到夏军求战不得、饥渴困倦的时候，突然猛攻，把夏军击溃。
㊵ 云散雨复：形容夏军瓦解溃败的状态。
㊶ 亡也忽然：败亡得非常快。
㊷ 莫之为而为者：没有谁去做却自然造成的。就是出于天意的意思。
㊸ 向令：假使那时。　运未有统：天运没有归属。
㊹ 时仍割分：仍旧是分裂割据的时势。
㊺ 太宗：唐太宗李世民。建德失败时，李世民以秦王领兵做统帅。　龙行乎中原：在中原一带称雄。
㊻ 相持相支：互相争斗。

㊼ 须臾（yú）：短时期内。
㊽ 祀（sì）：祭供。
㊾ 及人者：影响于人的功绩。
㊿ 大和三年：629 年。大和，唐文宗年号，也有写作“太和”的。
(51) 魏州：在现在河北省大名县东南。
(52) 骏奔有仪：紧张地赶来，态度很恭敬。
(53) 犹绍于昔：还和从前一样。绍，继承。
(54) 经营之勿终：事业没有得到成功。
(55) 莫干：不能强求。
(56) 旋陨（yǔn）：短时间内就失败。
(57) 激于其文：受到祭礼仪式的感动。
(58) 碑：写了这篇碑文。

【简析】

历史上农民起义领袖，人民给他们立庙的不少，像唐朝末年黄巢也是有庙的。但是立了碑，又有碑文传世的却很少见。本文对窦建德倍加歌颂，可说是篇难得的文章。文中说窦建德的失败是由于天命不归，这是唯心主义的错误观点。